Story by Fuse, Illustration by Mitz Vah

伏瀨 插畫／みっつばー

關於我轉生變成史萊姆這檔事 3

Regarding Reincarnated to Slime

Kadokawa Fantastic Novels

Sky Queen
天空女王
芙蕾
Beast Master
獅子王
卡利翁

Destroy
破壞的暴君
蜜莉姆．拿渥
Marionette Master
操偶傀儡師
克雷曼

「初次見面！
我是魔王蜜莉姆·拿渥喔。
聽說你是這個城鎮裡最強的，
就來跟你打聲招呼啦！」

關於我轉生變成史萊姆這檔事 3

Regarding Reincarnated to Slime

Kadokawa Fantastic Novels

目錄 一 魔王來襲篇

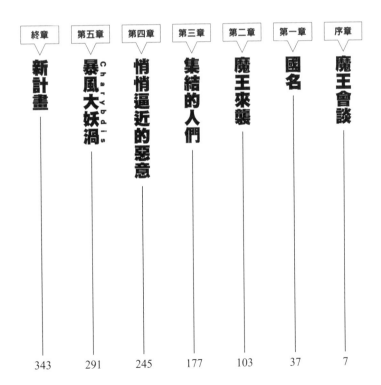

序章

魔王會談

Regarding Reincarnated to Slime

地點是又大又豪華的房間。

地上鋪著高級的絨毯，看起來是工匠耗費數年編織而成。

設置在那兒的桌子由古老香木切削而成，是高級品，散發讓人舒服的香氣。這張圓桌很大，足以讓十多個人舒適入座。

跟那廣大的面積不相稱地，現場只準備三張椅子。那些椅子極盡奢華之能事，看似連王公貴族都難以取得。

牆上全掛著如夢似幻的繪作，那些真的是畫嗎？幻想世界的生物們透過精巧筆觸呈現，時而像是扭身擺出不同的動作。

彷彿隨時會竄出畫面來到這個世界。

或許真有這回事。這些繪畫都出自魔界巨匠畢斯馬克之手。畢竟這些據說是將幻獸們活生生封進畫裡，被稱作「描封畫」的魔寶具——至高無上的美術品。

光是隨便拿這房間裡的某樣東西去賣，大概都能過上十年貴族般的奢侈生活。每件珍寶就是如此巧奪天工，造訪這房間的人無不為之驚嘆。

金錢也是種力量。

有錢就能海撈高級的魔法武具，僱用超頂尖傭兵。進入這個房間的人肯定會對此有正確的體悟。

展現自身財力，讓訪客打消跟自己敵對的氣燄。這才是將房間裝飾得極其華麗的目的。

——然而，此次應邀而來的客人不吃這套。

房間擁有者是名長相端正的男子。

身材精瘦，眼神富知性卻有些神經質。

他同時是一身霸氣、讓人為之懾服的存在——魔王克雷曼。

克雷曼朝屋內瞥去一眼，先是滿意地點點頭，接著就坐上事先準備好的椅子之一。

桌上有張刻著笑容的面具。克雷曼拿起面具輕撫，慎重地收進懷裡。

從那些舉動不難窺知他做事謹慎。

客人即將到來。

所謂的客人就是跟他同格者——亦即魔王。克雷曼打算好好招待那幾個任意妄為的隨性分子，巧妙地操縱他們。

他穿著高級的純白色禮服，取出懷錶確認時間。

時間差不多了，這念頭剛閃過腦際——

「嗨，克雷曼。喀爾謬德那傢伙進行得順不順利？」

神不知鬼不覺地，椅子上多了一個人。來人翹著二郎腿，悠哉地靠著椅背。

對方毫不避諱地跟克雷曼搭話，渾身肌肉、身材高大。但他的動作很優雅，看起來一點都不笨重。

不如說他給人一種老練勇士的風範。

高雅的服裝被他穿得很隨性，卻無半點邋遢感。反倒襯托出那身狂野氣息，醞釀出一種獨特、只可遠觀的氛圍。

語氣隨意，跟難以親近的氣質不搭，不過，男人的魅力卻因此不減反增。

整齊的短金髮跟精悍的臉龐極其相襯。一對如鷹隼般銳利的目光正筆直射向克雷曼。

男人對克雷曼的信任度似乎是零，一舉一動無絲毫鬆懈。

「原來是卡利翁，來得真早。我今天就是想報備那件事。不過，真沒想到你會第一個來。」

克雷曼此話一出，名喚卡利翁的男人就聳聳肩。

「別這麼說嘛。小姐在行前準備上總是很大陣仗啊。」

卡利翁應聲，嘴角扯出一抹笑容。

這個男人——卡利翁是統治獸人族（Lycanthrope）的王，稱號「獅子王（Beast Master）」，為「魔王」之一。

「呵，小姐啊。的確，你說得沒錯。噢，我看我們別再說下去了。畢竟——」

「那傢伙對別人背地裡講自己壞話的事很敏感嘛。」

兩名魔王如是道，互相對看一眼，接著朝彼此微微一笑。

就好像在等他們笑完，門突然被人大力開啟。

「剛才是不是有人在談我的事？」

一名少女出現在那兒。

她朝室內張望，確定裡頭只有克雷曼跟卡利翁後，這話就脫口而出。

是一名以參加魔王會談來說，相當異樣的年幼少女。

年紀大約十四、五歲吧。魔人的外表常與實際年齡有落差，即使如此，她出現在這裡仍顯得相當不合時宜。

她右肩上裝了酷似龍爪的肩甲。不曉得是怎麼製成的，肩甲微微浮起，跟肩膀有一線之隔。

再來看最重要的身體，幾乎沒布塊包裹。腰上纏著薄薄的布配褲子，硬挺出來的胸包著胸甲。似乎較重視機動性，那身行頭的暴露度幾乎和泳裝一樣。

重點還在後頭。最引人注目的莫過於少女的美貌。

看起來雖仍有些稚氣，大大的眼蘊含堅韌意志，透著晶亮的藍光。這堅定的目光證明少女並非泛泛之輩。櫻金色髮絲在腦袋瓜左右兩側綁成柔順的雙馬尾，綻放魅惑人心的光彩。不過，將那惹人憐愛的印象徹底否決，少女嘴角掛著桀驁不遜的笑。

少女挺起尚未發育完全的胸部，用跩個二五八萬的態度將房裡所有魔王睥睨一遍。

「嗨，蜜莉姆。我們沒說妳閒話啦。就覺得妳這人從來不遲到，今天難得晚來。別看本大爺這樣，其實有在關心妳喔！」

「對啊，蜜莉姆。不過呢，我一點都不擔心妳就是了。」

卡利翁像是要蒙混過去般豪爽笑著。

克雷曼則聳聳肩，優雅地喝起紅茶。

他們倆似乎對此習以為常，並沒有隨便找藉口搪塞。因為他們知道，這麼做反而會把蜜莉姆惹毛。也因為這樣，兩人才選擇說些無傷大雅的話輕輕帶過。

面對這名少女，雖然只看得出一點點，但這兩個魔王都有些緊張。

理由只有一個。

跟外表背道而馳，這個少女很強。

畢竟這名少女正是唯一擁有龍魔人（Dragonoid）跟「破壞的暴君（Destroy）」兩大稱號者——魔王蜜莉姆·拿渥。

蜜莉姆用可愛的鼻子哼了一聲，來回瞪視卡利翁和克雷曼。但他們依舊沒有半點反應，蜜莉姆這才嘟噥著說「好吧」，接著進入房間裡。

在她之後，又有另一個人進到房間裡。

是擁有媲美大鷲翅膀的有翼族（Harpy）。

「哎呀，蜜莉姆。這房間只准魔王進入喔。連隨從都不能帶。就算是妳也得遵守這個規矩——」

「好久不見了，克雷曼。我不是蜜莉姆的隨從喔。雖然不是自願來的，不過，身分是魔王就沒問題了吧？」

讓克雷曼皺眉的意料之外的登場人物，答話的聲音聽起來有點悶。一點也不怕魔王克雷曼，態度堂而皇之。該名女性有著纖細的外表，但明眼人肯定能看出她身上的妖氣非同小可。

這也難怪，畢竟她也是其中一個魔王——

「喂喂喂，妳怎麼在這裡，芙蕾？」

芙蕾——有翼族的魔王，名喚「天空女王（Sky Queen）」。

她和克雷曼、卡利翁、蜜莉姆同格，是這個世界裡最強的巨頭之一。

「你好，卡利翁。如你所見。我因為太忙才拒絕邀約，結果拗不過蜜莉姆。」

「哇哈哈哈哈。這樣不是很好嗎？之前看妳心事重重，我才邀妳過來散散心。你沒意見吧，克雷曼？」

「可以，如果是這樣的話——」

蜜莉姆總是理直氣壯，克雷曼半是傻眼之餘還是答應了。

對方都正面來了斷無理由拒絕。反而該朝好的方面想，對方來得正好。要是說出這次喀爾謬德失敗的事，蜜莉姆肯定會很火大。到時候，芙蕾應該能當稱職的和事佬。

克雷曼打了如此算盤，開始籌備新的計畫。

「那好，快點幫芙蕾準備一個位子吧。」

聽到蜜莉姆的催促，克雷曼點點頭。

只消他一彈指，至今為止空蕩蕩的地方就出現一張椅子。那張椅子很像一開始就在那兒似的，搭上房間的裝潢絲毫不顯得突兀。

蜜莉姆跟芙蕾似乎也覺得這一切理所當然，毫不猶豫地坐到椅子上。

就這樣，四名魔王在此齊聚一堂。

接下來，輪到「操偶傀儡師(Marionette Master)」克雷曼大顯身手了。

隨意操縱他人，正是克雷曼的拿手好戲。

他臉上掛著淡笑，朝魔王們開口。

至此，魔王會談揭開序幕。

＊

克雷曼挑明道出現狀。

他說喀爾謬德失敗，被某人殺了。

「喀爾謬德那傢伙太過心急了。就算維爾德拉消失好了，也沒必要把計畫提前吧？」

「話雖如此，卡利翁，森林支配者維爾德拉消失，肯定會引發騷動。既然這樣，與其等其他人收割尚未發育完全的種子，還不如親手做個了結，這樣不是比較合理嗎？」

這番說辭說服了卡利翁。森林裡住了各式各樣的強力種族，難保他們自己的棋子會勝出。喀爾謬德會選擇可能性最高的豬頭帝（半獸人王）培育，以作戰計畫來說不失其道理。

不過，還是有魔王無法接受。

「你說什麼！那麼，讓半獸人王魔王化的事怎麼了？」

「所以說，蜜莉姆，操縱半獸人王的喀爾謬德已經死了，這項計畫也只能回歸白紙一張吧。」

在克雷曼看來，他也覺得放棄計畫損失慘重，但只要大家沒發現喀爾謬德跟自己聯手就沒問題。事到如今，就看半獸人王跟那群魔人誰勝誰負，再選一方擬定新計畫會更有趣吧。他同時思考著，若能讓魔王們燃起興趣，就能利用這點增加手中的籌碼。

卡利翁一直閉著眼睛，默默聽著對話。他是有些想法沒錯，但打算先聽完克雷曼的說明再做判斷。由此就可看出他跟急躁的蜜莉姆不同，個性上很慎重。

然而，蜜莉姆可沒那麼深的城府。

「無聊！我還以為隔這麼久終於有新魔王要誕生了。是說那個喀爾謬德當初還誇下海口，結果只是無能到不行的傢伙嘛！」

「妳冷靜點，蜜莉姆，先消消氣。克雷曼的話還沒說完喔。先聽完後續再生氣也不遲啊？」

克雷曼料得沒錯，計畫失敗讓蜜莉姆氣急敗壞。他早就做好花大把心思安撫對方的心理準備，多虧芙蕾才讓她冷靜下來，克雷曼也鬆了一口氣。

（幸好蜜莉姆有帶芙蕾來。）

他臉上仍舊掛著從容不迫的笑容，卻在心裡碎碎念。

事實上，「破壞的暴君」這稱號並非浪得虛名，蜜莉姆一旦失控，到時將會難以收拾。如此一來，克雷曼也得拿出真本事對應才行，他原本是想在一片祥和的情況下擺布這群魔王，若事情變成那樣就本末倒置了。

單純的蜜莉姆易於操縱固然好，但也因為她單純，一旦失敗將會害自己吃上苦頭，對克雷曼來說等同雙刃劍。

這次蜜莉姆自己帶了充當緩衝器的芙蕾前來，談話進行上似乎會比預料中來得輕鬆。

最重要的是，芙蕾不僅跟計畫毫無關聯，甚至對計畫興趣缺缺，這點可說相當好。換作其他魔王，肯定要他從頭說明計畫，在那喋喋不休吧。單就這點而言，芙蕾對克雷曼來說可以說是最上等的人選。

「蜜莉姆，芙蕾說得沒錯。請先看看這個。」

說完，克雷曼拿出四個水晶球。

他的眼閃著妖異光芒，一想到這群魔王會露出吃驚的模樣就扯動嘴角笑了。接著，克雷曼像是要窺探這夥魔王的反應，讓影像映在水晶球上。

他想得沒錯，看到那些水晶球映出的畫面，魔王們變得興致盎然。特別是最後那顆水晶球，上頭播著喀爾謬德看到的畫面，大家全都看得目不轉睛。

「喀爾謬德挺能幹的嘛，留了這麼有趣的展示品！」

屋裡響起蜜莉姆開心的聲音。

半獸人王最後怎麼了，光看這些影像無從得知。不過，影像播到一半就斷了，可以確定喀爾謬德已經沒命。

「原來是這麼一回事。看樣子喀爾謬德那傢伙真的失敗了，還被人殺掉吧。你說得沒錯。不過，他好像刻意隱瞞這些魔人的事？」

聽卡利翁指出癥結，克雷曼點頭回應。

「很有趣吧？喀爾謬德一死，後面的事就不得而知。可是，出現一群這麼厲害的高階魔人，我們應該假設半獸人王會敗在對方手裡。話雖如此，假如——」

「假如他還活著，就會確實地進化成魔王，你想說的是這個吧。」

芙蕾替克雷曼接話。她應該不清楚計畫，卻用聰明的頭腦推敲出概略情形。

（不愧是芙蕾……跟這兩個單純的武鬥派不同，大意不得。）

克雷曼微微瞇起眼睛，開始觀察芙蕾。她看起來興趣缺缺，一方面又若有所思地看著水晶球。光從那副模樣無法看穿芙蕾的心思，但至少可以知道一件事，就是被蜜莉姆硬抓過來、一點興趣也沒有的樣子已然消失。

（挺棘手的。不過，芙蕾好像有什麼煩惱呢。直至剛才都感覺沒什麼興致，現在又沉浸在某種思緒裡——）

克雷曼對芙蕾產生了興趣。

芙蕾跟克雷曼屬於同一類型的魔王，不走武鬥派路線，喜歡動腦。正因如此，似乎沒辦法輕易操縱她。是名很難欺騙的對象。

話雖如此，如果芙蕾的煩惱跟某項弱點有關——

克雷曼悄聲無息，心思深沉地醞釀壞點子。

「可是，該怎麼辦？誰要過去確認？」

「哇哈哈哈哈！這種事當然先搶先贏啦！」

「蜜莉姆，先搶先贏是什麼意思？要是讓妳去，肯定不會只有調查就算了吧？」

魔王們一席話將克雷曼的思考打斷。要先決定怎麼處理這群魔人才對，他的心思朝這方面切換。

「冷靜點，各位。那裡是朱拉大森林，不容外人入侵。」

「啊？那又怎樣，又不是真的要對森林出手，沒關係吧。不就是說服那群魔人，再讓他們當夥伴嗎？不過呢，要是他們膽敢拒絕邀約，到時大概就會發生不幸的事故啦。呼哈哈哈哈！」

「你不可以偷跑喔，卡利翁。按剛才的對話聽來，你們打算催生新的魔王，讓他為自己所用吧？既然計畫失敗了，還不如從五個魔人中挑出一人當魔王，再讓他服從我們不是更好？」

「真有妳的，芙蕾。竟然能完美看穿我們的計畫！」

克雷曼他們曾經握有一個計畫，真正的目的在於催生新魔王、任自己擺布，芙蕾不費吹灰之力看破這一切。

蜜莉姆肯定芙蕾所言，芙蕾似乎也因此確信自己想得果然沒錯。不過，這樣很好。到這裡都如克雷曼預料。一看到芙蕾參加今天的會談，他就猜到事情會變成這樣了。

蜜莉姆不會使腹語術，也不擅長隱瞞事情。

「話說回來，調查依然是必要的。我並非贊同卡利翁所說，但那些人也可能不會跟我們聯手。此外，萬一半獸人王獲勝了，失去父親咯爾謬德的現下，可能正處失控狀態也說不定。」

克雷曼這話形同在下通牒，要大家千萬別背地裡偷跑。

經他這麼一說，魔王們才想到——的確，是有調查的必要。

無論是半獸人王，還是那群魔人——不管誰勝誰負，於此戰獲勝的一方必定功力大增。順利納作我方人馬固然是件好事，但在座的誰任意出手導致手上棋子溜掉可就不好了。

依這次的情況看來，必須以準魔王級人物誕生為前提行動才行。要準備足以戰勝該存在的籌碼，對這夥魔王來說也不是三兩下就能解決的。一旦成功就能跟其他魔王拉開差距，然而，不得不把失敗可能會造成的慘痛損失一併考量在內。

假如倖存者擅自以「魔王」自居，他們八成會立刻失了興致，對他進行制裁吧。不過，現在說這些還太早。

魔王們互看彼此，在那兒探各家虛實……

「獅子王」卡利翁喜孜孜地想著。

接手獸人族（Lycanthrope）王國數百年，他一心一意擴張勢力，挺過那些大戰。接著，有了如今死去的咒術王（Course Lord）和魔王蜜莉姆認可，卡利翁終於成為魔王。

雖然對打倒咒術王的雷昂頗有微詞，但不至於惱怒或對他產生憎恨之情。有弱肉強食這個鐵則在前，咒術王只是順從那項法則，最後走上破滅之路。把帳算在雷昂頭上就不對了。

再說，雷昂很厲害。

變成魔王仍勤於磨練自我，甚至還聽說他收了強大的同伴。如今，那股勢力已經大到無法當新進魔王等閒視之。

卡利翁喜歡強者。正因如此，他才會認可魔王雷昂。

只不過，他無法對雷昂擴張勢力的事默不作聲。卡利翁也是魔王之一，他知道自己必須保有強大的力量。

那股力量必須大到傲視群雄。

卡利翁追求能守護治下王國，足以擊潰敵軍的力量。

與其說那是步步為營得來的結論，不如說單單只是順從渴望變強的本能吧。

不過——正因如此，卡利翁才能變得如此強大。

他無法滿足眼前的強，隨時都在尋求新的力量。

而時間來到現在，一個極富吸引力的議談找上門。

在克雷曼的邀請下，他決定參加魔王會談，就當是打發時間。

三名魔王達成共識，將會承認新的魔王。只要那個魔王對他們言聽計從，他們就能把其他魔王踩在腳底下。

卡利翁同意克雷曼的說法。

理由不只一個，最重要的原因乃魔王之間無夥伴情誼可言。

魔王跟魔王會互相角力。

克雷曼跟雷昂是出了名的水火不容。還一天到晚不著痕跡找麻煩，這也是眾所皆知的事。現況是他們兩個表面上一套，背地裡則時常暗中牽制。

因此，卡利翁才認為克雷曼不會背叛自己。信不信得過是另一回事，既然彼此基於利害關係互相利用，從某種角度看來雙方就是互助互惠了。克雷曼可沒笨到對協助的魔王出手。這點卡利翁亦然，他們大家彼此彼此。

除了克雷曼還有另外兩人，但這兩個應該沒擔心的必要。

有翼族女王芙蕾八成沒興趣。只是被蜜莉姆強拉過來的，打一開始就沒參加計畫。

除此之外，從剛才開始她就一直心事重重，望著水晶球的影像若有所思。看樣子她對新戰力——增添新夥伴的事並沒有興趣。

說來，有翼人這個種族很特殊。在統治區裡，有翅膀的人地位崇高，活脫脫是個階級社會。無論再怎麼樣厲害的高階魔人，只要無法用自身力量翱翔天際就不受人敬重。

在水晶球映出的魔人裡，似乎唯獨一人擁有翅膀……光這點應該還是不足以讓芙蕾出動。

（再說，只有一個送芙蕾也沒差。不過呢，前提是他沒死啦。）

沒錯，魔人不只一個。跟半獸人王對戰後，誰勝誰負尚且不明。不過，卡利翁推測勝利是落入那些魔人手中。既然這樣，送芙蕾其中一名殘存者也沒什麼不好。

如此一來，問題就只剩蜜莉姆了。

思緒在卡利翁腦內盤旋。克雷曼感覺會因利害關係反目，那蜜莉姆呢？

蜜莉姆性急又單純，當魔王卻不是省油的燈。

然而更重要的是，她很忠於自己的慾望。什麼事都看心情決定，依感情行動。

從某方面來說，這個魔王最難以捉摸。

就卡利翁個人看來，她中意自己還推薦自己當魔王，算是恩人吧……

（不過……只有這傢伙真的很難預料……）

想到這裡，卡利翁偷偷窺視蜜莉姆。

蜜莉姆一臉自信滿滿的樣子。還看水晶球看得很入迷。

肯定沒錯，這裡最感興趣的人就是蜜莉姆。

這次之所以會推動擁立新魔王的計畫，全都是一個叫喀爾謬德的魔人對克雷曼進言所致。

這些事是真是假都無所謂，重要的是只要有趣就好。

蜜莉姆也一樣吧。她活了這麼長的一段時間，一向討厭無聊。所以說，一遇到趣事就會毫不猶豫地栽進去。

而且蜜莉姆的力量如假包換，再多的權謀都會被她使勁打回。

「破壞的暴君」取得恰恰好，她這個魔王根本可說是強到毫無道理的力量之化身。

正因是這樣的蜜莉姆，思想單純，行動卻難以捉摸。

她在想什麼一目了然，大概想親自過去調查吧。

畢竟對手有多強、多危險，對蜜莉姆來說都不是什麼大不了的問題。

不管倖存者是誰，只要被她看上就有機會受提拔成為魔王，不喜歡則就地格殺。

不過，這次沒機會搞這套。

地點太糟了。朱拉大森林是不容侵犯的領域，光入侵都成問題。就算對手是蜜莉姆，她的任性也不是所有魔王都會買單。

所以，他們才得事先進行調查。

蜜莉姆完全沒把腦細胞用在戰力增強上，目前只需要考量跟克雷曼的利害關係。

看在卡利翁眼裡，克雷曼這個男人舉手投足都如紳士般優雅，心裡在想什麼不得而知。難以看穿他的想法，無法打心底信賴這個男人。

這次的重點在於謀略。如此一來，容易擺布的蜜莉姆就不成問題了。

芙蕾跟蜜莉姆一個鼻孔出氣，亦無需將她考量在內。

問題只剩克雷曼一人。

卡利翁自然而然得出這個結論。

接下來得想想該怎麼開口……

他舔舔嘴唇，一面思考作戰計畫。

有翼族女王芙蕾感到心浮氣躁。

老實說，現在不是參加這種會談的時候。

全因蜜莉姆不由分說帶她過來。

「哇哈哈哈哈！妳需要散散心啦！」

如此這般，蜜莉姆也沒問問芙蕾的意願就強拉她過來。想當然，事前並未取得其他魔王的同意。

蜜莉姆根本不可能把這些當一回事，在這糾結也不是辦法，但……

大家似乎心照不宣，認為她該替蜜莉姆的失控行為善後，這讓芙蕾很不是滋味。

再者，平日就算了，眼下這時期實在不樂觀。

有翼族的巫女已經預言災厄即將復活。說是說預言，其實幾乎是既定事實了。她觀察魔素的流向、空間的歪斜度，斬釘截鐵地預測有翼人的天敵即將復活。

那是遠古之時，遭勇者封印的災厄級魔物——暴風大妖渦（Charybdis）之復活……

暴風大妖渦是古代支配天空的大型妖怪，能夠召喚鯊魚型魔物泳空巨鯊（Megalodon），並讓其對自己言聽計從，是天空的暴君。歷經數百年一次的漫長循環，這個怪物不斷死而復生。

上次復活時逢芙蕾剛當上魔王，她的支配領域蒙受莫大災害。最後是「勇者」憂心即使殺死暴風大妖渦也會一再復活，才將之封在朱拉大森林裡……這個封印似乎有解除跡象。

萬萬沒想到勇者的封印會解開，但應該跟維爾德拉消失有某種程度的關聯——芙蕾如此心想。

暴風大妖渦不同於一般物質，據說是邪惡思念的結晶。渴望破壞的意志跟魔素結合因而誕生，是一種精神生命體。

當大地充滿大量死傷，它就會藉這些屍體復活——傳說是這麼記錄的。也就是說，暴風大妖渦復活應該需要肉體當容器……

（嘖，真棘手。竟然在朱拉大森林引發騷動，設法催生魔王……要是我知道，早就在事發之前阻止了……）

復活的原因尚且不明，但芙蕾認為，蜜莉姆他們的奸計亦為原因之一。想到這就讓她怒從中來，不過再怎麼說，若問她能否阻止蜜莉姆，她也給不出肯定答案。

如今說這些也沒用，芙蕾開始擬定對策。

就連泳空巨鯊危險度也有A－。更不要說馴服其的暴風大妖渦，根本是規格外。其力量不辱災厄級魔物之名，擁有遠勝A級的實力。

沒錯。連人類國家都將暴風大妖渦訂為足以匹敵魔王的S級，相當危險。其不具備自我意識，是順從本能而生的魔物，所以才被剔除在魔王之外。

危險度充其量是人類訂的，但芙蕾很不喜歡自己與之相提並論。

然而，會被定義為S也是其來有自。

暴風大妖渦的本能很棘手。

暴風大妖渦可以在空中自由翱翔，看中哪樣東西就將其當玩具玩玩殺掉。肚子餓就襲擊都市，不分人類魔物全在貪婪的食慾下落入胃袋。半獸人王根本無法與之比擬，是相當凶殘的魔物。

有翼族主宰天空，當中芙蕾更是身懷不負「天空女王」之名的實力。擁有強大的魔力，空中戰無人能出其右。自認無法飛天者都不是對手。

只要種族特有的固有能力「魔力妨礙」併用，得以妨礙戰鬥空域的「飛行系魔法」。光靠這個能力，無法自食其力飛天的人就會從高空摔死。

如果是高階魔物，就算從相當高度落下也不至於死亡吧，人類就沒有生還可能了。就算他們生還，對空攻擊手段也會受限。單方面攻擊在地上爬的對手有多少優勢，到這應該不需多作解釋了。

無法飛天者完全不構成威脅。

然而，這打法拿暴風大妖渦來說又是另一回事。

高於數十公尺的巨軀不適用「魔力妨礙」。應該說，暴風大妖渦跟有翼族一樣，擁有固有能力「魔力妨礙」。

有翼族的絕對優勢在於飛行能力，失去這項能力，戰鬥力將大幅下滑。暴風大妖渦會成為有翼族的天敵，從某方面來看可說理所當然。

不過，一味祈禱別跟威脅碰頭，芙蕾身為魔王的尊嚴可不容許。話雖如此，正面對戰必須做好傷亡慘重的心理準備。

芙蕾就是在煩惱這個，所以她才沒心情參與這次的會談。假如災厄沒有復活的跡象，她應該或多或少會有興趣，一起參加新魔王擁立計畫吧……

她發現水晶球的影像映出一個有翼魔人。那個魔人搞不好生還取得了更強大的力量，但芙蕾否定了這麼想的自己。

（光只是一個魔人增加，說不準會增加多少力量。面對魔王級魔物，高階魔人根本不是對手。就算他成長到準魔王級好了，也不一定會幫我們。好麻煩。要是我可以心無旁騖地作戰，事情一定會最直接了當……）

想到這裡，芙蕾吐出一口憂鬱的嘆息。

當上魔王後，如今她這個女王可不能帶頭挑起戰端。她有責守護人民和領土，事情已經不只戰鬥獲勝這麼簡單。不管犧牲多麼微小，芙蕾都不能主動參戰。必須確保勝券在握，芙蕾才會出兵。

確實打倒暴風大妖渦的手段，就只有一個。接獲天敵復活的預測報告時，她當下第一個想到的就是那樣。

但——

芙蕾抬眼偷瞄蜜莉姆。

她欣喜地望著水晶球。即使在號稱最強的魔王眾裡，她仍獨樹一格。

卡利翁和克雷曼對蜜莉姆真正的模樣一無所知。被少女的外表矇蔽，錯判她的本質。

立場上同是魔王，實力卻有明顯落差。

蜜莉姆．拿渥很不一樣。跟芙蕾他們這些新進魔王不同，是遠古魔王之一。

她是龍魔人。擁有媲美「龍種」的實力，是特S級魔王。人稱「破壞的暴君」並非浪得虛名，過去曾將一個王國毀滅。

蜜莉姆可以用平常不外露的翅膀飛翔。肉體未經魔法作用就很強韌，戰鬥能力強得不像話。理所當然地，「魔力妨礙」對她起不了作用。

蜜莉姆對芙蕾來說也是最難纏的天敵。

所以，芙蕾才不敢忤逆蜜莉姆……

這次也一樣，被蜜莉姆硬抓過來。

對苦於想辦法應付暴風大妖渦的芙蕾來說無疑是種麻煩，她隨便應個幾句，希望會談快點結束。

不過，同時也有個想法萌芽。

要是蜜莉姆願意幫忙，他們就能打倒暴風大妖渦了。畢竟「魔力妨礙」對蜜莉姆沒用。

可是，這想法應該很難實現。

畢竟魔王們並非同夥，彼此關係不足以讓人輕易開口拜託。利用他人，被人利用，這才是魔王之間的關係。

「聰明人不惹禍上身」無法對他們的關係一言以蔽之，挑明彼此敵對只會讓其他魔王有機可乘，冒的風險跟所得利益不成正比。不僅如此，被人趁虛而入搞不好還會害自己迎向滅亡。基於上述理由，魔王們才會締結互不侵犯的條約。

面對這樣的對手，怎麼可能拜託她幫忙打倒魔王級災害。再說要利用蜜莉姆根本是天方夜譚。再者，沒人看得出蜜莉姆想要什麼。

甚至有國家把蜜莉姆當龍之皇女崇拜，蜜莉姆也對他們提供庇護。這國家和平富饒，一方面又很無趣。這個國家不具備武力，因為有蜜莉姆一人就足夠了。

知道魔王蜜莉姆提供庇護，沒人會笨到跑去攻打那裡。

換句話說，蜜莉姆不用說財富和名聲，部下、同盟國等武力對她而言也形同虛設。

（只要能讓蜜莉姆出動，問題大概就能解決了……可是，這很難實現吧——）

蜜莉姆尋求的是可以排遣無聊的東西。那東西是什麼，芙蕾心裡實在沒個準。

不過，蜜莉姆目前對水晶球的景象充滿興趣。

（要是能妥善利用這點——）

或許能讓蜜莉姆出動。

（不。我要利用這點才行。然後，把暴風大妖渦收拾掉。）

她下定決心，悄悄地吁了一口氣。

●

克雷曼臉上掛著紳士的笑容，觀察這三名魔王。

這次，要咯爾謬德執行計畫的人正是他。想也知道，這件事一旦曝光，克雷曼的立場將會很為難。

不過，這些都是瞎操心。在咯爾謬德死的一瞬間，證據就跟著灰飛煙滅。

卡利翁應該在懷疑克雷曼插手，但以他的性格來說不會對這種事說三道四，克雷曼相當放心。

芙蕾這邊雖該擔心，但好在沒有證據，怎樣都能找到說詞圓謊。

基本上，這次的事對其他魔王也有好處，不至於把矛頭全指向克雷曼。計畫以失敗告終，卻沒有造成關鍵性損失。

克雷曼決定不再去想過往的事，開始擬訂全新的計畫。

調查生還者，思考該怎麼利用對方，對他來說這才是上上策。克雷曼縝密思慮。

果不其然，他成功挑起魔王們的興致。

其實對克雷曼來說，殘存的魔人一點也不重要。只要能當讓其他魔王上鉤的稱職餌食就行了。

的確，殘存者成長至準魔王級，過來當自己的部下便能增強戰力。不過，若只是增強戰力克雷曼還有別的方法。那就是用錢請傭兵，要多少有多少。能養成隨他們意思起舞的魔王另當別論，空有強大力量的高階魔人，克雷曼可不需要。

將利益放在天秤上衡量，克雷曼決定變更目的。他要賣人情給魔王蜜莉姆、魔王卡利翁這兩人，讓他們信任自己。

然後，今後遇到狀況可以當自己的後盾……

（蜜莉姆跟卡利翁果然如我所想，都喜歡強者，順利上鉤了。不過，芙蕾不在計算之內。她好像在煩惱什麼，運用得當或許能抓到把柄。調查看看應該滿有趣的。）

意想不到的結果讓克雷曼暗自竊笑。原本預定賣人情給蜜莉姆、卡利翁，這下搞不好還能掌握芙蕾的弱點。

假如能任意操縱其中一名魔王，就算失去半獸人王這個棋子，就結果來說還是釣到大魚。

話說蜜莉姆和卡利翁，這兩人在不容小覷的魔王眾裡算數一數二個性單純的傢伙。話雖如此，他們的武力確實優秀。說到底，魔王眾都傾向隱瞞實力，要找出無意隱瞞力量甚至有誇示傾向的，非蜜莉姆跟卡利翁莫屬。

特別強化武力的這兩名魔王，博取他們的信任有利無害。

改日在聚集全天下眾魔王的魔王盛宴（Walpurgis）上，包含自己在內，事先確保三票可說是意義非凡。若能加上芙蕾這一票，克雷曼將有可能隨意決定多數提案。

（呵呵，太棒了。雖然跟原訂計畫有出入，這走向依然很理想。讓半獸人王當傀儡魔王，當我的人偶是很不錯……但這樣更好。再說，處理得當還能讓芙蕾——）

克雷曼悄悄嚥下直竄而上的笑意。接下來，他這個「操偶傀儡師」要大顯身手了。

首先是芙蕾。

接著輪到蜜莉姆和卡利翁……

最後甚至能支配魔王盛宴，將這個世界納於手掌心再也不是夢。

朱拉大森林是不可侵領域，無法以魔王名義冠冕堂皇派遣調查團。必須僱用像喀爾謬德這類非屬魔王陣營的高階魔人。除此之外還須慎重行事，不能讓對方發現他們在背後操縱。

這種暗盤是克雷曼的拿手好戲，蜜莉姆跟卡利翁沒那個能耐。所以克雷曼就擔起這個任務，負責操縱喀爾謬德。

這次也一樣。雖然蜜莉姆異常感興趣的模樣很令人在意，但調查工作八成還是會落在克雷曼的身上吧。

目前尚不清楚朱拉大森林的現況，所以克雷曼認定非這麼做不可。

（可以的話先把對方納為己用，拿來當對付蜜莉姆跟卡利翁的間諜也好——這下有趣了。）

克雷曼微微一笑，心裡打著如意算盤。

他警告自己不能太貪心，然而，依今後的發展情況而定，並非不可能。

當務之急就是掌握芙蕾的弱點，可以的話，他甚至想掌握朱拉大森林調查行動的主導權。

克雷曼擬定方針，徐徐地逐一窺探魔王們的臉色。

跟櫻金色雙馬尾非常相襯的美少女——魔王蜜莉姆．拿渥有個想法。

（把任務交給這群傻子們辦，難得到手的玩具肯定會泡湯。重點是這些傢伙等同剛出生的小雞，沒有看穿事物本質的眼力。這裡果然還是要由冷靜又賢明的我打頭陣才行。）

蜜莉姆這個最古老的魔王一身從容，打算引領僅有數百年經驗的年輕魔王。

看起來最年幼的蜜莉姆其實是最老奸巨猾的魔王，這點著實諷刺，但那是不爭的事實。稍事思索一會兒，蜜莉姆擺出唯一的龍魔人及遠古魔王的架子，頗具威嚴地開口：

「好！那我們現在過去，跟倖存者進行交涉吧。」

蜜莉姆對大家如此提議，她那副模樣看起來雀躍不已、已經等不及了。

眾魔王聽到她的話紛紛沉默下來。

這也難怪。有朱拉大森林的不可侵條約在前，怎麼可能未經打點就直接跑過去。根本不可能如蜜莉姆所說，現在馬上過去。

「聽我說，蜜莉姆……因為有不可侵條約在，沒辦法那麼做吧？」

「對啊！妳怎麼沒頭沒腦說這種話。」

「蜜莉姆，妳冷靜點。我會仔細調查的，在那之前請先給點緩衝時間。」

三人趕緊出言制止，蜜莉姆則用輕笑帶過。

「這傢伙連腦袋都裝滿肌肉」，也就是所謂的「肌肉笨蛋」——認識她的魔王都一致如此認為。然而，事實上並非如此。那是因為蜜莉姆行事性急才讓大家這麼想，其實她的智商非常高。

她明辨萬物是非，思考上也能井然有序。因為這樣，她常常直接跳過過程，用行動彰顯答案，才被大家誤認為思慮淺薄。應該說，蜜莉姆在魔王眾裡算數一數二的天才，然而可悲的是，事實上顯少有人注意到這點。不僅如此，大家還認為蜜莉姆是最猴急、最單純的。

但她沒發現，還自信滿滿地挺起胸膛，直截了當道出自己的看法。

「不可侵條約又怎樣？那種東西，現在立刻廢掉不就得了。這裡有四名魔王，要廢很簡單吧？」

嘴邊浮現傲然的笑容，蜜莉姆吐出這句話。

聽到她的話，魔王們全都驚訝到說不出話來。

大夥兒恍然大悟，開始檢視蜜莉姆的說法。而後，他們發現這個辦法確實可行。就算想反駁也找不到反駁的理由。在這瞬間，魔王們心裡各懷的鬼胎因蜜莉姆一席話蕩然無存。

話雖如此，一直在找理由介入調查的卡利翁對這狀況可說是求之不得。

「原來如此啊。確實只要我們連署要求廢棄條約，沒人另提異議就會通過……這個提議，本大爺也贊成。」

卡利翁對蜜莉姆的意見表示贊同。這下就能堂堂正正派部下過去了，他沒理由拒絕。

「我也贊成廢棄條約。我的領土原本就跟朱拉大森林連在一起，有不可侵條約變得很麻煩。」

芙蕾也沒有意見。

她的目的是利用蜜莉姆，為了討蜜莉姆歡心，這裡當然要投贊成票了。再說，朱拉大森林有豐富的糧食來源，可以讓她可愛的女兒們進去狩獵。

雖然很可能跟森林管理者起衝突，但那些就等事情真的發生再說。

聽卡利翁、芙蕾雙雙認可，蜜莉姆滿意地點點頭。

「可是，事情會這麼順利嗎？其他的魔王難道會輕易答應？」

此時克雷曼出言詢問心滿意足的蜜莉姆。

惹毛蜜莉姆並非上策，但這話可不能隨便同意。

他不是拘泥於調查分工，而是不希望之後被其他魔王找碴。

有四人贊成，這個意見肯定會通過。可是，朱拉大森林這塊土地數百年來一直受不可侵條約保護，他不認為該條約有辦法像這樣隨意廢棄。

（要是這麼簡單就能廢除，我也不需要背地裡大費周章了。會有什麼理由——難道說，是因為維爾德拉消失了——？）

克雷曼想到原因的同時，蜜莉姆就沾沾自喜地竊笑，肯定他的想法。

「嗯？你好像發現了嘛，就是那樣喔。之所以會立下不可侵條約，都是因為有棘手的傢伙在顧地盤。三百年前那傢伙——『暴風龍』維爾德拉被封印時，大夥兒針對朱拉大森林締結不可侵條約，理由在於『不希望得來不易的封印解開』。你們剛好在那時才成為魔王，就算不知道也沒什麼好奇怪啦。我還記得提議人是——」

如此這般，蜜莉姆愉悅地回憶過往。

對蜜莉姆細數往事置若罔聞，克雷曼會意過來。

既然問題癥結的維爾德拉已經消失，任何一個魔王都不會跟他們唱反調吧。就算真的唱反調好了，也不至於取得三張反對票，變得必須召開魔王會議審議吧。

（現在還是照蜜莉姆的話做比較妥當。）

克雷曼二話不說地轉換思考方向，同意蜜莉姆的提議。

「如果是這樣的話，我不反對。我們快點選些人馬，朝朱拉大森林派遣調查部隊吧。」

「等等，克雷曼，這事要大家一起辦嗎？還是如蜜莉姆所說，先搶先贏？」

卡利翁露出獰猛的笑容，朝克雷曼提問。

回答他的人不是克雷曼，而是芙蕾。

「欸，我有個想法……大家各自派出部下，來比賽如何？若是這樣，讓我的女兒們跑一趟也行……我們在這兒爭也不是辦法吧？」

芙蕾憂心忡忡地發話。

行動的目的在於增強戰力，在這反目成仇就本末倒置了。芙蕾說得確實有道理。

三名魔王瞬間僵住。按大家各自的想法來看，分頭行動比攜手作戰更棒。若是競爭形式的話，光是不須配合對手這點就很理想了。

魔王們互相觀察彼此的表情，接著紛紛點頭。

「哇哈哈哈！那麼，我們就來場先到先贏，輸了不能恨對手的比賽吧！」

「好吧。調查這種拖泥帶水的事就免了。大家互不干涉，也不幫忙。這樣可以吧？」

「真是沒辦法呢。目前還不清楚生還者的狀況，不過這樣也好。連這部分一起算在內，大家各管各的。」

就這樣，結論是由魔王們各自遴選部下，單獨介入朱拉大森林。

「那我們就來比賽吧。可是，嚴禁對彼此出手。約好嘍！」

「好，我知道了。我不會打擾大家。」

「可以。賭上『獅子王』的名聲，本大爺答應你們。」

「明白了，蜜莉姆。本人克雷曼絕不負約。」

「很好！那麼，約定在此成形，協定成立。接下來，快點廢除朱拉大森林的不可侵條約吧。」

蜜莉姆滿足地頷首，宣告協定成立。

如此這般，四名魔王依據協定，禁止對彼此的人馬出手。

之後又以電光石火的速度連署，廢棄朱拉大森林的不可侵條約，隱匿地告知各路魔王。這下子朱拉大森林喪失中立地位，這塊土地淪為魔王的戰爭遊戲舞台之一。

宣言一結束，蜜莉姆就三步併兩步飛離現場。

「好了，我要走了！」

她朝大家招呼一聲，速度快到人走了這句話才入耳。

接著，場景回到蜜莉姆離開的會議室。

「被丟下了……還是老樣子，我行我素又任性。」

芙蕾愣愣地自言自語著。

卡利翁則笑著聳肩，算是同意她的說詞。

克雷曼泛起苦笑，對此不予置評，不過——

「話說回來，朱拉大森林不可侵條約瓦解，接下來就需要新的支配者吧？」

他的樣子就好像突然想起這件事，口中發出這句呢喃。

「既然這樣，要本大爺過去統治那一帶也行喔！」

「就是怕有人說出這種話，當初才會簽訂不可侵條約吧。」

「咕哈哈哈哈，別這麼說嘛。若調查結果顯示生還者成長到準魔王級，要我們認可那傢伙統治也行。若是如此，到時再讓當初催生傀儡魔王的計畫復活也行。」

「說得也對。」

「總之，有些人對森林霸權虎視眈眈，我們快點行動吧。」

結果，不經調查還是無法擬定計畫。魔王們如此判斷，決定效法蜜莉姆起身行動。

卡利翁扯出愉快的笑容，利用元素魔法「據點移動」返回自身領土。

繼卡利翁之後，芙蕾也離開現場。

最後只剩下克雷曼，他臉上浮現淡淡的笑容，一面擬定今後的計畫。

「先是蜜莉姆跟卡利翁，再來是芙蕾。那麼——」

克雷曼獨自一人勾勒愉悅的夢想藍圖——

就這樣——全新威脅即將造訪利姆路他們居住的村莊。

ROUGH SKETCH

第一章

國名

Regarding Reincarnated to Slime

矮人王蓋札・德瓦崗憶起密探的報告陷入沉思。

當初他要密探監視令自己耿耿於懷的魔物（史萊姆），報告內容卻荒誕無稽到令人一時間難以置信。

魔物們正在建設大規模的城鎮。

報告書從這件事寫起，讓蓋札王極度混亂。

這是玩笑？他很想這麼解讀，但密探不可能回報玩笑話。密探的報告句句屬實，容不得他懷疑，所以蓋札王靜下心閱覽後續，不過……

報告書後續是這麼寫的。

豬頭族（半獸人）大軍開始暴動。

——總數約二十萬。

森林的有力種族大鬼族（食人魔）已滅亡。

蜥蜴人族準備應戰，增強軍備中。

豬頭帝（半獸人王）確定出現，危險度推測有A級。

朱拉大森林決戰已無法避免。

——綜合危險度應相當特A級。

這就是前幾天到手的報告書。

是利用魔法傳話，匯聚趕往各地的密探調查之成果。

派去監視謎樣史萊姆的密探目擊到某件事，就是一群魔物在建設城鎮。

此外，密探觀察城鎮裡的魔物風貌時，察覺森林出現異變。

經蓋札王許可，他們加派更多密探，分頭前往各地調查。

結果便是這個。

半獸人王的誕生已無法坐視不管，蓋札王立刻發布緊急事態宣言。

讓人擔心的不單只有半獸人王。根據森林的決戰結果而定，他們矮人王國很可能受戰火波及。一旦遭二十萬半獸人大軍進攻，國家將面臨存亡危機。據密探報告指出，半獸人大軍的侵略方向並未指向矮人王國，但蓋札王無法抱持樂觀態度。

所以他下令召集天翔騎士團（Pegasus Knight）。

他們身穿矮人工匠製造的頂尖武具，是騎乘天馬的騎士。天馬與人馬合一的騎士戰鬥力相當於A級。總共有五百名。是武裝強國德瓦崗引以為傲的最強騎士團。

若情況糟糕透頂，他打算讓這個王牌天翔騎士團爭取時間，藉此整頓國軍。就算是武裝大國，出動軍隊也需要時間，這是蓋札王才能用的苦肉計。

武裝大國德瓦崗迅速進入戒嚴狀態，靜靜地備戰。

隨著緊迫的時間流逝，蓋札王一面等待續報。

當中某天，他總算等到引頸企盼的匯報了。

——數名高階魔人參戰，戰爭終結。

我們的監視行動遭人發現，受到妨礙，詳細情況不明。

魔人們應該是那隻史萊姆的部下——

又及：為了在萬全狀態下出任務，懇請替換成頂尖裝備。

蓋札王將報告書放進蠟燭燭火中燃燒。

「吾王，密探怎麼說？」

他閉眼欲理清狀況，這時騎士團團長出聲了。

「……危機已去。戰爭似乎終結了。」

「什麼！」

騎士團團長發出驚呼，天翔騎士們也開始騷動起來。

蓋札王舉手制止大家發言，要騎士團冷靜。

「——且慢。朕一時間也不敢置信。」

聽到王這麼說，騎士們紛紛找回冷靜，擺出嚴謹的態度。

密探指出，他們監視網被其中一名魔人識破。

善用隱身術的密探居然被人發現，實在難以置信，但他們最後總算勉強擺脫敵人的追蹤。然而，密探隊長認為繼續深入會有危險，才會提高危險層級，請求王許可放寬裝備限制。

的確，必須釐清詳細狀況。

等戰場歸於平靜，有必要再次派人調查。

「追加命令。天翔騎士團繼續維持備戰狀態，隨時待命。其餘國軍降低警戒層級，進入準戒嚴狀態，以防萬一。」

「「「遵命！」」」

蓋札王下令了。

朱拉大森林的戰爭落幕令人欣喜，但即刻斷定安全仍有風險。蓋札王如此判斷，准許密探的請求，更命他們詳加調查。

＊

在那之後，過了三個月。

謁見廳聚集王國的首腦群，靜待王的指示。

密探已經調查完畢。

有鑑於結果，這幾天大家不眠不休開會，最後終於得出結論。

如今，森林魔物活性化帶來的災害比預料中還低。

甚至讓人難以相信森林曾經爆發大騷動，森林周邊的環境一直很安定。

拿維爾德拉還在的時期做比較，魔物是有增加沒錯，但與魔物繁殖興盛的年分相比並無太大落差。

原本他們還預期至少會有兩倍以上的災情。

調查結果也顯示森林治安得以維持，必定有其要因。

恐怕跟之前那隻史萊姆脫不了干係。

再看這次半獸人軍暴動，最後平息下來。

出現謎樣的高階魔人。

甚至有人有那個能耐察覺密探在監視他們。

調查結果更指出二十萬半獸人軍沒有失控，而是四散各地。不僅如此，豬頭族（半獸人）還進化成豬人族（高等半獸人），事情太不尋常，已經超越蓋札王的理解範疇。

那隻史萊姆正在建造城鎮，看看住在城鎮裡的魔物，大多數是由小鬼族（哥布林）進化而成的人鬼族（滾刀哥布林），史萊姆肯定跟這一串謎樣進化有關。

（這件事可不能置之不理。別說是特A級了，搞不好有S級危險度——）

接獲那些報告時，蓋札王就已經下定決心。

此事有可能讓國家陷入危機，為王的他絕不能什麼都不做地靜待。

危險度是根據被害規模計算出來的。

特S級——又稱天災級。部分魔王和「龍種」即是特S。單一國家無法應對。人類必須跨越國家藩籬互助合作，為了生還孤注一擲的程度。

S級——又稱災禍級。通常是指魔王。小國無法對應，大國上下一條心才有對應可能。

特A級——又稱災厄級。高階魔人、高階惡魔暗中蠢動，具有把國家搞得天翻地覆的危險度。
A級——又稱災害級。危險程度極有可能對城鎮帶來重大危害。

上述區分方式只是一個基準值，常用來套在魔物的強度上，受到廣泛運用。
密探認為危險度是特A級。
單一半獸人王的危險度來到A級，確實是不容小覷的危險魔物，但多派幾個天翔騎士就能擺平。
然而，假如半獸人大軍失控、朝城內蜂擁而至，受害規模將超乎想像。小國肯定無法對應，會被吞噬吧。難保矛頭不會指向他們。這件事無法靠運氣解決。從這個角度看來，特A級判定肯定不假。
但問題不在這裡。
擺平這危急狀況的人物——那存在才是問題所在。
密探相當於A級、頗具實力，竟有能看穿他隱身術的高階魔人。還能馴服媲美那個高階魔人的複數魔物，替魔物帶來原因成謎的進化。
結論是——目前首要之務就是釐清這號人物。
（——這次的事，走錯一步就有可能讓國家滅亡。）
既然如此，他就要親眼確認才行。
蓋札王得出這個結論。

謁見廳鴉雀無聲。
大家都很緊張，靜待王的發言。

放眼睥睨用熱切眼神望著自己的人們，蓋札王開口了：

「朕認為必須去會會他。」

面對靜待指示的眾人，蓋札王用威嚴的語氣宣告。

聚集在謁見廳的首腦們大感震驚，開口的卻沒有半個。

他們知道王的話就是聖旨，不容否定。

「那麼，請讓我隨您過去。」

「──不能讓卿專美於前。在下也一起去。」

「呵呵呵呵，那麼久沒出去了，去一趟或許不錯。」

「那麼──諸位的人身安全就交由天翔騎士團保護──」

密探隊長美女安莉耶達。

軍部最高司令官潘。

宮廷魔導師老嫗珍。

最後那句話則出自國王直屬天翔騎士團團長德魯夫。

他們是武裝大國德瓦崗最頂尖的戰力。

蓋札帶著心腹集體出國，自從他當上英雄王後，這還是頭一遭。

「就讓朕親眼鑑定吧。」

接獲蓋札王的宣言，大夥兒同時出動。

究竟是善是惡。

雖然不想與之為敵，但若其性質很邪惡，現在就必須摘除災厄之芽──蓋札王心想。

必須想盡辦法避免留下禍根。
王做出判斷，接著就展開行動。

●

城鎮蓋得比預料中還要漂亮。
他們從無到有規劃整理，才有辦法蓋出這麼井然有序的城鎮。
都是因為我很努力。說是這麼說，其實只出一張嘴……
這些房子蓋得像棋盤格一樣，對路痴來說可能會有點辛苦。不過呢，目前那種事一點也不重要。
我比較在意廁所、給水裝置、除蟲設備、澡堂。
我已經經歷過日本那種等級的生活了，沒必要屈就異世界的生活品質。魔物的文化水平想也知道。
一開始我徹底無視他們，完全照我的意思安排。
排水、給水設施完成時，我就已經有構想了——事實上，成品超乎我的規畫。
首先是廁所跟給水裝置。
一開始只用木頭削馬桶，結果不好用就改變策略。
蹲式馬桶還行，木頭的坐式馬桶很難打掃。
薰臭了就無法除臭，不好好保養還會腐爛。
哎呀，懶得保養那怎麼行——要是這麼說，是也說得沒錯啦，但把耐久性也考量進去，木製真的不耐操，所以淘汰了。

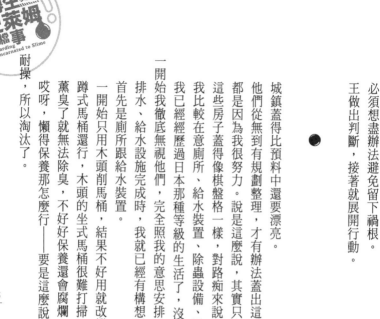

鋼製更不用說。原本就處於資源匱乏的狀態，哪來那種奢侈品。

基於上述原因，我決定弄個材質接近我記憶中的陶瓷的馬桶。

「思念傳達」這時就派上用場了。對誰都能用，拿來傳達意念很方便。可以將我腦裡想的事情一五一十傳達，要勾勒實體就變得很容易。

用畫、話語難以傳達的事物也不例外，可以直接將印象傳出去，讓對方輕易得知。

再來就換矮人工匠上場。

他們那兒有在買賣陶器作成的日用品，比較上更易再現。

從森林各處採土，嚴選性質合適的，再用我準備的窯燒烤。經歷幾次實驗失敗後，只要弄出一個成品，之後就快了。眨眼間，跟我記憶裡如出一轍的馬桶完成。

馬桶蓋採用木頭製成，組裝好就宣告完成。就這樣，每戶人家都設了廁所跟排水設施。

不愧是矮人，手真的很巧。

不過，驚人的還在後頭。

我把轉水龍頭就會出水的自來水設施用假想影像傳給他們，但覺得應該無法重現，早就放棄了。

好像有某種裝置可以利用水系高品質魔石自大氣中吸收水分，不過，聽說這玩意兒很貴又占空間。

此外，購買魔石需要花大把金錢，這種設備變成少部分有錢人專屬。

當然，沒人笨到拿那種高價裝置作抽水馬桶。所以說，就連矮人兄弟都沒看過沖水馬桶或類似的設備。

照這世界的文化水平來看，連矮人王國都用的汲取式都被歸為最新型設備，所以可說是理所當然。

不過，「異界訪客」的知識似乎在異世界流竄，大夥兒有在開發給水系統，卻因為預算的關係無法獲得認可。

仔細想想，興建給水、排水系統需動用為數可觀的預算。沒有方便到隨便誰想換就換，擬成計畫得花數十年慢慢琢磨。

可是，那套拿到這個城鎮就不適用了。我們從無到有興建，監工還是我。按我的願望興建都市並非不可能。

既然都能造出給水設施了，之後按矮人們的知識設置配水管肯定不成問題。

話雖如此，還是無法比照原生世界的水管，隨時保持壓力是件難事。所以我們要利用大自然的重力。就像用在公寓等地的給水機構，把給水槽架高。

我們沒有高壓幫浦，只好靠人力，將水補進設在屋頂上的儲水槽。不過，這點程度的勞動對魔物來說沒什麼大不了。哪個魔物有「胃袋」和「空間收納」，就能輕鬆搬運。

說是這樣說，有這類最新型設備的僅限中央設施。

各戶人家還是要自食其力去井邊汲水。然而，給水處跟廁所都設有小型儲水槽，只要朝那裡補水就行了。

每個星期必須拜託專任人員清掃各家的給水處，總之大致上都如我所想。

不愧是凱金，還有米魯得。

我之前小看矮人工匠了。其實什麼事都可以委託他們看看。

一直以來被我當成今後課題的水利系統三兩下完成。

之後，我要魔物們徹底保持給水處清潔，還要他們習慣洗手漱口。

我是不知道魔物們會不會長細菌啦，這麼做或許是白搭，但這都是為了有備無患。

據凱金所說，冒險者們初期會帶著生活魔法「狀態清潔化」的高手當夥伴，或自己也學。衛生管理似乎是很重要的課題，無法達成就別想出外旅行。

長途跋涉會變得很髒，聽說這裡的人都用魔法對應。話雖如此，好像只到讓人暫且釋懷的程度。

有些哥布林也會用生活魔法「狀態清潔化」，應該可以解釋成魔物也會生病吧。

如此一來，夢想中的抽水馬桶也搞定，轉轉家中水龍頭就會出水，跟這個世界不搭的文化之都宣告完成。

再來是除蟲。

不愧是森林，蟲很多。不做好防蟲措施，光是被蟲扎到都會痛個半死。我是沒問題，滾刀哥布林就慘了。

最怕的是這些蟲散播病菌。

不管我們再怎麼保持清潔，謎樣病源菌一旦擴散，清潔工作就白費了。只要弄乾淨就不會長那種壞蟲，但外面來的就防不勝防。

所以說，必須想辦法對付蟲子。

我第一個想到的東西是紗窗。

這城鎮的房子全都用了天然素材，打造成日本風格的木造建築。因此，必須防止蟲子從縫隙鑽進屋裡。

我們拿素材搭蜘蛛絲進行加工，試著做出紗窗。

結果用蜘蛛絲讓家家戶戶連防盜設備都添了，實在充滿魅力。不僅是蟲，連低級魔物都輕鬆抵擋，發揮意想不到的效果。

人類城鎮似乎還準備除蟲結界，但這好像是以城鎮為單位的結界設施。要以家為單位就會很花錢，每戶人家應該不具維持結界的財力吧。

如此一想，這裡家家戶戶都有防盜設施算很不正常，不過，那就不關我的事了。

最後是澡堂。

講到文化，絕對不能漏掉澡堂。

我們家位在城鎮中心，試著從遠處的火山地帶引進溫泉，看能不能隨時泡澡。

蒼影和我用「影瞬」進行配管作業。熱度不會從影空間散失，可以保持溫泉的溫度。多虧有它，我們備妥隨時處於舒適溫度的溫泉水。

澡盆就交給矮人包辦，他們大理石製出超棒的成品。大浴場大到可以同時容納十幾個人，如此舒適的空間只能說好奢侈。

畢竟由我坐鎮指揮、一路上這麼賣力，成果棒得讓人心滿意足也是其來有自。

澡堂男女有別，隨時都能任意入浴，這方面也該拿高分。有些人比較喜歡混浴，但我認為他們太嫩了。

總之呢，我朝思暮想的澡堂完成了，但這裡遇到一些問題。

在每戶人家設置澡盆很簡單，卻沒辦法配置溫泉管。就算從本管開枝散葉好了，還是無法讓所有的管線連通影空間。

接下來還會繼續興建新家，要我跟蒼影每次都跑來設溫泉管，可行性實在不高。

真要說是我覺得很麻煩啦。

今後澡堂泡慣了，無論如何都想將溫泉引進自家的話，大夥兒再練「影瞬」、自己加油牽管吧。我事不關己地想著。

就這樣，我放棄牽溫泉了，但這樣冬天應該會很難熬。有鑑於此，我開始思索替水加熱的辦法。

要說我為何會想這種事，全因為燃料問題。

哥布林們至今都對料理這檔事一知半解，用火的機會寥寥無幾，頂多烤肉的時候會用一下。這節骨眼上，高等半獸人加入我們，人口一夕間暴增，要用火的人大大增加。

目前我們利用木片之類的廢料生火，材料上還算充足，可是這些東西總有一天會燒完。想是這樣想，砍森林的樹當燃料又需要大把勞動力。

眼下沒空顧及燃料資源，有計畫的運用也需以考察為前提。

大夥兒想用火就用火，這是最大的問題。

此時跳出來大顯神威的就屬矮人三兄弟次男——多爾德。

他之前一直負責染色工作、小物製作，等大家都有一定程度的裝備時，人總算空閒了。所以說，我就拜託他製作他拿手的加了「刻印魔法」的道具。

這些道具一般稱為「魔道具」。跟高價的「魔法道具」不同，專門作來給庶民使用。

魔道具似乎用魔石這種東西當燃料。從魔物的基核取出「魔晶石」，從中抽出魔石，再行加工。魔石是人類用精靈工學加工的產物，少有天然物質。

如果是純度高的「魔晶石」，拿來加工魔道具會比一般魔石更有效率，但有那種東西的魔物都逼近A級，相當危險。

目前弄到魔石的手段有限。

需要大規模的工廠設備，只有中央本部的自由公會有辦法加工。

討伐魔物偶爾會弄到「魔晶石」，各分部匯聚後送往中央。根據匯送量決定配給各分部的補助金額。

他們的運作模式似乎是這樣。冒險者會跑去獵魔物不單要防止人們受害，一方面也是為了營利。

聽完來自矮人們的詳細說明後，我認為這個系統很不錯。

「能不能在這打造那種工廠──？」

「不不不，少爺。那種事真的沒辦法……」

我問之前就不抱希望，果然沒辦法。

也就是說，要弄到魔石只能用買的了……

《答。直接從魔物基核抽取魔素運用即可。刻印修正式為──》

此時，我的「大賢者」提出一個驚人手段。

真的沒問題嗎……我懷著錯愕的心情朝多爾德轉述，多爾德則半信半疑地製作道具。

「只要改變這部分的刻印就行了？」

「對。好像這樣就行了。」

「少爺，您說好像……」

「哈哈哈。沒問題啦。放心吧。」

多爾德一臉狐疑，我用笑聲蒙混過去。

他做了蓮蓬頭，再對把手施以刻印。一握住就會發動魔法，替水加熱。需要靠使用者的魔力發動，但魔素使用量只到生活魔法程度，或多或少有魔力的人都能用吧。魔物用起來肯定沒問題，劃時代的魔道具完成。

一般情況下只能拿來淋浴，不過，卯起來用就能替澡盆注水。澡盆也刻了用來調節溫度的刻印，裝水後稍微灌一陣子的魔力，將能變出溫暖的熱水。

「喂喂喂，不會吧……我這個製作人說這種話好像不大對，居然只要用這種式就……這就算了，家家戶戶都有這種設備當標準配備，天底下大概也只有這個鎮吧……」

最驚愕的莫過於製作人多爾德，說起來實在令人啼笑皆非。

不過，這次的發明刺激到他，提昇他的研究慾望。利用魔素這種萬能物質，打造出不用擔心燃料枯竭的環境。這種點子也只有魔物城鎮找得到，還用它催生不需要用魔石的魔道具。

米爾德今後肯定會開發各種便利的道具吧，多魯得也值得期待。

就這樣，我的堅持全都實現了。

＊

就這樣，大家的住家都完成了。

事情進展到這兒，新來的問題發生在居民身上。

與進化前相比，魔物的出生率掉到跟人類同等。以前一次會生五到十隻，進化後只生一到兩人。

這絕不是壞事。因為一生下來就是上位種族滾刀哥布林。

證明他們變成更優秀的生物了。

有鑑於此，我得想想結婚制度該怎麼辦。

哥布林跟食人魔都不例外，強者有權選擇喜歡的對象。有這習俗大概是為了留下較強的子孫吧。

到這兒就出現問題了，該不該承認一夫多妻制。

如果是死了老公的女人，一夫多妻也沒什麼不好。可是，強者把女性搜刮一空，肯定會引發不滿，讓大家忿忿不平。

鬼人們不論跟誰都能生孩子，他們卻說沒生的打算。但假如說，紅丸跟蒼影打算開後宮，多數女性應該都不會拒絕。

然而，紅丸卻說——

「行動上不用在意魔素減量的就只有利姆路大人。魔素之於魔物，等同生物的生命力——一般而言，光授名給部下都無法讓魔素恢復了，魔王級成員更不可能隨便替人命名喔！再加上還要生孩子，只會讓自己的力量大幅降低。」

他拋出如此驚人的發言。

「喂喂喂！我之前一天到晚替人命名，你怎麼憋到現在才講！」

「不會吧，您不知道嗎……？」

紅丸傻眼的眼神看得我渾身不對勁。

虧我之前那些魔素都能恢復過來。

今後命名可得審慎行事了。不過，我一直認為恢復是理所當然的事，也確定這麼做沒問題……不，今後還是慎重行事吧。

那些先不管。

孩子好像分成兩種。

隨便受精了事和認真起來生。

前者會在某種程度上繼承自己的能力，生下來卻很弱。魔素不大會減少，有那個意思甚至能盡情播種。可是，魔素降低的風險依然存在，實在不能亂來。

後者會繼承所有的能力，一生下來就很強。

聽說卯起來生孩子還會減壽。

所以紅丸他——

「我一個人就好了。拜進化所賜，壽命多了一大截。我對孩子沒什麼興趣。」

他說出這種話。

食人魔的壽命頂多百年，鬼人的生命卻能超越千年。

這樣當然不需要孩子了。紅丸說得有道理，沒興趣是當然的。

是說這樣一來就不需要操心鬼人的事了。

那麼，雖然不如紅丸他們，但滾刀哥布林的強者又是怎麼想的？

我想說問問看好了，他們抱持的看法不一，但基本上跟鬼人一樣。

魔物跟人類的情況差很大。

小孩子會把魔素全都奪走。

她們的魔素似乎也有可能不會恢復，沒人笨到跑去播種播爽爽。

還是下等哥布林時並沒有太大的影響——應該這麼說，為了留下子孫必須生一堆孩子——的樣子，如今成為滾刀哥布林則會失去大量魔素。講白點，在做人時，憑直覺就能知道這次成功與否。說得很白很現實，但那些都是事實。

受孕成功，為人父魔素量的最大值會減少一半左右。聽說經過一段時間就會恢復過來，連續好幾回就另當別論。聽說有時連恢復都沒著落。

基於上述理由，就算養一堆女人也無法生大把子嗣。

我總算知道一夫多妻制不是為了生孩子，現實中的出發點是用來保護女性。

順便說一下，女性的情況跟男性不同。

除了強大的精種，女人可以憑自身意志拒絕懷孕。

就算被討厭的對象以卑鄙的手段強要，依然生不出孩子。唯有自己認可的對象才能讓女性懷胎。

這邏輯拿到高階魔物跟魔人身上似乎也通用。所以說，魔物們的生態意外純情。

跟人類重複交配的亞人族（Demi-human）則不具該等強制力，聽說跟人類幾乎沒兩樣。

光聽這些實在很難判定哪邊好。

——從留下子孫的觀點來看，可以一夫多妻制。可是，僅限想要小孩的寡婦——

我設下這樣的規則。不想要孩子的寡婦可由國家保護。之後有問題可再行變更。

月初舉辦告白式，成功攔手的新人可以得到房子。就推動這種習俗好了。

單身的人住長屋。

不過呢，官階比較高的人可以自由選擇要不要房子。

希望這些都可以在大家都沒意見的情況下定案。

看著感情要好的魔物男女，我一面盤算。

有了住的地方，一開始的目的就達成了。

食衣住全都不成問題。

居所分配就如剛才所說。

衣服方面，葛洛姆跟朱菜收了一些哥布莉娜當徒弟，陸續製出新的產品。

唯獨糧食，人口的增加或多或少打亂步調。

半路上還多了高等半獸人，糧食調派變得很困難。不過，警備隊長利格魯在城鎮四周巡邏時順便抓了一大堆獵物。如今更增加部隊數，以千人規模、用各種方式調派糧食。

此外，莉莉娜掌管的蔬菜栽培工作也很順利。朱菜負責鑑定利格魯他們摘來的各類野草，用來當種苗。結果，可以吃的品種如雨後春筍增加。

建設部隊接下來有其他工作要做，就是開墾城鎮的周邊地帶。田地以驚人的速度狂增，糧食問題的改善工作如實進行。只要沒出岔子，大夥兒就用不著挨餓了。

如此這般，城鎮開始變得有模有樣。

＊

有個傢伙可不能漏了。

就是戈畢爾。

那個笨蛋，約莫一個月前若無其事地跑來鎮上，還理所當然地吃我們的飯。

「哎呀，哈哈哈！本人戈畢爾，想成為利姆路殿下的助力，特地過來拜見！」

我啞口無言，問他「你來幹嘛？」，結果他竟然厚臉皮說出這種話來。

「要砍死他嗎？」

紫苑一臉認真地問我，害我嚇個半死。

她臉上寫著「認真」，唸做「真心不騙」。表情就是那樣。

這女孩，連玩笑都不能開真的很讓人困擾。要是我隨便點個頭，她可能會真的砍下去。

八成看出這點了——

戈畢爾臉色鐵青，當場用神速趴地。

「我這幾個星期都沒吃頓像樣的飯，不小心得意忘形了，請原諒我！我們真的很想當利姆路大人的臣子。我們幾個一定能幫上忙，請您恩准！」

一聽到這句話，百來名部下不約而同跟著向我下跪。

看到這一幕，紫苑總算滿意地收起大太刀，心平氣和地聽我們說話。

聽起來，戈畢爾遭父親斷絕父子關係，現在沒地方好去。

實在太可憐了，所以我就讓他加入。基本上，看到他稀鬆平常地混在滾刀哥布林中吃飯，我就知道這傢伙有了不起的才能。

由於會妨礙建築物的建設工作，所以我延後防護壁的設置工作。也因為這樣他才輕鬆闖入我鎮，聽說還自稱是我的部下，讓巡邏小組的人不疑有他。

「所以你一開始就計劃好了？」

「因為，我找不到其他人投靠……再說我完全不打算侍奉利姆路大人以外的人……」

就是這樣嘍，又狗改不了吃屎說些得寸進尺的話了。

「雖然哥哥這麼說，但他已經有在反省了。請給哥哥一個贖罪的機會。」

有人出聲掩護戈畢爾。仔細一看，是蜥蜴人族首領——艾畢爾的親衛隊隊長。

我想起來了，她好像是艾畢爾的女兒、戈畢爾的妹妹。

「咦？隊長怎麼一起跑來這兒了？妳不是留在艾畢爾身邊幫忙建構全新體制嗎……」

我記得當初替蜥蜴人族首領取「艾畢爾」這個名字時，她還待在首領身邊當輔佐官啊……

「原來是這件事啊，我跟哥哥不一樣，沒有被逐出家門。是自己主動跟來的——」

原來艾畢爾被我取名後進化，壽命大幅延長。蜥蜴人族的壽命據說是五十到七十年，進化成龍人族(Dragonute)就延到兩百年了。但這些只是文獻記載的知識，實際上能活多久不一定。

不過可以確定的是壽命真的延長了。

跟利格魯德他們一樣，如假包換的返老還童。

繼承人問題似乎也能暫且延後處理，同意送女兒出去增廣見聞。

最後親衛隊長告訴我：「父親說有勞您了。」

「什麼？妳不是仰慕我才跟來的嗎？」

「我很尊敬哥哥。可是，我更尊敬蒼影大人，可以的話希望能當蒼影大人的部下。」

聽到前面那段話，戈畢爾開始大聲嚷嚷，沒想到親衛隊長回丟一句爆炸性發言。

「妳說什麼！」

「有什麼問題嗎？」

他們兩個開始吵起來了。

這女的跟戈畢爾有血緣關係，相當有個性。

跟戈畢爾一同前來的人幾乎都是仰慕者，這點可以肯定，但其中混了幾名親衛隊成員。似乎是跟著隊長來的。

也好，想在蒼影底下做事就去吧。

「想追隨蒼影就去跟他說吧。可是那傢伙在當密探，你們幫得上忙嗎？」

「沒問題！我們跟那邊的小少爺不一樣，更有骨氣！」

「啥？看我一直待在旁邊不吭聲就得寸進尺。別小看我，Ｙ頭！」

兩人感情超爛。還是所謂的愈吵感情愈好？

親衛隊長似乎也對戈畢爾謀反被抓的事耿耿於懷。別管他們可能會比較好。

太麻煩了，多一事不如少一事。

後來親衛隊長偷偷跟我爆料，她來到這裡原來還有其他理由。事實上，艾畢爾很擔心戈畢爾，要親衛隊長跟過來監視他。所以親衛隊長說以密探身分行動更合適。看戈畢爾的態度而定，艾畢爾似乎有修復親子關係的打算。

不過，這件事並沒有告知戈畢爾。

要是告訴他肯定會跩個二五八萬，暫時先讓他反省一陣子。

差不多就這樣，戈畢爾一行人加入我們當同伴。
變成同伴就得取名字，所以我分別幫他們取名。
這時我還未聽紅丸坦言取名傷身的事。所以不排斥取名。無知真的是一件很恐怖的事。
「那麼，要當蒼影的部下就取名『蒼華』好了。」
如此這般，我替親衛隊長取名。
親衛隊長的隨從有兩女兩男共計四人，分別取名「東華」、「西華」、「南槍」、「北槍」。
女人用「華」，男的用「槍」。
沒什麼特別意涵，隨便取的。
一取名，進化就開始了。
戈畢爾用羨慕的眼神看著這一切。
他再怎麼看，我還是沒有替戈畢爾取名的意思。他已經有名字了，沒必要取。
「戈畢爾，別那麼羨慕。你已經有『戈畢爾』這個好名字了吧？」
說完，我打算從戈畢爾身邊通過。然而在那瞬間，失去大量魔素的感覺找上門。
不小心取了？我邊想邊轉過頭去，正好跟用亮晶晶眼神看我的戈畢爾四目相對。
那時戈畢爾的身體已經開始發光——咦？這……難道是進化？
我在不經意的情況下替戈畢爾取名。

沒想到名字還可以重新代換。是因為原本替他命名之至親已死，波長剛好對到嗎？

雖然不清楚原因，但我的確幫戈畢爾取名了。

原本想讓戈畢爾多反省一會兒，但都生米煮成熟飯了只好作罷。既然這樣，就把他跟哥布達一起交給白老，讓他見識什麼叫人間地獄。

不這麼做，我怕他進化後會得寸進尺。

算了，之後得分個工作給他……想著想著，我按照慣例進入休眠狀態。

隔天，我順便幫蜥蜴人戰士團的百名團員取名。

裡頭混雜字母，是我利用不能動的時間隨便想的。

蜥蜴人是高階魔物，命名數二十隻左右就是極限了。所以，我花了五天的時間幫大家取名。

經歷命名過程，戈畢爾他們進化成龍人族。

龍人族是繼承龍血的亞人。

先來看外表——

不可思議的是男性跟女性的外貌差異很大。

男性跟蜥蜴人的樣貌沒差多少。長出酷似龍的翅膀和角，鱗片變得更堅硬。鱗片顏色從綠黑色變成紫黑色，這應該是最大的變化吧。

相對的，女性的外貌變得很像人類。

看起來相當美形。

不過，她們生著龍角和翅膀，還多了皮膚可以變質成龍鱗的「龍鱗化」技能。也能運用這份能力，反過來變幻成較貼近人類的身姿。

跟我擁有的技能「萬能變化」很像，既然要變，幹嘛不完全人化啊。不，多加練習或許有可能吧。

男性對人類姿態沒什麼興趣，外表才不接近人吧。

以後可能要去人類的國家進行諜報活動，這能力搞不好很好用。

變化的不只外表，力量也增強了。

強韌肉體被硬而堅韌的龍鱗覆蓋，除此之外，還會自動展開對物理攻擊、魔法攻擊有抗性的「多重結界」。

龍人似乎擁有「魔法抗性」，我利用「暴食者」的「吸收」效果回饋到自己身上，所以我知道。「供給」好不容易弄到的「多重結界」很不是滋味，不過，衡量損益比的結果算我賺到。

我還賦予其他幾項能力，之後應該就會知道是哪些了。不主動賦予就不曉得是哪些，想想實在很扯。

沒差，這方面還好……

我很好奇戈畢爾有多少防禦能力。

有這想法，就早早來做個實驗。我變化成人型，二話不說拿剛學會的魔力彈打戈畢爾。

「您、您做什麼！」

他被打飛，一臉驚訝地問我。

但我不慌不忙回罵他：「笨蛋！」

戈畢爾愣住。

我繼續對他放話。

「罰你背叛父親。不准再有第二次，給我記好了。」

一方面也是在警告他別得意忘形。更重要的是，我得事先挑明背叛者絕不寬待。順便做個實驗啦，但這方面就沒必要說了。

戈畢爾欣喜地應允。這傢伙果然是笨蛋，可是我不討厭這樣的傢伙。他跟哥布達似乎有得比。

順帶一提，戈畢爾被魔力彈打到，看起來卻沒什麼效果。

「龍鱗化」跟「多重結界」將大半威力無效化。

這是沒加料的一般火力，應該有盡全力毆打的五倍威力才對……

算了，大概他笨才沒感覺吧。難道是我的「痛覺無效」被他繼承了？

恐龍的痛覺神經很鈍，搞不好是那樣。

反正罰也罰了，就認可戈畢爾吧。

就這樣，戈畢爾他們變得很強。

從C+蜥蜴人變成B級龍人。

當戰士的技量（等級）也如實繼承，說變得很強也不為過。

戈畢爾和蒼華等五人特別不一樣。

蒼華來到A-，剩下四名有B+。

然後戈畢爾漂亮跨越A級障壁。現在的戈畢爾就算跟那個咯爾謬德打似乎也不會一面倒了。

程度不及紅丸等人，但多加鍛鍊應該能變得更強。

我打算過去拜託白老，要他狂操戈畢爾。

另外將蒼華他們五個引介給蒼影，之後隨蒼影決定。

如果是蒼影，應該會將他們訓練成出色的忍者和女忍吧。因為那傢伙下手毫不留情。

＊

我照蒼華等人的意思將他們塞給蒼影。

「我可以隨意使用嗎？」

蒼影的神情就像在看待宰羔羊一般看著他們，開口尋求我的批准。看得我都發毛了，感覺冷酷無情。

不過，蒼華說她崇拜蒼影果然不是隨便瞎掰，蒼華一行人毫不在意，滿懷期待地等我回話。

「好，嗯。蒼影想怎麼鍛鍊他們就怎麼鍛吧。」

接獲我的回答，蒼影說：「那麼，謹遵利姆路大人之意。」答應收下蒼華等人。

聽到這句話，蒼華高興地歡呼。

我是不懂高興的點在哪兒啦，但當事人開心就沒問題了。

就這樣，蒼華等人成了蒼影的部下。

問題是戈畢爾他們。

蒼華他們可以交給蒼影包辦，戈畢爾一行人則要由我來分配。

難得當我的部下，不分工作做怎麼行。

在那之前，當務之急是滿足他們的食衣住。

食就算了，問題是衣住。

他們身上只穿快要壞掉的甲殼鱗鎧當防具。另外還拿槍當武器，但這些槍的槍刃早已七零八落，快

要報廢了。

這方面就得拜託生產大臣凱金，要他盡快準備。

至於睡覺的地方，考量他們原本的居住地，住水邊會比較合適……

要說這一帶哪裡有水，就屬流經附近的河川。不過，就為了區區百人造個新村太麻煩了。

這時我想到地底湖。

那裡以前封了維爾德拉，是我拿來當實驗場所的地方，不過那邊應該夠寬才對。很少有人會闖進封印之門裡，拿來當戈畢爾他們的睡覺處恰恰好。

問題在於沒有光源，但只要學會「魔力感知」就可以解決了吧。

當初那裡的湖含有高濃度魔素，連魚都住不了，如今則稀薄許多。如果是B級魔物的話，應該挺得住吧？

我原本想利用那邊的魔素栽培希波庫特藥草。戈畢爾他們應該很適合擔綱這份工作。可以讓他們住，還能給他們工作，簡直是一石二鳥。

接著，我又開始擔心以他們的強度進洞會不會太危險。

戈畢爾已經跨越A級門檻了，洞窟裡那些魔物應該都不是他的對手。不過，某些魔物卻不是B級的龍人戰士有辦法應付的。

裡頭的邪惡蜈蚣來到B⁺，火力很強。

要是我趕他們進洞害他們變成魔物的餐點，我會很過意不去。

《答。單就等級比較，邪惡蜈蚣較強，但五名以上的龍人戰士聯手就有十足勝算。此演算結果乃基

於現今武器狀況，只要補強裝備就能提高獲勝機率。另外給他們回復藥，出現死者的機率極低。》

我還在煩惱，「大賢者」就出言建議了。

龍人有翅膀，多了飛行能力。邪惡蜈蚣雖然是強力魔物，面對高空攻擊似乎依然沒轍。只要擔心牠的噴霧就行了，但有了「多重結界」就不會造成致命傷。

我決定相信戈畢爾一行人，將這個任務交給他們。

「戈畢爾，我想拜託你在洞窟裡栽培希波庫特藥草。」

「包在我身上！本人戈畢爾為了完成這份工作，粉身碎骨也在所不惜！」

他眼眶濕潤，答話時整個人感動不已。

就交給他吧。論幹勁應該有十足十。

畢竟讓戈畢爾他們住洞窟還可以順便當看守者，就不需要另外派人警戒洞窟了。

我不忘嚴加命令，說洞窟內必須以集團為單位行動、人數五名以上。從某方面來說這等同訓練，拿來磨練正好。

順便補充一下，為了讓他們有個目的、知道要做的東西是什麼，我各給他們每人一大堆回復藥。順便事先許可，說危急時可以直接拿來使用。就算他們一不小心受重傷好了，有這個應該就沒問題。

就這樣，我同時替戈畢爾他們找了睡覺的地方，也找份工作。

*

這一個月來戈畢爾他們似乎掌握要領了，在洞窟內行動時不會遇到任何危險。還穿了葛洛姆跟黑兵衛新造的裝備，整體強度提昇不少。

我曾經放心不下跑過去看了一次，結果他們進展順利。

在那裡視力完全派不上用場，但他們大家都學了「魔力感知」和「熱源感應」，看不見東西完全不成問題。他們每五人編成一班，經常是三班聯手出擊。還利用「思念網」聯絡彼此，一面行動，有什麼萬一也可以迅速對應。

戈畢爾在這類指揮工作上發揮出類拔萃的能力，適應洞窟生活的速度比想像中更快。

戰士團團員持續在戰鬥不間斷的環境中生活，經驗值提昇，實力也變強了。一次出動五人連回復藥都免了，似乎可以直接擺平邪惡蜈蚣。

太可靠了。

改天讓他們跟狼鬼兵部隊來個模擬作戰似乎也很有趣。星狼族單體為B級，跟騎手滾刀哥布林們一心同體則會來到相當於B+的強度。以部隊行動的熟練程度也比較高，目前看來應該會由狼鬼兵部隊占上風……不過龍人們是飛行戰力，這樣打起來可能會很有看頭。

看到戈畢爾等人有所成長，我腦海裡突然浮現上述想法。

時間拉到現在，戈畢爾等人正在洞窟內賣力栽種希波庫特藥草。

十名成員不用在洞窟內巡邏，負責觀察希波庫特藥草的培育情形。為了調查何種狀態下會有較好的品質，每個區塊都採用不同的栽種方式。

接著，他們計劃選出品質最好的栽培，讓這些高品質藥草量產。

我希望拿這裡栽培的希波庫特藥草製作回復藥，賣那些賺取貨幣。為了因應以後去人類社會參觀的開銷，我打算把這當成賺錢的手段。

我把戈畢爾叫來。

「戈畢爾。育成狀況如何？」

「呵呵呵，問得好！非常順利！我的努力結晶就是這個。」

說著，他靜靜地朝我遞出一把草。

是雜草。

我無言了，立刻賞戈畢爾一記「黑雷」。

反正又死不了。最近我在威力的拿捏上很完美。

「咕喔喔，您怎麼這樣！我哪裡做錯了？」

「白痴，那不是雜草嗎！你到底都種什麼鬼啊！」

「什、什麼？失敬。本人戈畢爾為求功名，有些操之過急了。」

「一句為求功名操之過急就可以蒙混過去嗎……真是的，給我小心點。話說回來，魔素密度這麼高，要種出雜草也沒這麼簡單吧。」

雖然發生這段插曲，計畫大致上還算有照步驟走。

龍人們負責的稀有植物希波庫特藥草種植計畫正順利進行。

我還教戈畢爾怎麼分辨雜草，那還真是件苦差事。話雖如此，我也知道不靠視力、光靠觸感分辨不大容易。我身上有「解析鑑定」技能，戈畢爾他們卻沒有這麼方便的能力。那夥人就只能仰賴經驗了，我急也沒用。

要是有光就更好了……

光源問題就當今後的課題。

戈畢爾曾經是那副德性，如今的他又儼然一副山大王的模樣，四處巡視，已經變成洞窟裡的老大了。魔物們一看到戈畢爾就逃之夭夭。

戈畢爾的部下也開始出現猛將，可以單槍匹馬戰勝邪惡蜈蚣，洞窟內有一小部分全都歸他們管。

這群人了不起。但我絕對不會講出來，也不會誇獎他們。

他們這類人誇了就會得意忘形外加滑鐵盧。

總覺得跟我有相似之處。

因為我們很像，我才瞭若指掌。所以，我確信他們會負責把交辦的事辦好。

目前先讓他們專心在種植工作上，上軌道再來處理調和的事。

用我的能力簡簡單單就能量產，但我不打算那麼做。我打算讓大家沒有我也能生產東西。

少了我就什麼都辦不到——我希望避免這種情形發生。

就算一再失敗也無妨，只要確實成功一次就行了——

立下這些心願，我離開現場。

＊

解決食衣住問題，戈畢爾他們也和大家打成一片，變成好兄弟了。

和平的日子一再持續。

不，和平真的很棒。我被紫苑抱在胸前移動，一面悠哉地想著。

配合她步行的節奏，胸部跟著彈跳。

我彈、我彈。彈啊彈、我再彈。

啊啊，愈來愈舒服了……

思考開始變得慵懶，這時——

『利姆路大人，有緊急事件發生。數百騎天馬朝城鎮飛來了。』

蒼影冷靜地透過「思念網」對我發話。

「紫苑，有緊急事件。我去叫紅丸跟白老，妳去跟利格魯德說，要他對村民發布緊急指令！」

「我知道了。」

我趕緊對紫苑下令，她立刻放下我跑走。

要對鎮上所有村民傳達訊息，用「思念網」太勉強了。必須先敲響用來通知事態緊急的警鐘，將大家聚到廣場上。

跟紅丸等人告知後，我的意識朝上空集中。

讓平常縮限的「魔力感知」擴大到極致，觀測目前狀況。接著，我發現他們是從矮人王國所在方位過來的。

數量約有千。

個體平均起來皆不足A級——不，他們兩人一組——更正，天馬上面坐了騎士？這麼說來，這幫人是訓練有素的武裝集團了。

《答。「解析鑑定」結果顯示，騎士能力為A⁻，天馬一樣是A⁻。不過，他們已經來到一心同體的境界，波長同步。推測略高於A級。》

觀察後得知，他們是人數約五百名的騎士團。據「大賢者」所說，A級的騎兵好像有五百。就算我們全鎮集體出動也贏不了……

單看每個騎兵，感覺比剛升上A級的戈畢爾還弱。但被三名騎兵包圍，戰力上很容易打倒戈畢爾。

從某個角度來說，可以說他們的危險性比二十萬半獸人大軍還高。

紅丸跟白老也到了，蒼影神不知鬼不覺間來到我背後待命。

紫苑帶朱菜過來。

蓋德把前往建設現場、去森林調度資材的高等半獸人全都叫回來，趕緊整頓軍備，但這樣下去根本來不及。來得及也好、來不及也罷，C⁺等級的高等半獸人八成會慘遭蹂躪……

「利姆路大人，您有什麼打算？」

紅丸朝我提問，我卻給不出明確答案。

「我也不知道該怎麼辦……那些人要幹嘛、是什麼身分都無解。打起來八成會輸，我希望盡可能避免爭端……」

《答。接近中的集團確實要來這邊。毫不猶豫地直線挺進。》

我的呢喃讓「大賢者」有所反應。

這下我們無法採行躲起來避風頭的作戰計畫了。

「沒問題！把他們全都打趴就行了。」

我的想法很消極，紫苑則用沒大腦的聲音一舉吹散它。

是很想罵她笨啦，但罵了大概也聽不懂吧……

我跟紫苑定的勝利條件截然不同。

不論犧牲多少人都要毀掉那五百騎兵，這樣自然簡單。問我辦不辦得到，是可以。

不過，要將居民受到的危害降低至零，結論是不可能。

根據「大賢者」的演算指出，大家一起逃到別的地方可以提高生存率。照目前的狀況來看，似乎可以讓九成的人生還。

正面迎擊會讓半數人死亡。就連我跟鬼人是否能活下去都要看運氣。這還是全力戰鬥的預測結果，用關節想也知道，我一點都不想採納紫苑提的「把敵人打趴」計畫。

不管選哪邊，都會出現犧牲者。

一旦要作戰，對我而言就是一場敗仗。

城鎮受損倒還無所謂，人員傷亡就無法坐視不管了。因此，我個人只想盡量避免戰鬥。

「算了，量力而為吧。如果打起來，先讓居民去避難。避難期間，由我們爭取時間。」

「明白了。不過，拿出真本事作戰搞不好會大獲全勝喔！」

「魔法輔助就交給我吧！」

「呵呵呵，我的大太刀在渴求鮮血了。」

「——一切聽從利姆路大人指示。」

確定鬼人們充滿幹勁後，我要白老跟黑兵衛擔任避難行動的嚮導。

順便對趕來的利格魯德說明事情原委，未經討論直接下令，要他開打時過去找城鎮外的蓋德兵會合。

這時，我聽到某人喃喃自語道：「咦，難道說……」

轉頭望去，只見凱金若有所思。

「你怎麼了，凱金？」

「啊，不。提起能翱翔天際的騎士，矮人王好像有個直轄機密部隊。但那只是傳聞啦……」

「什麼？矮人王國主要靠重武裝部兵跟高火力魔法兵團吧？再說了，怎麼可能有前團長不清楚的機密部隊存在？」

「不，這個嘛……傳聞出處是那些退役老將。您想，我們這些人掛名團長卻算年輕一輩。哪比得上活了好幾百年的前輩們……」

凱金面容苦澀地說著。

簡單來說，他們是長壽又愛喝酒的矮人，退休仍對軍機單位有影響力。在慰勞這些退役軍人的酒席上，那些傳聞繪聲繪影。

喝完酒口風就鬆了，八成是這樣。

脫離七大正規軍，國王直屬的機密部隊——名字似乎就叫天翔騎士團。

「天馬一般來說都是C級魔獸。因為具備飛行能力，德瓦崗才會養牠們。自然界很少出現A等級的天馬。所以說，我才會認為那些傳聞屬實……」

原來如此，凱金的話確實有道理。

那種祕密部隊不可能將存在公諸於世。他以前當團長才能多少聽到這種傳聞，如此就說得通了。

既然這樣，來人不就——

「若凱金料得沒錯，來人不就有可能是矮人王本人了？」

「應該……吧。蓋札王現在都不出王宮，但他以前被稱作英雄。假如他覺得有必要，很可能主動出擊。」

「你能猜到必要性在哪兒嗎？」

「這個嘛……會不會是半獸人王事件？可是，那件事已經解決啦——」

嗯？半獸人王……？

「咦？對了利格魯德，我想問一下……」

「是，您想問什麼？」

「我要你透過卡巴爾將消息放給冒險者，你有跟他們說事情解決了嗎？」

「——唔！」

「喂喂喂，你該不會忘了吧。要跟卡巴爾他們講啊。」

「萬分抱歉。是我疏忽了——」

這錯不能全怪到利格魯德頭上。我也忘了，彼此彼此。現在只要拜託蒼影就能迅速傳話，還不算全盤皆輸。

雖然很想立刻派蒼影過去，但對付外來者是眼前更重要的課題。

「矮人王該不會得知那個消息，派人過來助陣吧？」

凱金道出樂觀的推測，不過，對方散發的氣息完全不是那麼一回事。

無解的事在這想破頭也沒用，我決定結束這個話題。

我們做最壞的打算，邊商討邊等那群不速之客。

*

天馬大隊飛至城鎮上空。

無視在那警戒觀望的我們，他們在空中飛翔數圈，接著就朝鎮外的空地降落。

城鎮裡也有未來預計建中樞設施用的空地，但就禮貌的觀點來看，他們應該不方便擅自闖入。

平常國與國之間若出現這種舉動就等同宣戰了，所以他們才這樣？不過，魔物好像不適用國際法，

再說還不知道這個世界有沒有國際法呢……

關於這點，我想再多也沒用。

還有更重要的事擺在前面，我們已經知道來人的確是矮人王本人。如今這才是重點。

矮人王似乎也不打算對我們發動突襲。

若他認定我們是敵人，肯定二話不說打過來，難道是凱金提的援軍？

假設是好了，為了幫我們就出動祕密部隊，天底下哪有這種事。

最起碼王自己不會親自出動。

交代白老、黑兵衛、哥布達帶村民避難後，我朝鎮外移動。

利格魯德跟我一起去。他堅持對外交涉是自己的工作，不聽我的勸。是說，還不知道我們有沒有籌碼交涉呢……

凱金跟矮人三兄弟自然不多說，一起跟我走了。

城鎮外的廣場出現一群井然有序的騎士團。

在那些騎士前方，有人正釋放壓倒性的霸氣。另外有幾人當他的護衛，一看就知道實力比其他人還強。

人數共計四名。

把蓋札王一起算進去，有五個不同凡響的人物。

實力不明，但我猜隨便都過A級。一看到蓋札王就覺得很危險，他們身上有相同的氣息，可以假定他們的實力不同於凡夫俗子。

他們八成是英雄王的夥伴。原來如此，有這等怪物在，怪不得逃跑更有機會存活。

說真的，不想辦法避免跟他們交手會死得很難看。

「原來是蓋札王，好久不見。陣仗還真不得了，敢問今天來有何貴幹？」

凱金來到前方，在蓋札王跟前跪下，朝他出言詢問。

仔細想想，我不曾跟蓋札王直接進行對話。因為別人跟我說，要跟王直接對話得先經歷麻煩的手續。

結果我根本沒機會辯駁，直接被貼上罪犯的標籤——說是這樣說，凱金毆打貴族（培斯塔）也是不爭的事實啦——最後差點被抓去勞改。

幸好蓋札王這次來得光明正大，看樣子可以免去打一場硬仗了。倘若真的要打，希望這次至少先讓我暢所欲言一番。

「好久不見，凱金。史萊姆也一樣。朕──不，你還記得我嗎？」

我還在觀察對方的態度，蓋札王就先裝熟叫我了。

是說，不用經過那些麻煩的手續嗎？我才在悠悠哉哉地想些有的沒的，背後就傳來危險的氣息。

應該是蓋札王直接叫我史萊姆的關係。

紅丸臉上沒了笑容，手搭在刀上，身上帶了敵意。

有人跟他恰恰相反，是時常處於冷靜狀態的蒼影。他嘴邊浮現淡淡的笑痕，將心情如實展現。換句話說，他很火大。蒼影平常面無表情，卻有著生氣就會露出笑容的危險性格。為了看他笑得有必死的決心，說起來實在很諷刺。

紅丸基本上歸類為易怒類型，但在鬼人間已經算較自律的了。證據就是朱菜跟紫苑正散發非同小可的危險妖氣。她們根本不打算自律，反倒馬力全開主張自我。

這下慘了。

大概是之前都遵從我的命令隱忍下來吧，只要再來些刺激，隨時都有可能瀕臨忍耐極限。在他們發飆前，我要想辦法圓場才行……

再來，有別於滿心擔憂的我，凱金聽了王讓人跌破眼鏡的回應似乎驚訝到不行。

「大、大王？」

凱金震驚到眼珠子都快飛出來了，模樣顯得狼狽。

果然，這次蓋札王如此對應，跟凱金一直以來的認知相去甚遠。不過，對我來說正好。

畢竟大國的國王親自出馬，跳過繁文縟節，直接跟我溝通。

光不用沒頭沒腦遭人判刑這點就值回票價。鬼人們的怒火先擺一邊，我得好好善用這個機會才行。

「呵哈哈哈哈。你的腦子還是一樣頑固，凱金。還看不出來嗎？今天的我以個人身分前來。反正排場都是做好看的，不這樣就別想外出啦。」

蓋札王豪爽地笑了，順便補上這句話。

凱金趕緊在我跟蓋札王之間來回張望，不單是王，連他身邊的心腹都沒出聲，這才曉得王說的話不假。來不及進入狀況的他整個人僵住。

話說這個矮人王蓋札。並非以國君身分前來，而是以個人名義來的。

既然這樣，後面那一票騎士團又該做何解釋？不，現在想想，王不可能獨自一人在外晃蕩。這麼說來，那些騎士團成員、長老和大臣都是護衛，用來說服國家的機要人員。

既然繁文縟節都省了，最有效率的方法就是直接問本人有何貴幹。我就相信他不是來找碴的，硬起來對應吧。

打定主意的我朝蓋札王發話。

「也就是說，照一般方式講話就行了嗎？」

「當然。現在不需要拘泥麻煩的形式了。」

「那好，先自我介紹。我的名字叫利姆路。雖然叫我史萊姆沒錯，但你還是別用那個稱呼叫我。我這隻史萊姆好歹是朱拉森林大同盟的盟主，跟以前的立場不一樣了。」

說完，我幻化成人型。

「這不是我的本質，但這樣會比較好講話吧？」

變完還扯嘴一笑，觀察蓋札王的反應。

「他可以幻化成人?」

「——是高階魔人,還是很厲害的角色。」

「正是。有魔力反應。不過,魔法反應是零。依老身看來,這狀態變化靠的應該是技能。魔素量沒有增加,大概如本人所說,只有外觀改變吧。不過,戰鬥方法可能跟變身前不同。跟我們一樣穿裝備的話,至少會增加攻擊手段和防禦力。」

「這下麻煩了……是許久未見的稀有異變體嗎?後面那群人也很不簡單。」

「正是。這邊就看得出是什麼種族了。他們是鬼人。稀有度不下於豬頭帝(半獸人王)。」

「什麼?鬼人族是大鬼族(食人魔)的進化種。趁我們還有辦法應付,現在馬上收拾他們?」

「——哪這麼容易?頭上有角的共四人。我們也得做好覺悟才行。」

「懦弱是大忌,但我們最好別把事情想得這麼簡單——是這個意思吧。」

蓋札王默默地看著我,他的夥伴則提高警戒。王的戰友甚至看穿紅丸等人。那個老婆婆似乎用了什麼魔法,藉此套出我們的情報。雖然被人看透透不怎麼開心,但這在某種程度上真的無法避免。不讓他們見識我們有多少斤兩,肯定會被小看。

就算能活下來,我也不想受人奴役。

「安靜!別吵。現在是我在跟這個史萊姆說話。不——該叫利姆路,對吧。我要來會會這傢伙,你們幾個給我待在旁邊看。」

蓋札王的視線沒有從我身上移開,突然提高音量要在場眾人肅靜。他身上爆出驚人的霸氣,瞬間讓戰友們閉嘴,真不是蓋的。

「抱歉嚇到你們。我變成人只是想方便說話。那個老婆婆說得沒錯,這是我用技能『萬能變化』變的身。只是一種擬態，不用那麼緊張啦。」

「這點由我判斷。不清楚是敵是友，怎能相信。」

說得也對。不過，話裡提到是敵是友啊……

原來如此，這次蓋札王之所以會來，其實是想釐清我們的底細吧。以下只是我的猜測，他會來八成已經掌握半獸人王被殺的情報了。

也就是說，若能博取他的信任，我們就沒必要敵對。

「你要懷疑我們是你的自由，但這樣就聊不下去了吧？」

「放心吧。會會你不是用講的。我要用劍釐清你的本質。你吹噓自己是這座森林的盟主，我得教教你分寸兩個字怎麼寫。若你的劍不是裝飾品，最好接受我的提議。」

說完，蓋札王將斧槍交給在一旁待命的騎士。一看到我的刀就目光驟變，疑似超級戰鬥狂。

「吾王，您該不會……」

「哼！直接卯起來打最快吧？」

蓋札王露出凶猛的笑容。

看周圍的騎士、王的戰友全都一臉驚訝，證明蓋札王真的想拿劍作戰。

我也沒理由拒絕。目前正讓城鎮的居民跑去避難，正好拿來拖延時間。

「這戰帖我接了。竟然說我在吹噓，我要讓你後悔莫及。」

我跟蓋札王視線相交，雙雙上前。

鬼人們跟著在一旁進入觀戰狀態。大概不覺得我會輸吧。

就連蓋札王的戰友和那些部屬騎士團也一樣，不打算勸諫國王，選擇默默觀望。

不知不覺間，大夥兒繞在我跟蓋札王身邊形成一個圓，我們兩個則在中央對峙。

「勝負條件嘛，能擋住我一次連擊就算你贏。用不著我多說，你可以盡情攻擊。不過——可別小看我這個劍聖，蓋札・德瓦崗的劍。」

蓋札王說完就一鼓作氣拔刀，將刀置於身前。那是微彎的單刃劍，上頭刻著淡淡的美麗花紋。跟日本武士刀很像，是一把獨特的劍。不愧是劍聖，拿的劍似乎很高級。

好了，那我也來備戰吧，這念頭才剛閃過腦海——

「那麼，就由我來當裁判吧！」

一個沁涼的聲音響起，立時籠罩全場。

同時出現三道清新氣息，這句話出自其中一道。

我很熟悉這股氣息，是樹妖精德蕾妮小姐。這個人依然神出鬼沒。另外兩道氣息跟德蕾妮小姐很像，應該是傳說中的姊妹吧。

「樹妖精——！」

有人發出驚愕的叫聲，是探我底細的老婆婆。

突然有魔物出現，怪不得她會驚訝。

德蕾妮小姐微微一笑，朝蓋札王等人瞥去一眼。

接著開口：

「您對我們的森林盟主太沒禮貌了，矮人王。敢說盟主利姆路大人吹噓，您可有跟森林居民為敵的覺悟了？不過，利姆路大人都接受您的挑戰了，我這個部下也不好說什麼。這次就裝作沒看到吧。可是，您若是不遵守約定，到時我可不會手下留情。」

德蕾妮小姐拿出不容反抗的氣勢，朝蓋札王一行人出聲宣告。

我那群同伴則點點頭，就像在說「妳替我們說出心裡話了」。

對此，矮人他們面色凝重。

「森林裡最高階的存在……樹妖精居然替他撐腰……」

「力量等同高階精靈。還有三個……各位，我們要做好心理準備了。」

他們開始交頭接耳，甚至有人擺出悲壯的表情。

就說了，我不想跟他們打啊……

「呵哈、呵哈哈哈哈！原來你不是虛張聲勢的森林盟主。抱歉剛才說你吹噓，利姆路。還有，事情經過我也大致猜到了。不過，這跟試探你的為人是兩回事。既然連裁判都有了，這個手非交不可！」

蓋札王不為所動。

他沒有移開視線，從頭到尾都看著我。

「好啊，說得對。看我把你打得落花流水，要你好好說明這次的事。」

「呵呵呵，打得過就回答你。」

周圍已經沒有其他雜音了。

德蕾妮小姐也換上嚴肅的表情，立於我們兩個對戰者身側。

就這樣，我跟蓋札王準備一決勝負。

＊

廣場一片寂靜，只聽見德蕾妮小姐喊了一聲：「開始！」

我跟蓋札王同時動作。

我的技能「魔力感知」可以讀取特定範圍內的情報，於腦中重現成影像。運用這個能力，我的視角調整到可以俯瞰自己的角度。還讓思考加速千倍，藉此擬定戰術。

好久沒這麼認真作戰了。

跟豬頭魔王決戰後，我每天都跟白老模擬對打。話雖如此，心中某處還是覺得並非實戰而輕忽。

我進入睽違已久的全神貫注模式，捕捉敵方狀態。

如今我的身高已成長到一百三十公分左右。吃了豬頭魔王讓魔素量增加，萬能細胞也增加了。

不過，蓋札王的身高比矮人平均值高，約一百七十公分，比我還高一顆頭。

就我個人的感官認知來看，他就像一座聳立的高山，相當有存在感。應該是王者存在感替他加分吧。

但我還是保持平常心，一邊窺探蓋札王。

蓋札王將美麗的單刃劍舉在身前，正面看我。身體文風不動，看起來自信滿滿，感覺無論何種攻擊都有辦法應付。

事實上，我一直無法看出蓋札王的架式有什麼破綻。

甚至讓我有白老出現在面前的錯覺。看樣子他自稱劍聖不是稱假的。不，應該反過來看，能跟劍聖並駕齊驅的白老才厲害。

總之，這不是訓練。絕不能掉以輕心。

首先要小試一下。

蓋札王說他只會發動一次連續攻擊。在那段期間裡，我可以試著攻擊好幾次。就算用這些攻擊打倒他也沒有問題。

愈是高手就愈會掌握空間。那麼——

我利用「身體強化」增強腳力，瞬間加速砍向蓋札王。中招最好，若他打算看穿就會落入我的陷阱。

我確定我已經給予蓋札王十足的情報了，接著才朝他發動攻擊。我相信他會正確吸收訊息，運用在戰鬥上。簡單來說，我只要邊砍邊將手伸長十公分，他就會錯判並且被我擊中。

別伸太過火是重點。

或許他會覺得我很狡猾也說不定，但這是非常有效的攻擊手段。讓對手摸不清攻擊範圍，這是打接近戰的一大重點。

對了，我曾用這個方法打中白老一次。這招沒辦法用第二次，那天白老還變成鬼——不，他原本就是鬼——讓我見識地獄長什麼樣子，但這肯定是難得的獲勝管道。

連高手都被那招騙過，蓋札王到底會不會上當？

如此這般，我自信滿滿地砍了過去，蓋札王好像早就料到我會這麼做，用精密的動作擋下。

不會吧，喂！我慌了，再度把刀握好。

蓋札王似乎沒有追擊的意思，還是靜靜地觀察我。

之後我又換了各種手段，試著攻擊對方，可惜全被他從容不迫地擋掉。

當然，我攻得毫無保留。反正有回復藥，只要沒死就能治好。我全力以赴，卻無法傷他分毫。

他動得溫和輕巧。不會傷到刀，用最適當的力道對應。

看樣子，我跟蓋札王之間存在壓倒性的技量差異（等級差）。我束手無策，只能承認這點。

「怎麼，已經沒戲唱了？你的能力就只有這樣嗎，利姆路？」

現在想想，比賽並沒有禁止我使用身上的技能。用了也不犯規。可是在這仰賴能力就形同認輸，讓我不痛快。

無論如何都要將他一軍，我在心裡暗下決定。看來這好像點燃我生來討厭吃敗仗的性格。

「少囉嗦！我還沒拿出真本事，急什麼。」

嘴巴上這麼回，卻想不出有效的手段。

雖然我不想輸，卻無計可施。

蓋札王似乎看透我的焦躁，他開始採取行動了。身上爆出驚人的鬥氣，進一步制衡我。

暴露在那些鬥氣中，我整個人動彈不得。

糟了，這樣下去會被打中！

《宣告。解析完成。這股鬥氣是「威壓」的上位技，追加技「英雄霸氣」。此能力的目的在於嚇阻對手，封住對手的行動。抵抗力低下者會在精神上屈服，醉心於能力者。》

正當我苦於應付時，可靠的夥伴出聲了。是救苦救難「大賢者」。我趕快問該怎麼對應。

《答。跟對抗「威壓」的方法一樣，須以氣魄抗衡。》

什麼？氣魄喔，我說你……

這回答太不可靠了。好像是我多心了，總覺得「大賢者」答得很隨便。

不，現在不是嫌他隨便的時候。

要先擺脫這種狀態才行。

所謂的氣魄應該是大吼吧。身體的確無法動彈，但聲音還是能出。到時用了無效再想其他辦法吧。

「唔、喔喔喔啊啊啊啊啊！」

我用盡全力咆哮。接著就朝蓋札王放出蘭加擅長的震聲砲。同時發動「威壓」，試圖中和英雄霸氣。

蓋札王沒有避開我的震聲砲，直接抵銷它。不過這招好像稍微引開他的注意，讓我成功中和「英雄霸氣」。

戰況捲土重來。

我跟蓋札王再度持刀對峙。

事到如今，我要勝利就只能那麼做了。

——看穿蓋札王的攻擊，接下它——

只能想辦法滿足一開始提的獲勝條件。

但我真的沒想到蓋札王會強到這種地步。就好像跟白老對打一樣，實力深不見底。

要是他打算殺我，早就放出致命攻擊了吧。沒這麼做是因為他並未食言，只為了測試我有多少斤兩。

不過，我可不會這麼簡單認輸。

既然號稱森林盟主了，我必須用盡全力取得勝利。

至少不能讓大家看到我輸得慘兮兮。

我換個心情，靜靜地舉刀至身前。有如和白老對峙，抱著討教的心情跟蓋札王對看。

成功接下蓋札王的刀技就算我贏。我捨棄一切迷惘，專心跟自己的刀一體化。

傾聽劍的聲音，跟劍合而為一——這就是白老說的劍法奧義。

雖然我不懂其中意涵，如今還是聽話將全副精神都灌在刀上。

看到這樣的我，蓋札王露出不羈的笑。

「沒錯，這樣就對了。那麼，我要上了！」

他居然特地告知，才這麼想——蓋札王就從眼前消失無蹤。用我身上所有的感知能力都感應不到。

這是——！

來得及反應純屬偶然加幸運。

有種感覺——真的是沒來由——就覺得危機感自下方逼來。我從來不曾相信這種似有若無的感覺，可是，現在只能乖乖仰賴它了。

這搞不好就是那個現象，只有登峰造極者才聽得到的「劍音」。

我略為向後閃避，一團殺氣從我眼前通過。然而，這樣還沒完。

因為——這是、這招是——

糟了！念頭一出，我就下意識揮刀。

鏗————！清澈的聲音響起。

勝負已定。

我成功接住蓋札王的劍。

「呵、呵呵呵……呵哈哈哈哈！你接住我的劍了！」
「是、是喔。既然你承認我接住，應該就算我贏吧？」
「當然，就這麼辦。看樣子你並不邪惡。」
蓋札王豪爽地笑了，一面將劍收起。
「到此為止！優勝者是利姆路．坦派斯特！」
在一旁靜觀勝負的德蕾妮小姐發表宣言，我獲勝的事就此底定。
聽到這句話，我當場鬆了口氣並癱坐在地。這場戰鬥消耗的體力超乎想像。
這就是……矮人王蓋札．德瓦崗。
我算是見識到英雄的一小部分實力了。

*

聽到我獲勝的宣言，魔物們的歡呼聲響徹廣場。
然而，矮人們似乎很不是滋味，各處陸續傳出不滿的聲浪。
「竟然接下國王的劍！」
「太扯了，這怎麼可能！」
「該不會是王放水吧？」
諸如此類。
不，實際上蓋札王只是在試探我。假如他沒有試探的意思，我肯定會在這場劍術對決中瞬間敗北。

可是，說他放水是怎樣？我知道你們看我獲勝很不是滋味，但這樣說太過分了吧……

「住口！你們太不知羞恥了！竟敢說王放水，這說詞未免太傲慢了！連我這雙眼都無法捕捉王的動向，你們是在說自己都看清楚了？」

「——說得好。蓋札那傢伙根本沒放水。『劍聖』這名字可不是浪得虛名。這次的目的不是要殺個你死我活，重點在於獲悉對手的本質。我們不是來樹敵的。可別忘了。」

一身純白的騎士男和一身漆黑的戰士男替我說出心裡話。再者，我果然沒料錯，矮人們的目的不是來找碴，而是想一探我方虛實。

被他們兩人言語修理的矮人們一臉羞愧，紛紛閉上嘴巴，還對我和蓋札王說「請原諒我等失言」、跟我們道歉。

我想他們說這話不是看輕這場勝負，而是不想承認自己的王蓋札落敗吧。

看他們的態度相當誠懇，我決定接受這個道歉。

再說，我也可以理解他們的心情。

我這個當事人說這種話或許不妥，但能接下最後那道攻擊純粹是我運氣好罷了。因為我知道這招會怎麼跑。跟我印象中的套路如出一轍，我才順著直覺揮刀，結果剛好中了，就只是這樣。

「話說回來，沒想到你能看穿我的『朧．地天轟雷』。不簡單吶，利姆路。」

「不，只是湊巧。因為我看過師父用這招。」

不只看過，應該說我受訓時常被這招打得叫苦連天。

最近就遇上了，避開第一刀暗爽時，腦門就被人結結實實打中，害我大嘆可惜。

從地表一飛沖天的上砍主要用於破壞敵方平衡。接在後頭來襲的刀砍才是「朧．地天轟雷」之真髓所在。

在白老的劍技裡算是初級，目前的我則得用盡心力才有辦法應付。事先遇過才接得住，這點程度一點都不值得讚許。

「你說什麼？難道說，你的師父是——」

蓋札王一臉興奮，從正面目不轉睛地望著我。招式一樣，該不會——

「呵呵呵，打得漂亮，利姆路大人。您好像聽到劍音了，真是太好了。」

白老應該跑去協助居民避難才對，卻神不知鬼不覺地來到我身邊。

「老夫帶女人跟小孩過去避難，來之前把後續工作全交給哥布達了，沒想到讓我看到這麼有趣的畫面。」

白老笑得很樂。看樣子他好像是趕過來幫我的。

對於這樣的白老——

「不好意思，您是劍鬼大人嗎？」

蓋札王用敬畏的語氣搭話。

果然沒錯，蓋札王跟白老好像是舊識。

「……哦，你是那時的小鬼頭嗎？當初真是看走眼了。不，說這話對矮人王著實失禮。察覺剛才的劍氣，還在猜是何等猛將，一看發現你有所成長，變成勝過老夫的劍士了，老夫滿心喜悅。」

白老看著蓋札王，瞇起眼睛笑道。

「劍鬼大人如此誇獎，不敢當。」

「嗯，差不多有三百年沒見了吧？一個小鬼頭在森林裡迷路，陪他練劍打發時間真是令人懷念的回憶。沒想到如今成了矮人王了。」

原來是這樣，白老曾經教他劍術啊。怪不得刀路一樣。

也就是說，蓋札王是我的師兄嘍。不過，話又說回來……三百年，蓋札王究竟活多久了啊？這人還真是一身謎。還有，人跟人的緣分實在說不准呢。

之後我們換個地方，開始進行詳談。

這裡已經不是暫定地了，而是如實新建的中央建物。在這棟建築物裡，跟城鎮營運有關的主要工作人員都配有房間。

事務大樓跟這棟建物相連，裡頭備有辦公室、會議室。我們進到那邊，開始針對這次的事商談。

還叫回一開始要他們避難的居民，拜託他們招待騎士團。

這場會面只有彼此的幹部，在一片祥和的氣氛中展開。

說起矮人們的目的，其實是調查打倒半獸人王的謎樣魔物集團——也就是我們。

要看看我們是敵是友——蓋札王說此行目的正是來探底的。果然不出所料。

結果樹妖精來了，以前的恩師出現了，他說就算不比試也不把我們當敵人了。

基本上，樹妖精是正大光明的魔物，外人都相信她不會替邪惡勢力助陣。有這樣的魔物當夥伴，用不著試也知道我們無害。

不過呢，蓋札王會參與這場比試一方面也是出於興趣的樣子。

聽矮人們說完自己的事情後，我們也說說自己的事。從半獸人王作亂講到當上森林盟主。

我沒把半獸人王魔王化的事說出來，反正都解決了應該也沒必要說。

就這樣，我們互把自己的事詳細說一遍。

講著講著就變成開宴會了。

聊了一陣子，存於兩派人馬間的緊張感隨之降低。接著又入夜，朱菜就端料理來，請大家吃飯。

這座城鎮的食物很豐富，可以做出品質很棒的料裡。重點是朱菜做料理的身手一流，自然而然就開起宴會了。

夜間飛行很危險，所以我請他們今晚住下。順水推舟，騎士團成員亦在大型集會場歇息。

對方說跟自己國家的定時聯絡沒有問題，所以我打算進一步加深雙方的友好關係，拿出在這個城鎮開發到一半的酒。之後就一發不可收拾。

在和睦輕鬆的氛圍下，我試著問之前一直很在意的事。

「對了，你們對應得好迅速啊。三個月前我們有放消息給冒險者公會，你們那邊應該最近才會收到消息啊？」

聽我這麼提問，蓋札王用一句話解惑。

「密探——我對諜報人員下令，要他們跟蹤你。」

可能是喝醉的關係，蓋札王沒兩下就道出機密事項。

「喂喂喂……這種話，告訴我沒關係嗎？」

「無妨。反正早就被你的人馬看破了。」

我一離開矮人王國就被人追蹤，他還大刺刺爆料。但我更在意被我方部下發現的事。

「喔，是有人鬼鬼祟祟追蹤我們沒錯。利姆路大人命令我們不可殺伐，我就把他趕走了。那人不值一提，還是您認為該把他抓起來？」

蒼影滿不在乎地攤牌。

他似乎認為這沒什麼大不了的，不需要跟我逐一報備。所以我拜託他今後不管再小的事都要上報。

「真敢講。雖然你說得沒錯，我的部下不擅長直接跟人戰鬥……」

自稱安莉耶達的美女對蒼影那段話頗有怨言。美歸美，卻是會酒後糾纏不休的類型。

她是蓋札王的心腹，一手掌控矮人王國的諜報活動，職稱為密探隊長。蒼影一席話似乎傷到她的自尊心。

兩人劍拔弩張，穿著純白騎士鎧，看起來個性認真的男人出面緩頰。

他說自己是天翔騎士團團長德魯夫。很仰慕蓋札王，還出面替部屬騎士的失言謝罪。不愧是機祕部隊的頭領，為人比外表更耿直。

成功安撫蒼影和安莉耶達後，他開始跟紅丸滔滔不絕地聊起空中戰的事。就連這個正經男人都不想繼續應付那兩人。他們雖然不再對彼此冷嘲熱諷，氣氛卻一度降到冰點，最後還不說半句話。也是啦，還不如講述自己喜歡的戰術話題吧。

剛才對我的技能充滿興趣的老婆婆珍，她還是矮人王國裡名列第一的智者兼宮廷魔法師。目前正跟朱菜大聊魔法話題。看起來朱菜似乎在請教她。

朱菜好像對剛才用來調查我們的魔法很感興趣。不只這樣，騎士團還施了軍團魔法，可以讓對軍魔法無效化。號稱紅丸拿「黑焰獄」攻擊也無法給予嚴重創傷。

珍的實力似乎在個人戰上也不容小覷，一方面又是專攻軍團強化魔法的專家。這老婆婆的危險程度更勝外在印象。

在跟凱金要好談話的是一身漆黑的重裝戰士。他的名字叫潘，掌握武裝大國德瓦崗的頂尖戰力。是軍部最高司令官。聽說還是僅次於蓋札王的實力派。

以前跟凱金好像是上司及部屬關係。

他目前的立場無法偏袒任何人，話雖如此，如今仍為凱金辭職的事感到可惜。也因為這樣，這次起爭端時，他本想助凱金等人一臂之力。外表上看起來很恐怖，其實人很好。

差不多就是這樣，我們跟矮人打成一片了。

至於蓋札王，他正用懷念的表情陪白老聊天。

「如今，老夫已是名為白老的鬼人了。擔任利姆路大人的『師範』。」

白老此話一出，蓋札王也跟著發出請求，說想入白老門下。不過，最後還是被同伴們阻止了。一國之君——還是大國的王，跑去拜他國師範為師，這種事他們怎麼可能放行。

蓋札王一臉懊惱地瞪著我。又不是我的錯，真希望他別用那種眼神看我。

話說這個叫蓋札的男人，當初說自己是以私人身分前來，這話果然不假，完全沒有王者的架子。他的態度很悠然，極具威嚴的模樣完全銷聲匿跡。擺威嚴不是他的本質，這才是他的本性吧。看黑兵衛稱讚蓋札王號稱自己鍛的劍，他露出喜孜孜的表情，上述想法就在腦海中浮現。

當英雄王的蓋札，當武人的蓋札。

如同蓋札王看穿我的本質，我也看出他的本質了。

＊

宴會進行得如火如荼，這時蓋札王突然用認真的表情看我。
「利姆路，我有事想問你。」
「好啊，要我答什麼都行喔！」
「要不要跟我締結盟約？」
我原本就不醉，現在居然有一口氣酒醒的感覺。
「這句話不是以師兄身分說的，而是用王的身分。你當上這座森林的盟主，我們就處於對等立場了。要是你將這座廣大的森林盡數掌握，財力肯定會優於我國。我從空中觀察過了，這個城鎮蓋得很漂亮。還利用優秀又講求合理性的建築技術，在森林裡開了通道。目前尚未完成，但總有一天會成為交易的樞紐都市。是不可多得的全新貿易路線。到時候，有個王國當後盾會很方便喔！」
蓋札王拿出王的魄力，朝我丟出這句話。
還用認真的眼神看我。
剛才他面不改色自稱師兄的事姑且裝作沒聽見，話裡意思是承認我們了，認可我們是一個集團。還說要當我們的後盾。求之不得。
「可以嗎？說這話等同承認我們——承認這個魔物集團是一個王國喔！」
雖然求之不得，這件事卻不是蓋札王一人就能擅做主張。他都說這不是個人名義，是用王的名義提的，要撤銷只能趁現在了。

「當然。還有你好像會錯意了，所以我先跟你挑明。這件事對我們也有好處。並非出於善意，而是為了彼此的利益喔！」

蓋札王笑著說出這段話。接著就用極其認真的態度提條件。

他的條件如下。

之一，締結互不侵犯條約。

之二，國家遭遇危機時，要互相幫忙。

之三，當後盾要禮尚往來，修建通往武裝大國德瓦崗的路。

之四，保障矮人在朱拉大森林裡安全無虞。

之五，互相提供技術。

其他還有好幾項細部條款，大致上比較重要的就是這五個。

締結互不侵犯條約是應該的，保障人身安全也ＯＫ。

互相幫忙的部分也只是先明文化，目前還沒那類情況發生。從軍事角度看來，德瓦崗跟東方帝國的國境相連，但帝國沒笨到去找又是大國又是中立國的武裝大國麻煩。至少目前還不需要我們出馬。

兩國締結友好關係，修路相連也是很正常的事。要談貿易，整備通路是最重要的課題。不過，全部的開銷都要由我們負擔，原本是很難接受啦。

從這可以看出蓋札王很會算，不是省油的燈，但上述條件也可說是破例的好。

原因在於按常識來看，魔物被人認同可不是小事。原本在我的假想中，慢慢花時間經營，最少也得花幾十年以上的時間，只要最後能跟他們交流就阿彌陀佛了。

有身為大國的武裝強國德瓦崗當後盾，其價值無法用金錢衡量。現實中連跟小國交涉都很難了……意想不到的好機會降臨，我不由得興奮顫抖。

「這件事，我樂於答應。」

我對蓋札王表示應允。

利格魯德、紅丸、德蕾妮小姐他們全都沒意見。大家都說「交給利姆路大人決定」。

正如德蕾妮小姐所說，有樹妖精認可我當盟主，肯定沒人敢跟我作對。魔物似乎也不排斥跟人類、矮人交好。就這樣，我們跟矮人王國正式結為同盟。

「那麼，這件事也跟本國人知會一下。」

接獲蓋札王的命令，密探隊長安莉耶達立刻採取行動。是可以用魔法傳達啦，但直接告知大家才是正確的作法吧。

「對了，你們的國名叫什麼？」

自然而然被人問到這個問題，我不由得停下動作。

咦！差不多是這種感覺，我們大夥兒你看我我看你。

國家叫什麼名字……？是說蓋札王都承認我們是國家了，國名就不可或缺。可是，國家啊……我光蓋城鎮就滿足了，還沒想到國家去。

是想說總有一天要建造屬於魔物的國家啦，可是我一直認為那很遙遠。

「沒啦……目前還算不上國家吧。雖說是朱拉森林大同盟，目前也只有承認我是盟主的各種族參與。再說，或許會有人不爽我當國王也說不定……」

聽到我說這種喪氣話，在場全員集體砲轟。

「有誰敢不承認利姆路大人當王，我紫苑就把他給宰了！」

「跟隨有能力的人，這的確是魔物的本能沒錯。可是，利姆路大人很不一樣，對吧？反正呢，這裡的追隨者都是自願的，不會有人反對啦！」

紫苑跟紅丸說得一臉理所當然。

「呵呵呵。目前利姆路大人支配的森林領域大約三成。森林裡的高階種族都選擇靜觀其變。不過，中階的高等魔物表示服從，低階具智慧的魔物則為了尋求庇護，才會到這個城鎮聚集。目前我們雖以大同盟之名團結在一起，但大家上下一心，我認為這樣就是一個國家了。核心魔物非利姆路大人莫屬。」

德蕾妮小姐這句話成了最後一支利箭。

在這似乎也適用弱肉強食這個絕對法則。

森林守護者維爾德拉——那隻龍是否這麼想姑且不論——如今他消失了，在貪婪的人類、霸權主義的魔王眾出手前，森林魔物必須一起攜手合作。沒辦法攜手合作，大夥兒只會被壓榨或毀滅，剩下兩者二選一。

『——希望朱拉大森林各族締結大同盟，彼此互相幫忙。若能創造一個種族多元的國家應該很有意思——』

當初我說的這句話被德蕾妮小姐廣為傳播，在森林各族間引起廣大迴響……在我不知道的時候，事情似乎開始動起來了。

我看這下只能硬著頭皮上了。

「我知道了。既然這樣，就來想國名吧……」

丟下臉上掛著錯愕笑容的蓋札王，我們換房間想國名。

矮人們好像還沒喝夠，打算大開宴會開到天亮。我們決定明天締結正式盟約——該說是國家對國家的條約——然後就離開那個地方。

時間來到隔天。

花了一個晚上，我們終於決定國名。

緊急召集主要幹部，徹夜開會才生出來。

我們決定叫「朱拉‧坦派斯特聯邦國」。

簡稱「魔國聯邦（Tempest）」。

大家一開始打算用利姆路這個名字，但我覺得很丟臉就阻止他們。坦派斯特勉強可以忍受。

不只是我的名字，而且叫起來還算能聽。

不過一時大意，這個城鎮就取名「利姆路」了……

正式名稱是中央都市利姆路。

會不會被人叫成利姆路城，還是魔都（利姆路）？光想就覺得丟臉，但我沒辦法拒絕大家的強硬意見，沒辦法只好接受了。我只能祈禱自己早點習慣。

我們也針對這個國家的未來方針開會。

這方面沒辦法只花一個晚上做決定，所以大夥兒預計要弄一個適合常拿來開會的地方。

我好歹是主權者，希望國家可以慢慢步上共和制之路。採用有智慧的魔物，力量不夠沒關係，讓他們幫忙負責政治方面的工作。適才任用是我的座右銘。

連架構都還沒出來，但目前先不管那個了。因為這次的盟約是我跟蓋札王彼此信賴才定的。

本次武裝大國德瓦崗和朱拉．坦派斯特聯邦國的盟約等同兩國協定。

僅憑各國代表用印──這回是彼此的簽名──就正式生效。

受魔法保障，這份盟約將會公諸於世。

如此這般，我跟矮人王蓋札．德瓦崗的盟約成立。

這就是──「朱拉．坦派斯特聯邦國」躍登歷史留下的最初事蹟。

第二章

魔王來襲

Regarding Reincarnated to Slime

如果用天馬移動，從德瓦崗到魔都可以一天來回。

我改日再來——蓋札王留下這句話就走了，不過……

「看，我按照約定來了，利姆路！」

蓋札王大笑著從天馬下來。

「咦，你不是前天才來過嗎？」

我一不小心就用真心話吐嘈。

「說這什麼話。師兄特地過來看你，你應該開心才對。」

這個大叔我行我素，根本就不聽別人的話。還有，他現在又搬出師兄弟那套說詞。好像已經不打算隱瞞，希望我承認他這個師兄。

身為王者的威嚴愈來愈薄弱了，應該不是我的錯覺。

是說，居然連隨從都沒帶、一個人來了……大國國王這樣做沒問題嗎？

正當我感到納悶時，慌慌張張朝這跑來的凱金開口大叫。

「蓋札王，您該不會私自偷跑出城了？」

「哼！那些警護兵共有百人，全都沒發現我偷跑出來喔！太鬆懈了。回去要重新鍛鍊他們。」

「不、不不……王做那種事未免……」

「嗯？凱金，你有什麼意見嗎？」

「沒、沒有……我沒意見……」

「是嗎？那就好。」

意氣用事跑來，凱金似乎也拗不過蓋札王。眨眼間就被人用話吃得死死的。

不過……

王居然偷跑出來，到底是什麼情形？矮人王國你們這樣沒問題嗎？

將我的思緒擺一邊，兩人繼續交談。

「那麼，大王。這次來這邊究竟有何貴幹？」

「噢。沒什麼，一點小事罷了。都怪我一意孤行，才把你們趕出矮人王國。應該由我出面拜訪才對。對了，之前不是談過技術協議的事嗎？我帶適任者來了。」

說著，蓋札王將扛在身上的貨物袋放往地面。

一放下，貨物袋就開始窸窸窣窣地蠢動。

「難道說！」

凱金趕緊把袋子打開，從中跑出一個臉色鐵青的瘦弱男。

「這不是培斯塔嗎！」

我不禁放聲大叫。

是當初設局陰我們的王八蛋。可是，他怎麼在這裡？

「呵呵呵，沒錯。為了替算計你們的事負起責任，我禁止他進入王宮。不過，讓這個能幹的傢伙在外遊蕩太浪費了！所以我就把他帶來。」

「……」

「所以我就把他帶來——不對吧！大王，您應該知道其中的利弊吧？讓培斯塔在這裡工作就代表

──」

「唔？不行嗎？」

「當然不行！培斯塔大臣的知識會流到我們這邊喔！」

凱金說得煞有其事。看樣子老實到骨子裡了，居然直截了當地質問國王。

當事人培斯塔則一副搞不清楚狀況的模樣。這也難怪，被人裝在袋子裡抓來，很難掌握情況吧。仔細想想，他可是一整晚都待在袋子裡……

「情報外流啊……現在說那些都太遲了。你們一離開矮人王國，情報就外流啦！我原本還打算對密探下令，想把你們殺掉喔！」

蓋札王面色一轉，說話語氣極其認真。

怎麼聽都不像在開玩笑。肯定沒錯，這是他的真心話吧。

「大王……這、這個──」

「是真的。我煩惱了好一陣子，最後還是打消念頭。我不做毫無意義的事。會帶培斯塔過來，也是想讓他在這裡工作。」

蓋札王此話一出，培斯塔的眼就亮了。

「吾、吾王──」

「別會錯意了，培斯塔。我沒有原諒你。不過，剛才說期待你的表現是真的。我不准你在我底下做事，來這賣命工作倒可以應允。你就好好善盡自己的本分，在這努力生活，不可懈怠！」

「蓋札王！聽起來你對矮人的技術毫不保留，認為它們就算在這曝光也無所謂？」

這下凱金慌了。

但蓋札王不以為意，快活地笑答。

「哼，別管那些，聽好了。你們要讓這塊土地變成從未見過的第一線技術領域。懂我的意思吧？不拘泥於既存的觀點，用創新的點子自由研究。就是為了這個，我才會約好讓本國跟這國互相提供技術。」

拿出王者的威嚴，蓋札王開始對凱金、培斯塔曉以大義。

看樣子他一開始圖的就是這個。

不單只有我知道的技術，還有黑兵衛的鍛冶技術、朱菜的裁縫技術、祕密進行的回復藥開發。他利用那善於聞出利益的靈敏嗅覺，早就看穿我們有多少本事了。

不愧是經年累月帶領矮人王國迎向繁榮的人物。

是說，我總覺得難以釋懷。

一路上被蓋札王將了好幾軍。沒錯，就好像心都被他看穿一樣……

這些想法一浮現——

「聽好，利姆路。你還沒看穿隱形法的奧義『朧』。『魔力感知』確實不可多得。不過，要出乎對手意料方法多得是。預測你想得到、會用來實行的探測方法，再反將一軍。這就是戰鬥的基本功夫。光仰賴技能是無法成長的。政治也一樣。要看穿對手在想什麼，先發制人。沒辦法做到這點就無法為政。你要更加精進。」

蓋札王彷彿看穿我的心思，適時給予建言。

不過，這果然是——

《答。個體名：蓋札很有可能是讀心能力的持有者。》

我想也是。想得到的就只有這個答案了。

不，這樣一來一切都說得通了。

他可以避開我所有的攻擊，說不自然還真的很不自然。就好像預先知道似的，全都完美迴避。

「喂，難道說——」

「哎呀，密探差不多要追上來了。我得走了！」

我才要提出疑問，蓋札王就如天機妙算般脫口。

接著咧嘴一笑，從懷裡拿出一顆拳頭大的水晶。

「這個給你。」

他說著就把東西遞給我，害我反射性接下。

「這個是用來聯絡的通訊水晶。至於該怎麼設置嘛，培斯塔應該會。有什麼緊急狀況就用這個聯絡。再見啦，多多保重！」

丟下這句話，蓋札王騎上天馬。

接著朝培斯塔瞥去一眼，對他放話。

「培斯塔，你要在這裡努力研究！」

「吾、吾王！這次一定會，我一定會回應您的期待！」

蓋札王聽到這個答案立刻滿意地點點頭。

「那麼，再會了！」

他說完這句話就飛走了。

突然出現，回去時又像一陣急驚風。

這男人簡直就像風暴的化身。

*

蓋札王離去後，我跟凱金面面相覷。

「我說，凱金……你們國家的國王這麼自由沒問題嗎？」

「誰知道……？不過，他擁有數百年來的統治實績，應該沒問題吧？話說回來……我以前在宮裡當差時，像他那樣自由自在亂跑可不行呢……」

「算了，沒關係。我也沒資格說別人……」

沒錯，我也差不多該去人類的城鎮玩玩了。沒必要多嘴亂講話，自掘墳墓。

話題不了了之，我們打算離開廣場。

而有人對著這樣的我們，從背後說：

「利姆路大人、凱金大人——過去真對不起！請先讓我賠罪。若你們願意原諒我，可不可以讓我在這裡工作？」

培斯塔向我們低頭了。

我並沒有忘記當初被這男人陷害的事。不過如今的培斯塔眼神清澈，已不像以前那樣利慾薰心。

所以，我認為可以相信他。

「先跟你說清楚，你要遵從我的命令喔！嚴格禁止看人家是魔物就鄙視這種事情發生，可以嗎？」

「——當然。回顧以前的我，真是太羞愧了。一開始是因為對凱金大人懷著醜惡的嫉妒心，愈想愈覺得自己真的是一個大笨蛋……好不容易有洗刷汙名的機會，我不想失去它。還有，我想要全心全意投入自己喜歡的研究工作，這份心情絕對不是假的！」

培斯塔目光筆直地望著我的眼，對我傾吐心情。

「在我看來，優秀的研究者增加無疑有加分作用。有什麼事我願一肩扛起責任，可不可以給這傢伙一次機會？利姆路少爺，請您相信我，原諒這傢伙吧！」

凱金朝培斯塔的肩膀拍了一下，對我這麼說。

說到底之前遭受困擾的人不是我，不就是你嗎……不過我原本就打算相信他了，過去備受困擾的人都不在意，我也沒什麼好不原諒的。

「沒啦，既然凱金都ＯＫ了，我就沒意見。培斯塔，多指教嘍！」

「是！不肖培斯塔定會好好努力！」

「太好了，培斯塔。這裡一點也不無聊，你不會有空為無聊的事煩惱。給我做好覺悟！」

就這樣，培斯塔變成我們的夥伴。

＊

雖然有點快，但也必須派工作給培斯塔。

不過，我早就想好要派什麼工作給他了。希波庫特藥草的培育終於上軌道，接下來要開始製作回復藥。

戈畢爾相關知識不足，我原本想讓他從無到有開發。可是，現在已經有精靈工學的專家培斯塔加入，狀況就不一樣了。

就讓戈畢爾當助手兼保鑣，跟培斯塔一起開發吧。

首先要把培斯塔轉介給戈畢爾認識。

我前往封印的洞窟，把戈畢爾叫來。他趕緊出來迎接，我則對他介紹培斯塔。

「初次見面，我是培斯塔。這次要在此跟你一起從事研究工作。」

「我是戈畢爾。本人擔任希波庫特藥草的培育工作，其他有什麼事需要我幫忙的儘管說。一起為利姆路大人努力吧！」

兩人說著說著就握住彼此的手。

我還以為培斯塔會被戈畢爾的外表嚇到，結果卻沒有，暫時可以放心了。

我打算讓培斯塔看看希波庫特藥草的栽培地，拜託戈畢爾帶我們參觀洞窟。

希波庫特藥草的培育非常順利。

「利姆路大人，請您看看這個。這些全都是另外培育的希波庫特藥草喔！」

對於戈畢爾這句話，我簡直認同到不行。

穿過封印之扉有個廣大空間，放眼望去全都長了希波庫特藥草。

這時發生一個問題。

我跟戈畢爾沒什麼大礙，培斯塔卻沒有在黑暗中目視的能力。

光靠火把跟魔法，連腳邊都看得不清不楚。是有些地方散發微光啦，但只有這些還是不夠亮。

就連初次踏入洞窟的凱金也——

「少爺，這裡這麼暗，完全看不清楚……」

——也這麼說。

他說得沒錯。我在目視上沒問題就疏忽了，處在一片黑暗之中根本無從動工。

這時碰巧有插曲發生。

「那麼，只要弄亮就行了吧？」

從來不參與艱澀的話題，自稱我家祕書的紫苑興高采烈地發話。

「妳有什麼好點子嗎，紫苑？」

「有！可以在牆上打洞，讓光進來——」

「駁回，妳這笨蛋！」

我二話不說駁回，結果紫苑就像洩了氣的皮球。

這裡叫封印洞窟可不是叫假的，整體異常堅固。要是她盡全力應該可以打出洞啦，可是，弄不好會害洞窟塌掉。那樣一來，戈畢爾的心血結晶不就沒了嗎？

雖然對自信滿滿的紫苑不好意思，我還是決定駁回她的意見。

「要是有電就好了……」

我在那自言自語，結果凱金跟培斯塔瞬間起反應。

「那是什麼，少爺？」

「是什麼樣的東西，可以請您說說嗎？」

受兩人的氣魄壓制，我開始針對電這種東西進行說明。該說我現在想的東西是電燈，並將電燈的形貌傳給他們。

「原來如此，加熱金屬來發光啊。」

「哦，感覺很不錯。螢光苔的光亮不夠用來照明，這東西一定要開發看看。」

我想的是利用電阻發熱，不過用魔法陣壓縮魔素，藉著這股熱能發熱也行。跟附有魔法的劍微微發光是相同原理，只要經過「刻印魔法」的處理，金屬似乎也能發光。

再來就要想用哪種金屬了，而這自然非「魔鋼」莫屬。魔鋼原本就是一流的魔劍素材，跟魔素的相容性也很棒。發光量龐大，耐熱耐久效果值得期待。此外還很適合搭刻印，根本不用試其他素材了。這本來是貴重素材，我卻有一大堆。是說魔鋼就採自這裡，來用個痛快吧。

說到金屬的細部加工和「刻印魔法」，這裡該請多魯得上場。之後凱金聯絡他，共同作業的事跟著敲定。

我把材料交到凱金手上，再來就沒我的事了。

工作分配完成，接下來就交給他們三個去辦吧。

「反正都要設置光源了，要不要在這弄個研究室？」

我試探性問問，結果培斯塔很有興趣。

「可以嗎？老實說，這樣的洞窟氛圍可以讓人靜下心來。我很喜歡祕密研究設施給人的感覺呢。」

看樣子，培斯塔的個性出乎意料地孩子氣。說話時一雙眼還亮晶晶，如今要我說這是玩笑話實在沒辦法脫口。基於安全問題，我順便跟他確認對這裡的危險有多少認識。

「可以嗎？這裡有B⁺的邪惡蜈蚣出沒喔。」

「嗯。沒問題。其實我有在鑽研魔導術，是很厲害的高手喔！」

我朝凱金看去，只見他搖搖頭。

可信性很低啊。

內心開始浮現擔憂，我再次確認。

「若你不後悔，我是可以幫你準備房間啦……？」

「沒問題！還有戈畢爾大人在，請您務必應允！」

對喔，有戈畢爾就不會遇襲。是說這裡的魔素很濃，一般的魔物不會靠近。單靠戈畢爾他們還撐得住。話說回來，一方面也因為維爾德拉被我吞了，所以魔素稀薄許多了就是。

人和亞人似乎一開始就沒問題，矮人跟滾刀哥布林則在後來才得以出入。

看來自然誕生的魔物比較容易受魔素影響。

那這樣就答應吧，我順便跟戈畢爾做個確認。

「戈畢爾，培斯塔的事，交給你沒問題嗎？」

「包在我身上！這裡有我在，還有兩名部下隨時看守！」

你變可靠了，戈畢爾。

唯一讓人擔心的就只有立刻跩起來這點，不過他一開始能力值就比較高啦。

最近他愈來愈沉穩，跟培斯塔似乎也合得來。

這裡交給他應該沒問題吧？

如此這般，開發回復藥之前，我們決定先蓋培斯塔住的地方，還有研究室。

＊

幾天後，培斯塔的房間跟研究設施完成了。

對了，戈畢爾他們都泡在湖水裡睡覺，似乎不需要房間這種東西。是可以在床上睡啦，但他們說翅膀很礙事，在水裡睡比較舒服。蒼華她們收起翅膀，在屋子裡睡覺，同樣是龍人族也各有喜好吧。

好了，來看看戈畢爾準備的房間。

在他底下做事的龍人挖了洞，弄了看起來意外舒適的房間。通風用的管線也配置齊全。還運來生活上會用到的設備，在這生活肯定沒問題。

再來就只剩培斯塔於洞窟和城鎮間的往來手段了，不過——

「利姆路大人，可以在這裡設置魔法陣嗎？門扉內側的空間好像很難發動魔法，外側就沒問題。我是想在這個大廳裡設置魔法陣啦。」

培斯塔想在我以前打倒黑蛇的地方設置魔法陣。

「那個魔法陣大概有什麼功能？」

「這是移動用的魔法陣。只要在上面登記地點，就可以瞬間移動過去。發動上需要花一點時間，但頂多幾分鐘。應該可以大幅縮短移動時間——」

聽說叫元素魔法「據點移動」。在出入口畫上一模一樣的圖案就可以移動了。

每個魔法陣可以登記一組出入口。所以說，只能在兩個定點間移動。儘管如此，這魔法用來連接城鎮跟這裡還是很方便。

看樣子他說自己有在鑽研魔導術不完全是假的。連凱金聽到都大吃一驚，他好像不知道。

一般好像都是用高價的魔法藥畫在地面上，現在則使出猛技，在更高價的「魔鋼」上刻印。並非用完就丟，可以使用好幾次是一大利點。

在本國之內，應該也會考慮設在機密設施裡，但對他國之間似乎會怕「魔鋼」太貴被偷。所以說，不用擔心被偷的地方才會設置刻印式魔法陣的樣子。放在外頭有可能會風化、破損、遭竊等等，總之好像很難管理就對了。

就算要設置這麼昂貴的魔法陣，拿這裡當設置點也不成問題。

必須灌注魔力一心想著去處才能發動，用不著擔心魔物跑到鎮上。

如果是這樣就沒問題，所以我同意了。

話說那個轉移用的魔法陣還真方便。當然要他趕快教教我了。

戈畢爾他們跟著學了，往來洞窟跟城鎮變得毫無障礙。

培斯塔，這男人比想像中更好用。

他個人也可以埋首於自己喜歡的研究，陰險勁沒了，整個人活力四射。

我想起他當初爭權奪利的臉，當時的表情看起來很沒趣。

真正的他不適合權力鬥爭，更適合從事研究工作吧。受嫉妒和慾望矇蔽，一直做自己不喜歡的工作，人當然會扭曲。

人還是要做自己喜歡的事才是最好的。

前提是那些行為不會給其他人添麻煩。

經過一番努力後，一切都準備妥當了。

就這樣，戈畢爾開始跟培斯塔一起進行研究。

＊

好了，蓋札王來訪、培斯塔變成夥伴，那段時間還來了各式各樣的訪客。

德蕾妮小姐說得沒錯，五花八門的種族都會來這個城鎮。

最先來訪的是狗頭族。

他們是來這邊做生意的，看森林的樣貌一百八十度大轉變似乎嚇了一大跳。畢竟我們砍掉一大片樹林空出偌大建地，在那裡興建建築物。一蓋完就將目標指向蜥蜴人族的領地西斯湖，朝那拓寬道路。

「這、這是怎麼一回事？」

狗頭族從森林深處前來，他們似乎察覺森林發生重大轉變。不過，他們還真的是對利益很靈敏的商人，為了顧全大局不怕死地跑來。

然而，來是來了，另一種意義上遭逢的變故卻落在另一方面。

「你好啊，狗頭商人先生。一直以來受你們照顧了。」

「……這個，請問您哪位？」

「哈哈哈。是我，利格魯德啊。」

不，那樣他不知道吧……

後來利格魯德就說自己是小鬼族（哥布林）的村長，狗頭商人則聽得一愣一愣。

話說這個狗頭商人似乎是個大好人。他們這些旅行商人在森林各地周遊，但還是有分地盤。他是裡頭負責接應利格魯德村莊的人，還跟好幾個滾刀哥布林熟稔地聊天。

於是——

「可否請您准許我們在這設立當作據點的下榻處和倉庫呢？」

——一聽到這句話，我立刻二話不說答應。

結果狗頭族就在這個鎮設立本部，整支部族搬遷來此。還拿這個地方當據點，展開在森林各處與此地間往返的生活。

其他還有小人族（半身人）、魚人族（Aaman）造訪本鎮。

小人族對我們表示歸順，所以我就讓他們擔任農耕工作。

魚人族過來尋求庇護。他們原本在大河裡棲息，凶惡的水棲魔獸卻變多了。

這方面我對紅丸下令，要他派討伐部隊過去。今後跟矮人王國進行貿易時，會通過河川沿岸。先清一清到時會比較方便，有能力幫忙就幫吧。

至於比較特別的同伴嘛，之前在探索森林時，我方遇到奄奄一息的蟲型魔獸（Insect）——魔蟲，把牠帶回保護。

身長五十公分左右，像是獨角仙跟鍬形蟲的綜合體，長相帥氣得令人興奮。旁邊還死了相當於B級的魔獸孤刃虎，我懷疑是這隻小小魔獸打倒牠，心裡很驚訝。

那隻魔蟲以為我是敵人，二話不說地發動攻擊。

我還以為這傢伙有勇無謀，結果馬上就發現自己想錯了。

後面還有一隻魔蟲。牠之所以會朝我發動攻擊，都是為了讓這隻魔蟲逃走。

『請、請等一下——』

是因為後面的魔蟲出聲才讓我有所察覺。

牠的身長約三十公分，外觀看起來像蜜蜂。換到前世，三十公分的蜜蜂只讓人覺得可怕，如今眼前這隻則奄奄一息。

牠的智商好像很高，雖然話講得不是很好，卻能跟我用念力交談。

『——為什麼不逃？我已經沒法子保護你了，原諒我。』

對我出手的魔蟲萬念俱灰。這隻好像也具備高智商。

跟孤刃虎打架打到只剩一口氣卻不放棄，還擠出最後的力量攻擊我。大概是發覺自己氣數已盡，打算死得光榮。

『這位強大的人，您願意保護我們嗎？』

蜜蜂魔蟲對我發出懇求。

我也不打算對這兩隻魔蟲見死不救。自己都快死了卻不忘守護弱者，那份心意令我感動。

那就讓牠們當我的部下吧——

這時我突然靈光一閃。

「喂，你們可以採集花蜜嗎？」

『是。可以……的。』

不知道牠們可不可以幫忙採蜜，我懷著這個想法問了，結果可以。

這下有理由了，我決定幫助這兩隻魔蟲。

牠們都失去將近一半的身體，所以我分一點點萬能細胞給牠們，替牠們進行治療。缺少的外骨骼就用「魔鋼」加工補強。再讓牠們喝回復藥強身健體，替帥氣的魔蟲取名「賽奇翁」，蜂型魔蟲叫「阿畢特」，收來當我的部下（寵物）。

森林裡可以收集到一些特別稀有的花，只開在魔素濃度高的地方或特殊場所。不過，換到樹人族聚落，就算花很稀有應該也遍地開。

如果是高智能的阿畢特，應該能只挑選出這些稀少花種，採集那些花的花蜜。

德蕾妮小姐也爽快應允，我就讓賽奇翁保衛那些地方，阿畢特負責採稀有花種的蜜。

自那之後，我就定期偷偷包下阿畢特收集的蜜。

總之呢，差不多就是這樣，我們有愈來愈多機會跟有能力互助的對象交流。

不過，來造訪的人也不完全出自善意。

「哈呀——————！這個城鎮看起來不錯嘛。從今天開始就算我們的吧。」

有時會有這種操著下三濫台詞的低階魔人集團出現。

大多都被哥布達、利格魯的警備隊趕回去了，其中也不乏實力者入侵。

「啊，紫苑。有客人喔！」

「是，利姆路大人！」

就這樣，這些低階魔人每次都落得淒淒慘慘。

紫苑沒有用對話交涉的概念，通常選擇用訴諸武力的方式溝通。不像祕書，比較接近護衛，對應方式也比哥布達、利格魯還狠。

每次的情況都差不多，不管來多少低階魔人都贏不了紫苑。

一直到他們哭著求饒為止，紫苑才會笑著問：「對了，你們有什麼事？」這些經歷把他們嚇個半死，那些旁若無人的傢伙再也不敢靠近這裡。

再說，我也不准他們來第二次。

基本上，我都會告誡大家盡量不要殺生。魔物講求弱肉強食，只要給他們好看，在某種程度上都會乖乖的。不過一次學不乖，一而再再而三動歪腦筋的就歸類為不知反省，允許對他們處刑。

如今還是有不少人把我當最弱的魔物史萊姆看輕，認為我被小瞧也不會動手殺敵、是好好先生，不把我當一回事，但我認為這些傳聞沒多久就會消失殆盡。

特別是蒼影的性格比紫苑還冷酷，會讓敵人打心底害怕再放逐對方。他本人說自己是在構築魔都防衛網，不過，我認為他也制裁了在周邊胡來的傢伙。

如今的我們仍算新興勢力，森林裡的早期居民都在測試我們。所以，現在就要彰顯我們的實力，讓周圍的人認同。

我的政策慢慢發酵，周圍的人也逐漸體認到。

就這樣，朱拉．坦派斯特聯邦國的首都「中央都市利姆路」人來人往……就連意想不到的客人都來了。

我的「魔力感知」捕捉到某樣東西來襲，是強大的魔力聚集體。速度快得不得了。

不妙！判斷僅只一瞬，我從紫苑的胸口跳下，朝門外全力移動。

接著，我發現自己沒感覺錯。

魔力團塊在空中改變航道，降到我面前站定。假如我現在在城鎮裡，周圍的建築物肯定會出現損傷。看看那傢伙降落的地點，樹木都被震得老遠，地面還出現坑狀窟窿。

老實說我有種直覺，那不是現在的我可以應付的。

我做好心理準備，決定先觀察對手。

只看一眼就知道那傢伙異於常人。

藍色的瞳眸蘊含堅強意志。

櫻金色的頭髮綁成雙馬尾。

外表看起來差不多十四、五歲，但魔人的年齡無法靠外觀判斷。說來對方完全沒有遮掩的意思，身上懷著駭人的魔素量，年齡絕不可能跟外表相符。

身上還穿著用奇妙材質打造而成，造型相當暴露的服裝。

我從來沒有看過這樣的美少女。

都還來不及請對方報上名號，少女就挺起幾乎沒料的胸脯，用傲然的態度開口：

「初次見面！我是魔王蜜莉姆．拿渥喔。聽說你是這個城鎮裡最強的，就來跟你打聲招呼啦！」

美麗的魔王對我說出這番話。

●

就在數分鐘前——魔王蜜莉姆發現眼下這片城鎮。

那個城鎮很漂亮。

建築物井然有序，區劃道路上還種了裝飾用的路樹。

廣大的城鎮跟大自然融為一體。

她還發現幾個超越A級的高階魔人。

然而最讓她吃驚的是，每個鎮民都進化至低階魔人等級。

不單只有魔素量，大家全都具備高度智商。每個人都會獨立思考，做好交辦的工作。

不久之前，朱拉大森林裡還沒有這樣的群體。這樣的集團竟然憑空冒出，一般情況下根本想不到會有這種事情發生。

不分力量強弱，大家互相幫忙。對他們下令的人到底有多高的統帥力，就連蜜莉姆那顆腦袋都無法想像。

她很高興。

好久沒這麼興奮了，運用能看穿真相的獨有技「龍眼」，逐一探測每個人的能力。

太厲害了，蜜莉姆如此感嘆。

真是不敢相信，幾乎所有人都是命名魔物。

（難道說——有人替他們把名字取過一遍？）

這數百年來從未感覺過、既驚訝又感動的情感自蜜莉姆體內湧現。

如此麻煩的事，蜜莉姆根本做不到。還要把自己身上一部分的能力讓出去，那些力量有可能不會恢復。換成一般的魔人，怎麼可能涉這種險呢。

在這個弱肉強食的世界裡，大家最討厭自己的力量流失，此事蔚為一種風潮。

蜜莉姆開心地輕笑。

（這是……！果然沒錯，當初為了以防萬一勸大家不要出手是正確的！）

會談後，蜜莉姆率先飛出。

但她直覺認為得事先打點，便直接找可能出問題的兩名魔王談判。接著硬是——威脅他們敢出手等同跟蜜莉姆為敵——要他們答應不會對這次的事出手干涉。

克雷曼、卡利翁、芙蕾，這三人是年輕一代的魔王。

所以蜜莉姆有自信，就算放他們胡搞瞎搞，最後也能以蠻力輕鬆制伏。然而在魔王群裡，有的連蜜莉姆都感到棘手。但那對對方來說也是一樣，只要像這次一樣事先打點就不用擔心對手來礙事了。

這次蜜莉姆有種預感，好像會遇到超乎想像的有趣人物，所以她心情很好。

也不用擔心半路上殺出礙事的傢伙。

（首先就慢慢找出那個魔人——）

蜜莉姆如此心想。

要說她這次為什麼會參加克雷曼的計畫，理由跟平常一樣——單只是為了打發時間。

對活了大把歲月的蜜莉姆來說，日常生活實在無聊。因此，每次有什麼好玩的，蜜莉姆都會參加。

喀爾謬德那個低階魔人在策劃些什麼，蜜莉姆根本懶得管。對她來說重要的就只有半獸人王變多強，僅只如此。

要是他可以長到某種程度，變成新的魔王就好了。她想見證那個瞬間，用以排解無聊。

可是，喀爾謬德失敗了。

蜜莉姆很期待，相對的失望也大。但克雷曼在這個時間點上秀給她看的影像，讓蜜莉姆受到莫大衝擊，大到半獸人王怎樣都無所謂了。

蜜莉姆的獨有技「龍眼」，拿來看水晶球影像也能看出事物之真實。雖然只有片段，蜜莉姆還是得到充分的情報。

跟喀爾謬德對戰的謎之魔人明顯具有超越高階魔人範疇的力量。

就算卡利翁跟克雷曼無法看穿，還是騙不了蜜莉姆的「龍眼」。

此外，誰殺死喀爾謬德，她心裡也有底了。這樣一來，據推測該名犯人八成將喀爾謬德的力量據為己有，進化成極度接近魔王的存在。

以此類推，那裡肯定發生一場壯絕的戰役。

（——不，不對。半獸人王進化頂多是魔王種等級，但那個魔人已經——）

蜜莉姆料得沒錯，最後是謎之魔人活下。

她心滿意足，從空中觀察城鎮。

（這城鎮是什麼時候蓋的？）

有人整備道路，有人搬運切好的木材，某些魔物則在建設中的建築物出入。不管怎麼看，城鎮都是魔物們自食其力蓋的。

蜜莉姆住的城鎮由人類建造。

那些人把她當神拜，還替她蓋神殿。他們如今仍在照料蜜莉姆的生活，但不會干涉她的行動。

對蜜莉姆來說，這群人不值一提。

替蜜莉姆做事，這些信徒保有了千年安寧。因為他們的土地被當成蜜莉姆的領土，免受其他魔王侵擾。

其他魔王都沒意見。很少有人敢對她有意見。

不過——結果就是信眾們停滯不前。

安於現狀，不想嘗試新的挑戰。世代交替，光服侍蜜莉姆就感到幸福無比。

這一停停了千年。

（這個城鎮的人跟那些無聊分子不同……）

這次她會來不是為了增添部屬。

而是要當消遣，尋求刺激。

就只是這樣。

克雷曼和卡利翁渴求戰力，她打算玩膩再讓給他們。

她要逗逗那些年輕的魔王，看他們露出悔恨的表情。等她玩夠了，再想下次要找什麼樂子。蜜莉姆原本是這麼打算的……

但謎之魔人的能力超乎蜜莉姆想像。

無法坐視不管，以成長度來說，早就超越任她擺布的階段。

要打倒他嗎，還是說——

蜜莉姆已經把年輕魔王們的事拋到腦後。

因為她找到了。

這個城鎮裡，有人擁有足以和「魔王」匹敵的力量。

（哇哈哈哈哈！果然沒錯，已經長到跟魔王一樣強了！）

就這樣，蜜莉姆瞄準獵物衝去。

●

居然是魔王！我硬是把這聲驚呼吞回去。

魔王來這幹嘛！

是不是本尊根本用不著問。這是因為眼前的少女散發霸氣，在我遇過的人裡面算是最強等級。沒錯，極具壓倒性，跟維爾德拉有得拚。

是說……一開始不是都該派部下當使者，不然就四天王之類的？

我很想瘋狂吐嘈，但最後還是忍住了。

話說回來，該答什麼才好……

我目前是一顆史萊姆。當然，妖氣沒有大剌剌地外漏。最近已經習慣操縱魔力了，就算不刻意依然能壓抑某種程度的妖氣。

也就是說，看在一無所知的人眼裡，我應該只是雜碎魔物史萊姆。

我還用分身開「魔力感知」測本體，漏出的妖氣只到野生史萊姆程度……

居然三兩下看破我，這個魔王不是省油的燈。看樣子我說謊裝傻也騙不了她。

總之，這傢伙不是我可以應付的。我還是別輕舉妄動，等一下惹毛她就不好了。

「初次見面。我是這個城鎮的主人，名叫利姆路。妳好厲害，居然能看出我這個史萊姆最強？」

其實最強的應該是白老。想歸想，這種話沒必要說。

問這話是想順便試探一下。

「哼哼！這點程度的事，對我來說小菜一碟。有了這雙眼睛——『龍眼』，連對手隱藏的魔素都能看穿。反正呢，別以為自己可以在我面前裝弱者就對了！」

魔王蜜莉姆說得洋洋得意。

雖然她驕傲地挺起胸脯，那尺寸卻非常令人遺憾。還沒有發育完全，一眼就看出來了。她還穿很暴露的服裝，更是無法隱藏。

既然我是大人，自然不會戳破。明明看到一大片地雷還踩進去，我可沒那麼蠢。

不過，那眼睛的效果好像跟我的「解析鑑定」類似。有了這個，確實瞞也瞞不住。

這對手不好應付。

我開「解析鑑定」後得知，對方的魔力明顯在我之上。論等級肯定也是魔王較高。

這樣我贏不了。

倘若真的打起來，我出什麼招都沒用。頂多只能用用技能，看情況見機行事，爭取一些時間吧。

畢竟她跟候補魔王豬頭魔王的層次完全不同。

我才在思索對策，蜜莉姆就繼續接著開口：

「對了，你現在的樣子才是本體嗎？當初把喀爾謬德打得落花流水，那個銀髮人型是幻化姿態？」

她竟然知道我跟喀爾謬德對打的事？目前能想到的就是蒼影曾告知我，說發現監視我們的人。我還以為監視人只有喀爾謬德，沒想到喀爾謬德自己也是被監視對象。

這麼說來，喀爾謬德的企圖全都露餡了嗎——還是說，他一開始就是計畫的一環，受人操縱呢？

對了，喀爾謬德曾嚷嚷說自己有魔王當後盾。我還以為他打腫臉充胖子，看樣子真的跟魔王有一腿。

而且，還是這種大人物……

「妳指的是這副模樣吧？」

說著，我變化成人型。

這次沒戴面具，反正把妖氣藏起來沒意義。

「哦哦，果然是你。那麼，是你打倒半獸人王嘍？他應該吃了喀爾謬德，進化成魔王種吧？」

魔王蜜莉姆聊起天來興高采烈。真沒想到，連喀爾謬德沒命的事都心裡有底了，但她好像不清楚後續發展。

要順水推舟騙過去嗎——不，這樣好像會有危險。還是實話實說比較妥當。

「妳真厲害。半獸人王確實進化成豬頭魔王了。不過呢，我還是打贏他了。是說妳今天過來打招呼，有何貴幹？難道說，要來幫被打倒的喀爾謬德報仇？」

我順便問她有什麼事。

如果她說自己要來報仇，我也沒辦法，但我想她應該沒這麼無聊。頂多當她的部下，這樣應該就能原諒我了。

在這打爆我們一點好處也沒有。

總之呢，先弄清對方的目的、身分才是真的。

「唔？有何貴幹？就來打招呼啊？」

「……」

「……」

尷尬的沉默降臨。

我和魔王蜜莉姆無言地看著彼此。

就在這時——

「覺悟吧！」

一記叫聲響起，紫苑朝魔王蜜莉姆揮刀砍去。

跟在我後面過來又撞見魔王一身霸氣，她似乎失去冷靜的判斷力。打算出全力先發制人，盡可能確保優勢。

同時還有一道黑影跑過。

蘭加從地面的影子竄出，朝魔王蜜莉姆縱身躍去。

攻得出其不意。換作一般人，就算來得及對付其中一邊好了，以時機來說肯定會被另一道攻擊打中。

可是，對手是魔王蜜莉姆——

「哇哈哈哈哈！怎麼了，想跟我玩嗎？」

她發出快樂的笑聲，用右腕接住紫苑的刀，再朝蘭加輕輕揮動左手。

鏗————！那是金屬被砍中的聲音，紫苑的刀被人不偏不倚接住。對方直接用皮膚接住大太刀，卻沒受半點傷。

接著換蘭加，他被肉眼看不到的衝擊波吹開，全身的毛倒豎。蜜莉姆輕輕揮動的左手放出超越音速的衝擊波，等一切都過了，我才注意到。

「唔，你們幾個等等——！」

我好不容易才擠出聲音制止，結果他們已經開始下一波行動了。

亦即——

「魔王再怎麼厲害也沒用，被這些絲綁住就別想逃。」

蒼影拿蘭加當誘餌，從背後用「操絲妖縛陣」綁住蜜莉姆。

還有紅丸——

「再來就用這招送妳上西天。燒成灰燼吧。」

——他的黑焰獄將魔王蜜莉姆吞噬。

攻擊完全沒有手下留情的跡象。明知道對手是魔王，依然全力以赴攻擊。

鬼人們八成認為在這毀掉魔王最妥當吧。

不過──

「哇哈哈哈！真行。像這樣的攻擊，我以外的魔王或許會掛彩。搞不好還能打倒他們，不過──」

魔王蜜莉姆的妖氣一口氣膨脹。

當場颳起有如火山即將爆發的猛烈衝擊波。

這不是蜜莉姆放的攻擊。應該這麼說，蜜莉姆什麼也沒做。

對，她一直壓抑自己的妖氣，只是把它放出來罷了。

「──這招對我沒用！」

眨眼間，綁住蜜莉姆的絲碎成好幾段，她又恢復自由了。

如今講這個只是馬後炮，但魔王蜜莉姆的等級實在差太多了。不是耍小手段、派大量兵馬就能打倒的對手。

用矮人王蓋札的話來說，高階魔人的危險度表示不是災厄級就是災害級，魔王則是災禍級。像維爾德拉這種「龍種」或部分魔王更相當於「天災級」，受世人敬畏。

親眼見識後，我總算理解了。

的確是天災。

相當於超越人力的大自然肆虐，眼前魔王的力量與之並駕齊驅。

單一個體就是種威脅。根本是惡夢。不過，那就是這個世界的現實。

好了，接下來該怎麼辦。

剛才的衝擊讓紫苑、紅丸、蒼影跟蘭加倒一片。雖然他們沒死，卻無法繼續作戰。

「……利、利姆路大人……請您快逃……」

「這、這裡交給我們——」

都被打趴了，紫苑跟紅丸還是拚命想讓自己起身，設法助我逃離。

那模樣怎麼看都過於勉強，我也不認為自己逃得了。再說，丟下同伴獨自逃跑，我的小小自尊可不允許這種事情發生。

「接下來交給我。你們躺著吧。」

「可、可是——」

「放棄就沒戲唱了，我會盡全力試試。可是，你們別太期待喔。」

我聳聳肩，要紅丸他們老實待著。反正都逃不了了，我要做最大限度的嘗試。

「哦？要跟我打嗎？有趣。」

魔王蜜莉姆興致盎然地露出笑容，朝我招招手。

好吧，就試試看。

事情都到這個地步了，我也決定不貿然出手。只好祭出本人拿手的虛張聲勢跟耍嘴皮大法。

「說是這樣說。在我看來，應該只有一種攻擊對妳有效。」

「哦？」

「若妳有自信，要不要接接看？」

說老實話，我知道自己怎麼做都贏不了。具體該怎麼說明呢——

《答。按目前可測得的最低標來看，對方的魔素量高你十倍。此外，上限無從預測。》

我想大家聽到「大賢者」的話應該就懂了，還沒拿出真本事就高我十倍。是說單就魔素高低無法判定強弱啦，但都多出十倍了，想必做什麼都於事無補。

怪不得紅丸他們盡全力攻擊也沒用。

所以說，我能用的戰術就只有一個。

既然已經知道能力全都派不上用場了，我打算祭出身上所有的道具應戰。接下來就看蜜莉姆會不會被我激到。

「哇哈哈哈哈！好啊，聽起來很有趣。可是，假如那招沒用，你就要答應我，當我的部下喔！」

喔，我運氣真好。

看樣子這傢伙的心胸比想像中更寬大。畢竟我方都不分青紅皂白出手攻擊了，沒被殺掉已是萬幸。但是，看這情況好像當部下就能了事。

「好，不過，招式奏效就要放過我跟我的部下喔？」

「可以。那麼，我們快點開始吧！」

魔王蜜莉姆同意我的話，一臉期待地望著我。

既然這樣，我就回應您的期待吧。

我輕輕朝地面一蹬，往蜜莉姆高速奔去。沒有拔刀，直接從正面突擊。並在手掌上弄出小水球。

魔王蜜莉姆饒富興味地注視我的一舉一動。我全速開衝，動作卻被她看得一清二楚。也因為這樣，我不使小手段。

「好，吃我這招！」

「唔——！」

我在魔王蜜莉姆面前停下，手掌的水球朝她丟去。蜜莉姆老神在在，早就看出這攻擊沒什麼大不了。所以她的戒心是零，結結實實接下這一擊。

——沒錯，我瞄準蜜莉姆的嘴巴。

說起來，這水球並不是攻擊。說穿了只是把我體內某樣道具叫出，包在水球裡保護罷了。接下來就看魔王蜜莉姆對這樣東西是否有興趣了……

我們的命運全看魔王蜜莉姆如何反應。

「這是什麼！我從來沒吃過這麼好吃的東西！」

她興奮不已，張嘴大聲嚷嚷。

可愛的舌頭伸出來舔舔舔，把嘴巴附近的水滴全舔乾淨。

呵，看樣子這場比試——是我贏了。

「呵呵呵，怎麼樣，魔王蜜莉姆！要是妳對我出手，這樣東西的真實身分就永遠不見天日。不過，只要妳願意在這承認我打贏了，我可以再送妳一模一樣的東西喔！」

我壞心眼地笑了，還造出水球，在魔王蜜莉姆面前炫耀。

魔王蜜莉姆的視線一直釘在水球上，我一動，她就跟著動。完全被吸引過去了。看樣子，這次的危機有機會跨越。

其實，這些是我命令受保護的魔蟲阿畢特採集來的蜂蜜。

因為我早就料到會有這一天——以上是鬼扯，單純是我藏起來，準備之後拿來偷吃的。

因為自從來到這個世界後，我都沒吃到甜食。最近總算能吃到好吃的飯，再來就想吃甜食。

沒想到！我跑去問朱菜，她跟我說甜食是超高級品，很少有機會入手。可行性較高的方法就是吃水果，只能靠這樣攝取糖分。西方大國跟東方帝國據說有砂糖，但那些東西很少流往外國，論價錢不是一般人買得起的。

如此一來也莫可奈何。先找簡單的來源好了，於是我相中蜂蜜。之於此上狀況，可以將阿畢特帶回算我運氣好。

就這樣辛辛苦苦才落入我手裡的蜂蜜，目前還無法量產。所以，雖然對大夥兒不好意思，我還是偷藏起來，準備自行享用。

魔王蜜莉姆似乎陷入天人交戰。

「唔唔唔……可是，話是這麼說……」

諸如此類，她苦惱不已。

只好出大絕招了。

「唔——嗯，好好吃！」

我一直抬手擺弄的水球，這時放進了自己嘴裡。

「啊！」

「哎呀，好好吃。哦，庫存好像變少了。」

「什麼！」

真有趣。

好像小孩子，值得耍弄。

「好了，要承認我贏嗎？」

「——等等，我有個提議。」

「說來聽聽。」

「算平手。這次算平手如何？」

「然後呢，若我接受有什麼好處？」

「這次的事都不算數。」

「哦？」

「當、當然不只這樣！我發誓，今後不會對你們出手！要是遇到什麼麻煩，還可以過來跟我商量喔！」

我贏了！

力量不是蓋的，內在卻跟外表如出一轍，還是小孩子。不是大人談判術的對手。

沒錯，大人是很汙穢的。

話雖如此，繼續交涉其他的似乎不怎麼安全。對手可是魔王，還相當於「天災級」。進一步惹她不快，我們可能會連人帶鎮變成灰燼。

「好啊，我接受妳的條件。那麼，這次就算平手。」

趁魔王還沒改變心意，我趕緊接下講合條件。

我這裡還有蜂蜜，所以在瓶子裡稍微多裝一點，將瓶子遞給魔王蜜莉姆。那個容器是用黏土隨便燒製的醜東西，但魔王蜜莉姆還是開心地收下。還迫不及待，用手指沾一些舔舐。

看樣子她心情變好了，危機已去。

就這樣，我們挺過前所未有的天災。

＊

助紅丸等人復原後，我們打算回鎮上，不料魔王蜜莉姆也跟過來。

這傢伙真讓人頭大。

剛才成功用三寸不爛之舌說動她，還以為她會乖乖回去，沒想到失敗了。

她小心翼翼地捧著裝了蜂蜜的容器，一直黏在我身邊不肯走。

大概在打蜂蜜的主意吧？我這裡還有啦，卻不想吐更多出來。因為這樣會害我吃不到。

「欸欸，問你喔。你想不想自稱魔王，當魔王看看？」

她好像很黏我，邊走邊拿這段話問我。

真是的，這傢伙在說什麼啊……

「我幹嘛做這麼麻煩的事？」

我一回問，她就一臉錯愕，開始摸不著頭緒。

「咦，因為……是魔王啊！很帥氣耶！一般來說都會憧憬吧？」

「才不會咧。」

「……咦？」

「咦？」

我跟魔王蜜莉姆的思考模式好像差很大。

懷著沒有交集的意見互看彼此。

「那我問妳，當魔王有什麼好處？」

「咦？我想想，高手會跑來踢館。很有趣吧？」

「不，那種事就算了，我也沒興趣。」

「咦咦咦——！那你的生活樂趣在哪兒？」

「這個嘛，很多啊。要做的事一大堆，忙死我了！連這個蜂蜜都是最近好不容易才弄到的。我還有好多想要的東西，沒空當魔王啦。還是說，魔王除了跟人打架另有其他樂趣？」

「是沒有……但可以給魔人和人類臉色看喔……？」

「那不是很無聊嗎？」

聽完我的話，魔王的表情就好像被雷打到。

看樣子她一直很無聊。

我說得中肯到不行，把她堵到沒話說了。

差不多快抵達城鎮了，希望受打擊的魔王可以順便退場。

「那妳該問的都問了，回家路上要小心喔。」

原以為關係可以就此打住、話斷得恰恰好，沒想到我太天真。

「等等！你、你你！是不是在做比當魔王更好玩的事？好狡猾，狡猾狡猾！我生氣了。快告訴我是什麼。然後我也要當你的同伴！」

居然開始學小孩子鬧脾氣！雖然我很想喊出這句話，最後還是拚命隱忍下來。

對手是魔王，不小心激怒她可能會死得很難看。

還不如把她孩子應對，應該會簡單許多。參照剛才的應對過程，我這個大人要舌燦蓮花騙小孩是小事一樁。

這種時候萬萬不可覺得她有心機。重點在於巧妙敷衍她的任性，將話題導向自己想要的方向。

此時，魔王蜜莉姆在我心中已經等同親戚的小孩了。

「好啦好啦。就告訴妳。可是，我有條件。今後要叫我利姆路哥哥，加『哥哥』喔！」

「什麼，愛說笑！應該反過來。你才該叫我蜜莉姆大人！對了，你從剛才開始叫我就一直沒加敬稱——」

糟糕。我是不是有點得意忘形了？就算她外表跟內在都是小孩子，惹毛「天災級」實力派依然很危險。

「哎呀，等等。剛才打架都平手了，這樣不是正好？」

「唔、唔唔……」

「好，就這麼辦，我叫妳蜜莉姆，妳則叫我利姆路。如何？」

「唔唔唔……也對，好吧！我准你叫我蜜莉姆。要心懷感激喔！可以這樣叫我的，只有跟我一夥的魔王。」

「謝謝。那今天開始我們也是朋友了。」

「——！」

剛才一度劍拔弩張，聊著聊著話題順勢轉彎。

最後決定互稱彼此名諱不需加敬詞。

「那我帶妳參觀這裡吧，妳別到處亂晃喔！」

「我知道了，利姆路！欸嘿嘿。」

總覺得魔王蜜莉姆——更正，蜜莉姆這傢伙好像莫名開心。

「好乖好乖，真老實。接下來，沒有我的許可不准在城鎮裡亂鬧喔。答應我？」

「當然！我答應你，利姆路！」

我暗爽。操縱這傢伙意外簡單。

這樣應該就沒問題了吧？

「……不愧是利姆路大人。三兩下搞定魔王蜜莉姆——」

「因為他是利姆路大人啊！」

「——我先去通知利格魯德先生。要他確保大家不會激怒魔王。」

上述對話傳入耳裡，也就是說紅丸他們應該沒意見。

——就算有意見好了，對手是魔王也不能怎樣。

腦裡浮現諸多念頭，我領著蜜莉姆入鎮，順便當她的導覽員。

順便補充一下，擅自號稱自己是魔王，其他魔王可能會發動制裁。說得貼切點，無法證明實力就會遭到排除。

好危險。該說非常危險。

要是真的照蜜莉姆所說自立為魔王，那些如假包換的魔王將把我當成眼中釘。

姑且不論蜜莉姆也是真魔王的事，總之我不知不覺間避掉一個危機了。

事後聽到制裁的說法時，我真想用力誇獎當初拒絕提議的自己。

＊

我帶蜜莉姆參觀城鎮內部。

這工作比想像中更吃力。

哪位曾帶小小孩去遊樂園玩的，肯定有概念。

視線一晃就不見人影。差不多這種感覺。

「喂——！我不是要妳別到處亂跑嗎！」

「哇哈哈哈哈！這邊！這是什麼？」

「聽話！乖，聽話別亂跑。」

「哇哈哈哈哈哈！到底是什麼啊？我有在聽啊？」

怎麼看都不像有在聽的樣子。她ＨＩＧＨ到很扯的地步，到處跑來跑去。

「噢噢，這不是利姆路大人嗎？正好，試作品完成了，我正把它們拿來。」

剛進入城鎮，抱著箱子的戈畢爾就在我們面前出現。

也不知時間點是好是壞。

「哦哦，這不是龍人族嗎？哇哈哈哈哈！好稀奇，有沒有努力工作啊？」

「噢，這女孩沒見過。我是龍人戈畢爾！身為利姆路大人的心腹，負責開發祕藥。妳也是新進成員嗎，小不點？」

——噗嘰。

「啊？你剛才說什麼？小不點——該不會在叫我吧？你是不是很想被人宰掉？」

蜜莉姆一直笑嘻嘻的，此時卻態度一百八十度大轉變。

戈畢爾叫她小不點似乎惹毛她了。

她一把抓住戈畢爾的頭拉向自己，再用拳頭打他的肚子。

根本沒機會制止。

咳！的一聲，戈畢爾被人一拳送向鬼門關。

等、等等！說好沒我的許可不亂來，那約定怎麼了……？

「聽清楚了！我現在心情很好，所以只打這樣就原諒你。下次就沒這麼好了，給我小心點！」

話是這麼說……不只打這樣肯定死翹翹。

那樣哪叫原諒。根本巧妙收放力道，在對方進鬼門關前收手。

蜜莉姆這丫頭好可怕！大概先用「龍眼」預測戈畢爾的能耐了，這傢伙真的好可怕。

幸好戈畢爾拿的是回復藥試作品。我趕緊用用看，結果他的傷消失了。

「噗哈！我好像看到父親大人在河川彼岸招手！」

戈畢爾邊喊這串話邊轉醒。

「什麼嘛，看樣子你還有餘力啊。你父親還活著吧。」

我傻眼地說著，戈畢爾趕緊改口。

「啊，對喔。失敬失敬。可是啊，我剛才真的差點沒命了……那邊那位少女——啊，那位小姐究竟是……？」

「對喔，蒼影說要去知會利格魯德，卻沒傳給人在洞窟的你吧。這傢伙是蜜莉姆，聽說是魔王喔！」

「啊，咦？什麼——！您說魔王！」

戈畢爾嚇到差點尿褲子。

嗯，我懂你的心情。等戈畢爾冷靜下來，我跟他說蜜莉姆會暫時先在鎮上待一陣子。

「原來如此……怪不得拳頭這麼強大。話說回來，虧我還活得好好的……」

「對啊，因為我跟她說好不能亂來了，所以她才沒殺你的意思吧。」

「哇哈哈，這還用說。那只是稍微打個招呼啦。」

這種招呼還真討厭。

是說事情變成這樣，當初講好不亂來的約定很有可能泡湯。

有可能對我們來說慘不忍睹的事，蜜莉姆卻主觀認為那是親暱互動。得叫大家嚴加注意才行。

「我晚點才會去洞窟裡，你先去跟培斯塔講一下。」

「明白了。」

戈畢爾點頭哈腰地離去。都被打成那樣，居然還這麼有精神。是回復藥性能優越，還是戈畢爾很耐打？搞不好兩者皆是。

蜜莉姆也悠然地點點頭，接著揮揮手。

然後就若無其事地轉頭，朝我發話。

「那傢伙很耐打呢！今後下手再重一點好了？」

我真希望她不要問我。這話發自肺腑。

「我說啊，不可以一生氣就打人喔！」

「嗯？要怪就怪惹我生氣的人。再說，那樣並沒有超過打招呼的範圍啊？」

不不不不，那已經不算招呼了。

「打人不是招呼，嚴禁打人！」

「是嗎？可是，一開始不給對方下馬威會被看扁耶……」

「才不會，反正不行就是了！我會好好叮囑大家，要他們別小看蜜莉姆。」

「唔，是嗎？就交給你啦。」

「好、好喔。那妳要小心，別亂出手。」

我現在也只能要她注意了。看樣子接下來得慢慢教蜜莉姆常識為何物。

魔王蜜莉姆的死穴似乎不少，我在心裡祈禱，希望戈畢爾是最後一個被害者。

折騰一番，我繼續帶她參觀。

參觀歸參觀，差不多快到吃晚餐的時間了。

大夥兒到時會放下手邊工作集合，我打算向大家介紹蜜莉姆。

多虧蒼影，小小暴君的傳聞在城鎮裡傳開。不過，還是讓大家記得她的樣子比較保險。應該不會有笨蛋出手挑釁才對，但這麼做是為了以防萬一。

要小鎮居民到廣場聚集的廣播已播送。結束手邊工作的居民陸續聚集。

看大家聚得差不多了，我站到講台上。

「那個，從今天開始，有新夥伴會暫時停留這裡。我把她當客人，希望大家謹慎對應。不過，我已經跟她約好要她遵守這個城鎮的規則了，有違反時請記得告訴我。」

身分是魔王不代表樣樣都可以放行。只不過有這等暴力當前，確實很難拿捏。雖然棘手，我還是跟她挑明，要她遵守約定。

蜜莉姆也表示了解，「你太擔心嘍！我會遵守約定的！」，回得自信滿滿。

總覺得很讓人擔心，不過，懷疑她也無濟於事。所以我決定相信蜜莉姆。

蜜莉姆代替退開的我站到講台上。

「我是蜜莉姆．拿渥。從今天開始要住在這裡。請多指教！」

她做了自我介紹。

咦，她剛才說什麼？

「喂，等等。妳說從今天開始住是什麼意思？」

「就字面上的意思啊？我也要住這裡。」

「暫停暫停。妳現在不是已經有住的地方了嗎？那些人不會擔心嗎？」

「沒問題。偶爾回去就行了！」

笨蛋，我們這邊問題可大了！我硬把想大喊這句話的衝動憋回去。

別擔心……這傢伙很善變，膩了就會回去吧。

「她本人都這麼說了，大家就朝這個方向應對吧。」

我放棄掙扎，決定隨蜜莉姆的意。

話雖如此，居民的反應大多沒有敵意。

「什麼！這不是魔王蜜莉姆大人嗎！」

「噢噢，我還是第一次窺見她的尊容……」
「話說回來，真不愧是利姆路大人。跟那個暴君如此要好——」
「這下子，本魔國聯邦肯定會風調雨順。」
諸如此類。
魔王的威儀不得了，當中蜜莉姆似乎很受歡迎。
也沒人懷疑她是假冒者。經過我介紹，大家八成都深信不疑吧。
「再說一次，蜜莉姆從今天開始就是我們的夥伴了。遇到困難的話，大家要好好照顧她。」
「嗯。我跟利姆路已經是朋友了，有事可以來找我幫忙。」
大概沒人勇到敢去拜託蜜莉姆。我反倒覺得，蜜莉姆可能會引發騷動，未來被她害到的人更多吧。
我說那句話其實有這層含意，可是，蜜莉姆好像沒聽出來。她朝好的方向解釋，也沒有否定這些。
話說回來——
「朋友啊——」
跟魔王變成朋友，究竟是福是禍？光就目前短暫相處的情況來看，蜜莉姆應該是好人啦……
似乎聽到我的自言自語，蜜莉姆開始害羞起來。
「對喔，講朋友很奇怪……呃，那個……比起朋友，我們比較像死黨！」
那張臉微微泛紅，她改口道。
咦？那個……死黨？
蜜莉姆，我們什麼時候變死黨了？
「那個，死黨？」

我小心翼翼地試探。

「咦？不是嗎？」

蜜莉姆的眼睛開始蓄積淚水。然而，拳頭早在那之前就累積鬥氣了！

「沒啦！開玩笑的，說笑而已。我們是死黨沒錯！」

我火速幫腔，藉此避開危險。

差點就踩地雷了。我可不想變成戈畢爾第二。

「對吧？你也很會嚇人嘛！」

我的對應似乎中了，蜜莉姆一張臉笑開懷。

這傢伙好單純。

單純是一回事，她也很難搞。

今後要小心謹慎。我又多長一智了。

就這樣，比火藥庫更危險的魔王蜜莉姆加入魔國聯邦陣營。

＊

介紹完蜜莉姆，我們往餐廳移動。

餐點運了過來。

今天是咖哩。

正確說來是咖哩的翻版菜。我們發現類似米的禾本科植物，目前正在用它做品種改良。依現狀而言營養價值沒那麼高，味道也很糟。但咖哩是萬能的，總有辦法將它變好吃。

朱菜的手藝好也有加分作用。等白米種成功，肯定會是一道美味料理……

另外也可以像印度咖哩那樣沾麵餅吃，隨個人喜好決定。

這道料理歷經數次實驗失敗才誕生。

我這還有其他菜單，但沒砂糖很難重現。如今我方正在森林裡探索，看有沒有類似甘蔗的植物。或許還有像糖用甜菜的東西，根部含糖。所以我叮嚀大家出去打轉時多採種類不同的植物。

老實說，我個人認為東西有了就能用「解析鑑定」分析成分，抽取砂糖只是時間上的問題。

蜜莉姆吃得很開心。

我猜她連口味都很孩子氣，就要朱菜準備加較多果汁的甜味咖哩。

結果我好像猜中了，蜜莉姆吃得心無旁鶩。

「好好吃————！這麼好吃的東西，印象中好久沒吃到了！」

她大肆誇讚，又要了第二碗。

朱菜似乎也很開心，替蜜莉姆添了一碗飯。

這景象讓人不禁莞爾。

這時突然有人丟出爆炸性發言，把這氣氛打壞。

是紫苑。

「對了，利姆路大人，我一直很好奇，你送蜜莉姆大人的禮物，那到底是什麼啊？」

怦咚。

妳這傢伙沒頭沒腦說這幹嘛，紫苑！

「才不給妳呢！這是我的東西。」

蜜莉姆趕緊將蜂蜜罐藏好。早知道別讓她拿在外面招搖，先用「空間收納」收藏。

「放心吧，蜜莉姆大人。沒人敢搶蜜莉姆大人的東西啦。」

朱菜笑著回話。說得對。搶蜜莉姆的東西簡直不要命，這鎮上可沒人那麼不知死活。知道自己的蜂蜜沒被盯上，蜜莉姆笑著吃起一度中斷的飯。我開始懷疑她是不是真的魔王了，看上去沒半點心眼。

不，蜜莉姆的事就不管了，重點是我偷偷藏著的蜂蜜被發現了。

「話說回來，聞起來有種香味呢。我一直以為是蜜莉姆大人的東西，原來是利姆路大人給的禮物啊——」

跟蜜莉姆講完後，朱菜若有所思地望著我。

不妙。眼下狀況非常不妙。

蒼影從頭到尾都擺出事不關己的表情，紅丸則用感興趣的眼神觀察一連串互動。

坐在這個桌子上的人共計六名。

有我、紅丸、蒼影、蜜莉姆、朱菜、紫苑。除了朱菜，其他人都知道我跟蜜莉姆之間發生過什麼事，要騙也騙不來。

看樣子只能放棄了。

原本想等量產有眉目再說，沒辦法了。我從懷裡取出蜂蜜，倒進眼前的杯子裡。

「這是蜂蜜。現在沒有砂糖，我用來當替代品。可是，能取得的量太少了，沒辦法分給大家。我要大家傳下去，讓他們沾來舔舔看。」

「「「——！」」」

兩名女性露出驚訝的表情。

蒼影只挑起單邊眉毛，紅丸則擺出想吃更多的表情。

除此之外，不知為何，蜜莉姆也跟著沾沾舔舔。

不不不，妳已經有啦！這傢伙真貪心。

「就是這樣，味道很甜。這東西一方面也有藥效，可以變成治百病的特效藥。有時會混雜毒素，抽取時必須小心謹慎。不過，抽取工作由我擔任，大家可以放心。」

「這有辦法量產嗎？」

「目前沒辦法。一個星期能不能弄到一杯都成問題，差不多這個量吧。」

硬逼阿畢特採蜜，一個星期可能有三杯啦。但壓榨勞工是大忌，所以我講數量刻意壓低。

「我想拿來研究製藥成分，沒辦法退居食用。」

這話是真的。事實上，用「解析鑑定」鑑定後，我得到「特級萬能藥」的分析結果。不愧是從稀有花種採來的蜜，效果非常優越。

「的確。巨蜂巢取出的蜜跟這個根本不能比。那個拿來當調味用甜品不太適合。」

紫苑點點頭。明明不會煮菜，這種事倒很了解。

是說紫苑講得沒錯。巨蜂的蜜不甜，有毒成分不少，也不適合拿來食用。拿那個分析成分抽取，或許會變得比較好吃啦，不過——養巨蜂不簡單。

「總之，準備一個花圃讓牠們棲息，應該就會產出高品質蜂蜜了。」

「原來是這樣……」

紫苑似乎解惑了，閉口沒再說話。

「您剛才說要拿來代替砂糖，砂糖的甜度跟這個差不多嗎？」

朱菜興致盎然地追問。蜜莉姆和紫苑好像也很有興趣，在那洗耳恭聽。

「是啊。雖然不具藥效，甜美程度卻讓某些人成癮。可以用在料理跟飲品上，用途很廣。有了這樣東西，可以製作的料理會一口氣增加許多吧。」

我對她們做出上述說明。

「原來如此，我懂了。明天開始，我會卯足全力找砂糖。紫苑——」

「交給我吧，朱菜大人。紫苑就算賭上這條命也在所不惜，一定要找到砂糖！」

「嗯，拜託妳了！」

三名女性妳看我我看妳，互相點點頭。

居然為這種事賭上性命，還有妳們何時變這麼要好了，想說的話跟山一樣高，但現在還是別講的好。

我舔著殘存的蜂蜜，相信距離發現砂糖的那天肯定不遠。

吃完晚餐，我帶蜜莉姆到本人引以為豪的澡堂。

這裡用了矮人使出渾身解數雕刻的大理石，隨時注滿溫泉，想洗就洗。

蜜莉姆乖乖地跟著朱菜和紫苑進入澡堂。

平常我會變成史萊姆，不以為意地跟大家一起洗澡，今天就免了。趁蜜莉姆不在，我得跟大家談談今後的事。

我來到會議室，告訴大家今天發生的種種。

「話雖如此，真是不得了……沒想到魔王主動找上門……」

利格魯德邊自言自語邊搖頭。

你想這麼說的心情我再清楚不過。畢竟我萬萬沒想到魔王本人會自己跑來。

「話是這麼說，她好歹跟我約好了，未經許可不准亂來，應該沒問題吧？」

我也沒把握，不過，除了相信那句話屬實就沒其他法子了，所以我這麼說。

「呃，這個嘛……要說在意，其他魔王的態度更讓人掛懷吧？」

此話出自凱金。

似乎對這個意見頗有所感，白老和紅丸紛紛頷首。

「這話什麼意思？」

我沒聽出玄機，乾脆直接發問。

「呃，魔王有好幾名，他們互相牽制。這次利姆路大人宣稱自己跟蜜莉姆大人是朋友，代表這個城鎮也受魔王蜜莉姆保護。原本這種事求之不得——」

「——利姆路大人，您是朱拉森林大同盟的盟主——以官方術語來說，立場上等同朱拉．坦派斯特聯邦國的總統。也就是說，看在其他魔王眼裡應該會變成這座朱拉大森林跟魔王蜜莉姆締結同盟。」

「這樣一來，至今為止不曾收過任何部下的魔王蜜莉姆在勢力版圖上一口氣增強，魔王之間的權力均衡將會瓦解。到時——一不小心可能會讓這座森林受戰火波及。」

凱金、白老、紅丸陸續接話。

原來如此，我當初沒想太多，原來我的行動會危及這座森林。

可是……

「但說真的，我們也沒辦法阻止魔王蜜莉姆吧？」

利格魯德朝三人發表意見。

確實。全鎮一起上還是沒轍。正因為這樣，我要等她玩膩走人，採取消極的因應對策。

「說得也是。老實說，那傢伙強到不像話。根本輪不到我們談勝算問題。少了利姆路大人，我們現在早就沒命了。」

「——沒錯。不管怎麼說，既然要跟其他魔王敵對，我寧可對手是那些傢伙。魔王蜜莉姆，這人根本天災。」

聽完利格魯德所說，紅丸跟著道出真心話。蒼影對此表示肯定。這句話成了關鍵，大家全都一副無計可施只得放棄的模樣。

至於今後該如何因應，大夥兒認為等敵對魔王現身再說，結論走無奈豁達路線。

再來看要怎麼對付重點人物蜜莉姆——

「那麼負責陪蜜莉姆大人的就決定是死黨的利姆路大人，由大人全權處理，大家都沒意見吧？」

「「「沒意見！」」」

什麼！紅丸，你這混帳！

等這念頭閃現，一切都太遲了。先前老是由我「丟燙手山芋」，現在卻被人反將一軍。

「再說了，魔王蜜莉姆大人是最強的遠古魔王之一。世人都說絕對不想跟這個魔王為敵。所以這次只能靠利姆路大人——」

白老這句話斷了我的退路。

真沒想到那傢伙這麼危險，既然這樣就沒選擇餘地了，一口氣從我口中嘆出。

反正，除了我好像就沒其他人具備取悅蜜莉姆的能耐。只好由擅長對付小孩的我兩肋插刀。魔王蜜莉姆歸我負責，這番心照不宣的共識就此成立。

泡完澡回來，蜜莉姆已經昏昏欲睡。

聽說她在澡堂裡大肆玩耍。也對，畢竟這澡堂大到夠人游泳，在這世上似乎很罕見，怪不得她玩到睏。

一般老百姓澆澆水就算洗澡了，貴族也頂多在小型浴池裡灌熱水。若不是富裕豐饒的王國，弄澡堂想都不用想。

不過呢，我對澡堂有堅持。說起來是因為我耍任性才有這麼棒的設施。因此她洗得盡興我也開心。

我拜託朱菜，要她帶蜜莉姆去客用寢室，讓她在那就寢。

這裡沒有床鋪。只有偽榻榻米跟棉被，希望她睡起來不會有怨言……

以上是我的擔憂，但那些想法根本杞人憂天了。蜜莉姆睡得很舒服，馬上墜入夢鄉。

如此這般，魔王蜜莉姆的坦派斯特生活揭開序幕，總算熬過第一天。

不過，因蜜莉姆颳起的旋風才剛要開始。

*

時間來到隔天。

那天從早上開始就很忙碌。

首先，我早上第一件事就是去叫蜜莉姆起床，不過……

「為什麼魔王要早起啊！」

她回我這句話，在那大發牢騷。

折騰一番，我好不容易替蜜莉姆穿好衣服，梳妝打理。

蜜莉姆原本的衣服太暴露了，所以我昨天夜裡要人另外準備一套。

這衣服算臨時湊數的，但她原本就是美少女，穿什麼都好看。

「動起來卡卡的。」

「會嗎？跟妳很搭，穿這套比較好吧？」

我隨便找話安撫她，結果她的心情突然大好，事情就這麼定了。

話說回來，小孩子真的很單純。

接著是早餐。

有偽麵包、果醬、牛奶——冰鎮牛鹿奶。我起個頭叫那玩意牛奶，結果大家都跟著叫牛奶——就是這樣。還附上熱呼呼的蔬菜湯。

果醬沒用砂糖，煮好放涼再密封，冷卻凝固。我不知道那是什麼水果，但這是朱菜親手製作的，比想像中還甜。

再我看來酸度比甜味明顯，不過，對於這甜點難求的世界來說，這是少有的奢侈品。鎮上居民一般都吃蔬菜湯跟偽麵包當主流早餐，果醬算高檔待遇。

「好吃————！這個好好吃！」

蜜莉姆讚不絕口，邊讚邊享用早餐。合她胃口真是太好了。

我趁她吃早餐的時候想事情。

要我負責照顧蜜莉姆沒關係，但我可以像平常那樣行動嗎？

例如去建設工地視察、農地視察、武器製造工廠視察、確認糧食儲藏庫的庫存等等。

我的工作多半以視察為主。跟那裡的人稍微開開會，確立今後的方針。

另外，倘若鎮上有麻煩事發生，我有時會出面調停。

各式各樣的種族聚在一起生活，必須訂規則讓大家遵守才行。尤其現在已經超越村、聚落規模，變成以萬人計算的聯邦國。

我沒空制定法律這種東西，結果大家就照概略的規則生活。所以說，意見不同或起衝突時，人們會委託我出面判斷。

話雖如此，利格魯德會解決大部分的問題，跑來我這兒的就只有很嚴重的事。這是因為大家體諒我，想替我省麻煩。

魔物們意外擁有高度協調性，真讓人吃驚。

要讓大家都滿意是不可能的，不過，與其挑起紛爭還不如請我做判斷，這樣的習慣不知不覺間成形。

講是這樣講，我目前手邊並沒有預約排隊的調解案。

想拜託我調解，最少要在一星期前聯絡我。這是因為我需要時間，聽取雙方意見、收集證據等等，當然得採預約制了。

就是這樣，今天的預定行程只剩去戈畢爾那裡露個臉……

我偷瞄蜜莉姆。

帶她去戈畢爾那兒真的沒問題嗎？那裡還放了培斯塔準備的貴重實驗道具等物。換句話說，等同魔國聯邦的研究設施……

這時我突然想到一個好點子。

蜜莉姆目前只有臨時找來的衣服可穿。既然她之後要在這裡生活一段時間，替蜜莉姆準備幾套衣服將是不可或缺的工作。

所以說——

「蜜莉姆，吃完飯去訂製衣服吧。」

「為什麼？這樣就可以啦？」

「只有一套不方便，再說穿可愛的衣服更好啊。」

「什麼！有可愛的衣服嗎？」

「有，叫他們準備妳喜歡的衣服就行了。」

「我知道了！不愧是利姆路，這裡什麼都有好厲害！」

才剛決定要訂製衣服，蜜莉姆就變得開心雀躍。

這樣很好。可以打發時間。

畢竟那裡是半天晃眼即逝的魔窟。我曾經有過慘痛的經驗。像一個紙娃娃，被人拿各種衣服套來套去。

該處有一堆做好玩的設計取向服裝，應該能讓蜜莉姆找到中意的衣服。

「哎呀，替蜜莉姆大人挑衣服嗎？那麼，就由我陪同吧。」

「好，拜託妳了。我去洞窟辦點事，有什麼事用『思念網』聯絡我。」

「好的。」

朱菜亦爽快應允。

「怎麼了，利姆路不來嗎？」

「是啊，我已經有衣服了。等蜜莉姆都弄好再來接妳，看到喜歡的衣服可以請人調整大小。不然要做新衣服也行。」

「哦哦！我知道了。」

很好，看樣子事情進展順利。

蜜莉姆一聽到新衣服，注意力就被吸過去了。這樣一來，短時間內就算我不在大概也不會亂吵亂鬧吧。

吃完早餐後，朱菜帶著蜜莉姆往製衣工房去。

好了，趁蜜莉姆沒搗亂，我趕快去把事情辦一辦。

＊

我找了凱金，跟他一同前往封印的洞窟。

「昨天還好嗎？」

這句話在問出來迎接的戈畢爾。

外表上看來還算有精神，但好歹被魔王揍過一拳，我很擔心他會留下後遺症。

「沒問題。本人對身體耐打度很有自信！」

戈畢爾豪爽地笑答。看樣子真的沒問題，這下我就放心了。

「對了利姆路大人，我已經跟蓋札王報備了，這樣可好？」

培斯塔戰戰兢兢地問我。

他說的報告是指蜜莉姆一事。

盟約裡曾經提到，任一國發生危機將由另一國在可行範圍內提供支援。這次的事件肯定是危急狀況沒錯。

是說這次還帶有另一層意涵——「我們已經無計可施了，要是有什麼萬一你們也要有心理準備」。

「沒問題。聯絡用的通訊水晶有順利運作嗎？」

「是。聯絡蓋札王毫無阻礙。不過，我只回報說魔王蜜莉姆來襲，利姆路大人出面對應，這樣可以嗎？」

我知道培斯塔罣礙的點在哪裡。如今矮人王國肯定陷入混亂，卯起來搜集情報。要求培斯塔彙報的請求肯定堆得如山高。

「我昨天跟大家開會討論過了，由我照料蜜莉姆。應該這麼說，結論是找不到其他對應方法。讓你跟蓋札王報備，這已經是我最大程度的善意表現了。假如他有什麼更有效率的應對方式，我反倒想請教。」

「您這麼說也對……的確——說到魔王蜜莉姆，在眾多魔王裡仍舊獨數一格……」

「嗯。就我所知，聽說她是最強的。」

啊，果然。有名程度連培斯塔、戈畢爾都耳聞過。

白老也說她是最強的遠古魔王之一，跟戈畢爾說的一樣。

但換個角度想，這樣也好。要是魔王全都跟那個怪物一樣，我再怎麼努力也無法替靜小姐報仇。

只有魔王蜜莉姆特別強，要贏其他魔王就不是痴人說夢。這樣一想，我的心情變得比較輕鬆了。

雖然很消極，但我慶幸自己要對付的是其他魔王，找這妥協點合情合理。

瞎操心也沒用。

該怎麼對應魔王的思考線告一段落，這次我改關心回復藥的事。

「那麼，麻煩你們報告了。」

戈畢爾點點頭，跟培斯塔一起說明目前的開發狀況。

聽起來，昨天的回復藥出自培斯塔之手，是最新型藥品。

聽說跟運用矮人技術做成的東西完全不同……

我這邊量產的回復藥是百分之九十九的希波庫特藥草萃取物。可以拿來喝，還能拿來塗抹，效果卓越。相對的，運用矮人技術頂多只能萃取百分之九十八。

才差百分之一，性能就大不同。

我做的東西正式名稱叫「完全回復藥」，可以讓身上傷勢百分之百復原。這種魔法藥連身體缺損都能徹底治好。

補充一下，缺損是指斷手斷腳。被魔物咬爛、被魔法打飛、身體部分欠缺等等，聽說這些都是家常便飯。

手不見都能治好，這玩意兒還真的是魔法藥劑。

能有這種效果的原因，據「大賢者」所說是於原生部位重新構築基因情報。也就是說，只要不是與生俱來的傷口，全都有治癒可能。

憑矮人技術製成的藥稱為「高階回復藥」，是能治癒重大傷害的頂級藥品。然而事實上，根據傷口狀況而定，可能無法徹底治療，缺損部位能不能再生也要視程度而定。

我在想，應該是藥品的性能不足，情報回流量不夠。能治癒多數傷口，卻無法跨越最後一道障礙。

總之呢，我知道差異在哪裡了。

人工栽種的希波庫特藥草在品質上不亞於自然生成。換句話說，素材有頂級品質。至於性能為何會參差不齊，端看製作方法是否有差。

「一般情況下，用這個高階回復藥就夠了啦……」

凱金邊搔頭邊自言自語。因為我們完美重現矮人的技術，還造出品質優良的藥。

「話雖如此，凱金先生。都看過頂端的風景了，怎麼能在半路上妥協！」

這話出自培斯塔。得知我做的回復藥有多少能耐後，他似乎一心朝這方面努力。

然後，昨天培斯塔就開發出新產品了。

「昨天我用的回復藥，藥效不輸利姆路大人給的。依本人愚見，這次應該很成功。」

連戈畢爾都對這次的藥頗有自信。

「那好，我來鑑定看看。」

說完，我開始對到手的回復藥進行「解析鑑定」。

《答。這個藥就是「完全回復藥」。》

哦哦，居然。培斯塔那傢伙好像成功了。

「幹得好，培斯塔。這是如假包換的『完全回復藥』。」

「噢噢噢！我辦到了！」

「你真行，培斯塔先生。不枉我助你一臂之力。」

「不愧是培斯塔。這類研究工作還是由你操刀最好。」

培斯塔感動萬分地歡呼，戈畢爾和凱金則給予祝福。

是說我還真沒想到他會做成這個藥。

「會有今天，全都要感謝利姆路大人給的提示。」

培斯塔看著我說出這麼一句話。

不，我說的話沒什麼大不了。是培斯塔夠努力，不用將功勞算在我頭上啦。

我只是講出心裡話罷了。

看培斯塔的製藥過程，跟我體內的抽取流程大同小異。抽取量不同很正常，但性能都受到影響就不自然了。

這時我想到一件事，原因可能出在氧化。

在我體內——「胃袋」內的作業空間——完全是真空的。沒有任何不純物質，才能進行高純度抽取。

然而最後萃取率還是落在百分之九十九，所以我才會大膽臆測，認為抽取液很容易變質。

我把這些話全倒給培斯特，他則聽得很認真。

充其量只是把隨意想到的點子道出，就算弄錯也用不著負任何責任。雖然我先把話說在前面，培斯塔還是相信我所言不假，繼續進行實驗。

然後就成功製出「完全回復藥」了。

就這樣，難得成功固然好，世事卻不盡如人意。

「凱金，賣這個回復藥應該能當我國資金來源，你覺得呢？」

凱金稍微想了一會兒，接著就搖搖頭。

「唔——少爺，可行性很低。這個藥的效能太高了。萃取效果過於卓著，平常無法輕易使用。按這品質來看，只有英雄級人物會買來以備不時之需……」

培斯塔也跟著加進來附和，一面開口：

「說得沒錯。能成就頂級品質確實令人滿足，但從商品化的角度來看，這樣東西有點不適合放在市場上販售。」

那你還作幹嘛？我差點沒吐嘈他。不過，仔細想想，錯都在我身上。事實上我想拿本鎮生產的回復藥當特產販售，培斯塔他們卻朝有備無患的方向進行研究開發。

「不過，利姆路大人。矮人王國沒那麼多藥師。駐有可調合藥品的鍊金術師，卻少見專門生產高階回復藥的人。事實上，市面販賣版本會先稀釋這種高階回復藥，再量產成低階回復藥。外面賣的回復藥就是這種。所以說——」

看我垂頭喪氣，培斯塔趕緊告訴我這些。

經過詳細追問，我發現事情很單純。

天然希波庫特藥草很稀有，鮮少在市面上流通。有些奇人會自行栽種，但以目前狀況來看，能採的量很少。聽起來像我們這樣大量生產才奇怪。這樣聽來，稀釋的回復藥應該也難以入手吧。

接著，培斯塔如此提議。

「要不要跟蓋札王交涉，請他進魔國聯邦生產的低階回復藥？只不過，矮人王國有人負責生產藥品，王或許會提出條件，要您收留他們……」

「這個嘛，應該可行，少爺。您想在這個國家生產藥品販賣，只要讓矮人王國進需要的量當貨源就成了。說不準，技術協議的目的就在這裡。」

連凱金都跳進來幫腔。

不過，這對我們來說正好。

接著凱金和培斯塔開始大聊特聊。他們似乎在想辦法，看要怎麼說服蓋札王。

以前水火不容的過往就好像假的一樣，如今的他們感情要好。果然，這兩人在本質上意氣相投。

我很高興他們修復關係。

稀釋製好的「完全回復藥」據說可以做出一百個低階回復藥，假如事情朝好的方向發展，應該會成為可觀的收入來源。

然而，現在還不能操之過急。我可不想抵觸矮人王國的既得利益，最好朝雙方互惠的方向討論。

我們決定這件事日後再來從長計議，本日的彙報就此結束。

＊

我們談話談得有點久，時間離中午已有一小段距離。

蜜莉姆應該在製衣工房裡變成哥布莉娜們的換衣人偶了，得快點去接她才行。

魔國聯邦的居民只有早晚各用一次餐點，話雖如此，要看蜜莉姆的心情狀況如何，可能得幫她準備吃的。

我才剛用魔法陣回到鎮上，那件事就發生了。有人大聲嚷嚷，還看到火柱噴發。
看方位推測是用來建設中央設施的預備空地。
我伸出翅膀，十萬火急地趕到現場。
現場的慘狀只有那麼一丁點。
幸好這裡是空地，建築物才沒遭殃。附近也沒作業人員，無人受害。
發現我過來，蒼影悄悄接近。
「發生什麼事了？」
「是，其實——」
蒼影向我簡短說明。說歸說，來到現場目擊後，我大概可以想像剛才發生什麼事。
剛才我待在洞窟時，有新的訪客到來。然後那個客人似乎惹毛蜜莉姆。
我在他帶領下抵達騷動中心。
那裡已經有一票人聚集，是朱菜跟紫苑、紅丸、白老，還有利格魯德跟數名滾刀哥布林。
利格魯德好像被打了，臉上有傷。
「利格魯德，你怎麼了，還好吧？」
「是，利姆路大人。這點小傷不算什麼。」
雖然他強作鎮定，還是看得出傷勢嚴重。
我先是給利格魯德回復藥，接著就看向匯聚大夥兒目光的焦點人物。
「被那傢伙打的？」
「是，沒錯……」

不用問也知道，但我還是形式上問問。

應該是被蜜莉姆打到，有一個黑髮魔人趴在地上。表情相當痛苦，嘴裡吐出穢物、舌頭伸得老長。他好像還活著，但人已經翻白眼，身體完全沒有動靜。

在他周圍，數名看起來像該魔人部下的人已經忘記逃跑，全都僵在原地。大概是被這個狀況搞得一頭霧水，不知道該怎麼辦。

我看看倒在地上的魔人，他身上穿著黑色的豪華服裝，裝備看起來很昂貴。據蒼影的報告指出，這個人自稱是魔王卡利翁的部下。

蒼影搭的警戒網出現反應，他才快步趕來這裡。接著，該魔人集團就從天而降，來到這個廣場上。因為我不在，利格魯德就出面對應了，結果事情一發不可收拾。早在蒼影掌握狀況、跟我聯絡之前，一切就結束了。

「聯絡速度過慢，很抱歉——」

蒼影在那反省，我則開口安慰他，說這不能怪你。

首先，是那魔人悠悠哉哉地繞著城鎮打轉，態度上還盛氣凌人。

這時利格魯德過來。魔人則高高在上，對他發表以下宣言：

「我是魔王卡利翁大人的三獸士『黑豹牙』法比歐。在獸王戰士團裡是最強的戰士。這個城鎮真棒。很適合讓獸王大人統治，你不覺得嗎？」

聽到這段話，利格魯德才剛回「您別開這種玩笑——」，對方就不分青紅皂白打過來。

但他好歹還是有拿捏力道，所以利格魯德只受重傷。據蒼影目測似乎是極強的魔人，若他拿出真本事，利格魯德可能早就死掉了。雖然從眼前那一動也不動的姿態來看很難想像就是了……

再來，要說事情為什麼會變成這樣，其實很簡單。

蜜莉姆發現那個叫「黑豹牙」法比歐還什麼的傢伙出現就立刻飛奔過來。還看到利格魯德被打，所以她就氣炸了。

發現蜜莉姆的法比歐慌了手腳，對她擊出叫「豹牙爆焰掌」的招式，但那是什麼樣的招式仍未知，因為被蜜莉姆的霸氣捲上天了。

我看到的火柱就是這個吧。

然後那些餘波還害好不容易換好的可愛服裝燒焦。怒不可遏的蜜莉姆就出拳朝法比歐的肚子痛扁過去，事情才會變成這樣。

蒼影才剛找回冷靜、要跟我聯絡時，正好看到我趕來現場。

好了，接下來該怎麼辦……

「哦哦，利姆路。這傢伙小看你們，所以我處罰他了！」

看樣子蜜莉姆注意到我了，說話的語氣很自豪。好像很希望我誇獎她，這該誇嗎？

雖然是對方先出手，但沒頭沒腦就跟魔王起衝突實在很不妙。我第一次聽說卡利翁這個魔王，還不清楚他的勢力有多強……

現在我們這邊也出手了，沒辦法撇清關係。

視線只不過稍微離開一下，讓人頭痛的問題就跟著發生。

「──我們不是約好了嗎，未經許可不准胡來？」

「唔耶！呃，那是……對了，這次不一樣。受害者不是鎮上的居民就ＳＡＦＥ，沒錯ＳＡＦＥ！」

「ＯＵＴ了好嗎！不過話又說回來，妳這次保護利格魯德，就罰妳不准吃午餐吧──」

「好過分，太過分了！哇啊啊啊啊！」

過分歸過分，我原本也還在想午餐要怎麼辦。我本來就不需要吃飯，蜜莉姆也一樣。看樣子這個魔王很貪吃。

「可惡，都怪這傢伙不好。卡利翁也是，破壞約定王八蛋。打一下不夠，至少讓我再打第二——」

「暫停暫停暫停！」

我趕緊阻止蜜莉姆出拳打法比歐。法比歐的部下全都面色蒼白，被蜜莉姆的嘴臉嚇到。

「總之，在這不方便，先換個地方吧……」

我安慰又哭又叫的蜜莉姆，一面說出這句話。

從某方面來說這裡的情況很不妙，總之我決定先換個地方，再聽她說明。

＊

我們來到常用的會議室。

製衣所的人已經幫蜜莉姆量過尺寸了，要直接幫她準備新的衣服。所以說，她馬上就換另一套衣服來穿。

我覺得太寵蜜莉姆不好，但最後還是連午餐都幫她準備了。她剛才嚷嚷的內容讓我很在意，一方面也是想藉此詳細詢問一下。

蜜莉姆津津有味地吃著我們替她準備的三明治。還好她的心情也好轉了。緊張的氛圍籠罩會議室。

就只有蜜莉姆輕鬆愉快。

只不過，視線稍微離開就出問題，魔王果然不是當假的。雖然這個問題沒蜜莉姆也會發生，卻不至於眨眼間變得這麼複雜。

唉，事情都已經發生了，現在說這些也沒用。今後的事更重要。

「好了，你們到這裡來有什麼目的？」

我單刀直入問轉醒的法比歐。

「哼。不過是下賤的魔人，我怎麼可能回答你？」

聽法比歐這麼回答，紅丸和紫苑爆出殺氣。我用眼神示意他們，要他們隱忍下來，他們才心不甘情不願地當起旁觀者。

算算我們這邊的人馬，有我跟利格魯德、紅丸和紫苑，再來就只有一個蜜莉姆。法比歐那邊有他加上三名部下。我們沒有把他們五花大綁，所以他的態度顯得很囂張。

「雖然你罵我低賤，但我比你還強。我勸你還是實話實說比較好。我不認識什麼魔王卡利翁，你的態度將左右卡利翁與我是否敵對喔！還是說，你們打算跟朱拉大森林裡所有的成員為敵？」

我搬出擅長的虛張聲勢招數，用狂妄的態度告知對方。

「哈！區區史萊姆，竟然說這種囂張的話。這個城鎮都歸這麼低賤的魔物管？全都是小嘍囉還真辛苦。別以為蜜莉姆大人喜歡你，你就可以耀武揚威啊！」

基本上魔人都是弱肉強食，有實力掛帥的傾向。為這些話一一反駁、發怒只會把自己累死。

再說，這個叫法比歐的魔人真的很強。

他是魔王卡利翁的三獸士，稱號「黑豹牙」的猛將。剛才的自賣自誇確實不是吹噓，身懷極高的魔素量。

跟蜜莉姆打起來好像三腳貓，卻比紅丸、紫苑還強。換作如今已吃掉豬頭魔王的我還算有辦法應付，不久之前的我則會打得很吃力。

類別差不多落在準魔王級，是很強大的魔人。

我應該比他強吧，但我可不想試打。因為打起來很麻煩，贏了也沒什麼好處。

一不小心還會激怒魔王卡利翁，不是我在說笑，到時很可能演變成戰爭。我想避免戰爭發生，問話間必須巧妙拿捏言詞才行。

「居然說他是低賤的魔物？喂，臭小子。你剛才是不是羞辱我的朋友？」

吃完三明治，蜜莉姆開始發飆。

這已經超越火藥庫等級，跟炸彈沒兩樣了。在我活用交涉手腕前，蜜莉姆將會打亂一切心血。

話雖如此，我好像已經掌握對付蜜莉姆的訣竅了。只要用食物引誘，蜜莉姆就能簡簡單單就範。

「蜜莉姆，等等。妳這次再做出什麼好事，真的會沒晚餐吃喔！」

「知、知道了。我會乖乖的。」

等蜜莉姆老實下來，我就重新問對方話。

「繼續，我確實是史萊姆沒錯。可是，這座森林有三成歸我管也是事實，若你們有那個打算，戰爭就無法避免。所以說，你先想好再回答我。」

我還加了少許「威壓」作用，開始質問法比歐。

接著，法比歐的回答比想像中還要安分。

看樣子剛才被蜜莉姆恐嚇的事奏效了。雖然不是「威壓」帶來的效果令人失望，但能問到自己想問的也算好事一樁。

他老大不爽地透露這些……

魔王卡利翁下令，看是半獸人王或謎之魔人，總之把生還者納入旗下就對了，所以他才過來。

謎之魔人是在說我們吧。聽起來，除了蜜莉姆還有其他魔王看過我們的戰鬥過程。這麼說，喀爾謬德提的後盾魔王有可能不是蜜莉姆。

還真沒想到跟這件事扯上關係的魔王有好幾個，仔細想想，蜜莉姆應該不會擬這麼麻煩的計畫。朝其他魔王的方向解釋會比較自然。

回到原本的話題上。

半獸人王也好、謎之魔人也罷，勝方很可能出現強力成長。所以說，對方才會派準魔王級的「黑豹牙」法比歐前來。

魔王卡利翁的著眼點很不錯，只可惜法比歐太過於頭腦簡單。要想說動我，應該派能出示利益條件的聰明魔人才對。

不過那都是後話——

「卡利翁那傢伙，居然破壞互不干涉的約定……」

蜜莉姆氣到腮幫子都鼓起來了。法比歐似乎很怕這樣的她，一雙眼往別處撇開。

好好一個準魔王級強者，有如假包換的魔王當前，還是沒了架勢。

我側眼看氣呼呼的蜜莉姆，心想有這傢伙在，派誰來都沒戲唱吧。還有……她剛才說跟卡利翁做了約定，這件事可不能聽聽就算了，等一下得好好問問。

我已經從法比歐那兒問到想要的東西了，希望他離去。

只要蜜莉姆在場，法比歐就無用武之地。他瞪著我跟蜜莉姆，嘴裡說著「之後一定要讓你們後悔莫及！」，丟下這句話就走了。

我跟他說想和我們交涉，麻煩轉答魔王卡利翁，看要不要改天再跟我們聯絡，但這招好像行不通。要不要講都取決於法比歐，我覺得他應該會按自己的意思亂講。

既然任務都失敗了，確實稟報對他來說會更好，不過，判斷權在法比歐身上。

我們這邊則要做好準備，無論魔王卡利翁怎麼出招都能應付，舉凡他的性格或其他事項，事先從蜜莉姆那盡可能套些情報。

接下來，該怎麼跟蜜莉姆套話呢……

「好，蜜莉姆。我想聽聽細節。」

「這件事不行。我們已經約好彼此互不干涉了，就算是利姆路也不能透露。」

好，她已經自曝裡頭大有文章了。

再來就是大人跟小孩的諜對諜時間。說老實話，我不覺得自己會輸。

「是喔，妳們約好互相保留對方的祕密嗎？」

「——不，是沒有啦……可是，不能干涉——」

「沒問題。卡利翁不是也對部下坦承蜜莉姆的事嗎？我們既然是死黨，就要互相幫忙吧？所以說，我也跟著了解蜜莉姆以外的魔王有什麼能耐，這樣比較好啊。還有，事前對蜜莉姆做的約定內容沒概念，我可能會不知不覺插手！」

我刻意強調死黨這幾個字，對著蜜莉姆說三道四。

「是沒錯，可是……死黨——」

再加一記。

「對了，下次來幫妳做武器吧。身為妳的死黨，我很擔心蜜莉姆。」

我試著拿玩具取悅她。

「哇哈哈哈哈！也對，死黨最重要了！」

蜜莉姆失守。太好騙，真的太好騙了。

我壓下差點要露出邪笑的衝動，用大人的從容點點頭。

就這樣，我成功從蜜莉姆身上套出情報。

認識蜜莉姆以外的三名魔王，還有他們的企圖。

知道這次事件是怎麼一回事，以及背後的小動作。

有關這一連串謎團，我總算問出某種程度的情報了。

不過——

真沒想到魔王們企圖讓傀儡魔王誕生……

蜜莉姆純粹是為了消遣，但該計畫是動真格的吧，真到不行？

是說，我們都插手了，被盯上在所難免——

「聽起來……其他魔王也涉獵其中——」

「竟然有這種事……得跟德蕾妮大人商量才行。」

「沒問題。有利姆路大人在，其他魔王根本不足為懼！」

除了某個人，大夥兒都認為這下問題嚴重了。

伴隨魔王蜜莉姆來襲颳起的一陣暴風，那陣風暴愈演愈烈，逐漸吞噬我們的國家。

第三章

集結的人們

Regarding Reincarnated to Slime

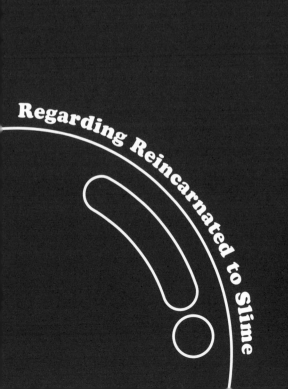

法爾姆斯王國。

這個大國被稱作西方諸國的門戶。

東方帝國跟西方諸國沒有直接進行貿易。以現狀來看，國與國之間沒有金錢來往，只有大盤商以個人名義買賣特產。

這些交易大多透過矮人王國——武裝大國德瓦崗進行。雖然德瓦崗是武裝大國，卻擁有中立都市的面貌，透過德瓦崗進行貿易也獲得雙方陣營默許。

此外，法爾姆斯王國的國土還與矮人王國相連。不走朱拉大森林，西方諸國要前往矮人王國就只能通過法爾姆斯王國。

與其經過有危險魔物棲息的朱拉大森林，不如走法爾姆斯王國會更安全，就算付高額關稅還是比較划算。商人都選這條路走可說理所當然。

換句話說，不只珍貴的東方帝國商品，品質優良的矮人製裝備也得經法爾姆斯王國賣到西方諸國。

因此，法爾姆斯王國的首都馬利斯聚集來自世界各國的人，變成一個有名的商業都市。才會被稱為西方諸國的門戶。

基於上述原因，法爾姆斯王國的國庫由於交易品高額關稅，還有對花錢不手軟的商人提供服務的服務業之稅收，聚集了莫大的財富。

在西方可爭一二的豐饒之國——這就是法爾姆斯王國。

尼德勒・麥格姆伯爵很憤慨。

法爾姆斯王國確實是豐饒的大國。然而，雖說中央政府資金雄厚，被分配到邊境領土的貴族卻與之無緣。財富全都集中於中央，沒有重新分配，尼德勒・麥格姆伯爵該繳的稅從未輕減。必須比照其他國家，按農作物收穫量高低課稅。

儘管如此，要從森林的威脅中保衛國土，這等防衛任務都以嚴苛的責任與義務形式堆在他身上。尼德勒伯爵之所以憤慨，全都是對這樣的中央政府不滿。

「怎麼會有這麼離譜的事！」

想起剛才財政大臣說過的話，他忿忿地咒罵出聲。

光是回想就覺得生氣。

『「暴風龍」的威脅已經消滅。有鑑於此，中央政府發放的特別對策補助款從今天開始停撥。』

說完這些話，對方單方面結束會談。尼德勒被中央政府叫去，還等了三個小時，最後只有這樣。

確實，先前那些補助款很有幫助。

伯爵的領土跟朱拉大森林相連，位於法爾姆斯王國邊境，是防衛要地。但這不只是邊境地帶的問題，更是法爾姆斯王國全境的問題才對。

「還一副施了天大恩惠的模樣，這算什麼！」

伯爵氣炸了，心裡想的事情不禁脫口而出。尼德勒・麥格姆伯爵對這樣的自己無計可施，開始思考今後該怎麼經營自己的領土。

過去「暴風龍」維爾德拉雖然被封印了，但只要牠還是特S級威脅，就無法放置不管。所以中央政府才會撥特別對策補助款給邊境領地。如今「暴風龍」消滅的事公諸於世，取消特別對策補助款可以說合情合理。

然而，這個時間點不對。

「暴風龍」對魔物來說也是一種威脅。這個威脅消失代表一種意思，那就是沒了支配者，魔物的活動會更加頻繁。

必須進一步強化邊境地帶的警備工作，補助款卻在這個節骨眼上中斷。

尼德拉伯爵憤慨的原因在此。

中央政府也有他們的一套說詞，但這些對尼德勒伯爵來說一點也不重要。

今後該怎麼守護領土才好……

僱用傭兵要花錢。自由公會的冒險者在緊要關頭又派不上用場。

原本應該要由中央政府支持他們，政府卻完全狀況外，都是一些無能分子。

萬一尼德勒．麥格姆伯爵領被魔物大軍吞噬，他們將喪失周邊諸國和大商人的信賴。到時候最頭痛的不是別人，正是默許這一切發生的中央政府……

尼德勒伯爵先將自己的責任撇到一旁，東一句西一句地臭罵中央政府。接著心情似乎比較好了，在馬車裡悠悠地嘆了一口氣。

最後的希望只剩王族，不過……一想到國王的臉，伯爵就絕望。那個貪婪的國王根本不管邊境領主是死是活吧。講這種話大不敬，但尼德勒伯爵當真這麼想。

少了「暴風龍」當名目，今後搞不好還會增加課稅額度。

尼德勒．麥格姆伯爵該面對的只有中央和朱拉大森林。不需戒備其他國家的侵略行動，所以沒有常駐軍隊的必要。事實上，伯爵領的軍隊只負責對付魔物和魔獸，是充其量不過百名騎士的小規模集團。

一想到這件事，尼德勒就擺出苦瓜臉。

老實說，尼德勒伯爵一直拿特別對策補助款中飽私囊。

「暴風龍」維爾德拉被封印後，中央就一直撥給特別對策補助款，要他嚴加警戒朱拉大森林。可是根據方才提的原因，這個地方不需要保有大規模的軍隊，足以應付魔物就行了。

尤其這十幾年來自由公會逐漸抬頭，用極低費用就能擺平魔物。

這次事情會變成這樣，一方面也是因為尼德勒伯爵怠忽職守，才會自作自受。

雖然他有自知之明，心中的苦楚還是無法抹滅。

事情的開端要從西方聖教會發通知講起。

西方聖教會透過魔法通信正式發表「暴風龍」消滅的事，尼德勒伯爵才知道自己不行動不行了。

西方聖教會跟神聖法皇國魯貝利歐斯的國教掛在一起。視唯一神祇魯米納斯為絕對神權，是在西方諸國廣受信奉的宗教本部。

西方聖教會擁有廣大信眾是有原因的。

傳說中每個人的戰鬥力都超越A級，堪稱最強騎士——聖騎士（Holy Knight）就隸屬該組織，世人相信他們是對付魔物的高手。

教義以殲滅魔物為宗旨，小國有難以應付的魔物現身，聖騎士團就會前往協助。他們是出自「善意」集結的組織，發表內容肯定不會有詐。

既然西方聖教會都警告大家要小心魔物蠢動了，他們就該做好心理準備。

儘管尼德勒伯爵心不甘情不願，他還是決定增強騎士團的戰力。

單看朱拉大森林的警戒任務，只靠百名騎士不成問題。不過，一旦遇到魔物失控，那些人力就形同虛設，這是一大問題。

不能動騎士團——這是尼德勒伯爵做出的結論。

他拿緊急狀態當理由把退役人員叫回，成功聚集高出一般情況三倍的人馬。

然而，光只是這樣依然令人擔憂。魔物們要構築新秩序，至少得花上十年。光拜託退役人員，要撐過往後十年還是很難。

聘僱自由公會的冒險者又會壓迫財政。

發布緊急招集令是最後手段，如今只能期待大家自願參與了。

冒險者會接討伐森林周邊魔物的工作，依據危險度的分級評價而定，有時會索取昂貴的費用。要他們平日裡就常駐在這裡，根本連想都不用想。

話雖如此，最壞的情況下還是可以考慮委託自由公會。尼德勒伯爵的確挪用那些補助款，卻不至於對領地的營運造成逼迫。因為那些錢頂多只供他玩樂。

趁退役人員回歸騎士團，他得把握時間培育新人——以上是尼德勒伯爵的想法。

他盡可能地想出一個臨時的因應對策。

都這個節骨眼了，現在不是對金錢吝嗇的時候，不單只有補助款，他甚至動用自己的財產。後來事情總算有點眉目——中央卻在此時召他回去。

接著中央就告訴他，要取消特別對策補助款。怪不得尼德勒伯爵氣成這樣。

他一直怠忽職守，還拿資金中飽私囊，照理說一點都不值得同情……

待在返回自身領土的馬車裡，尼德勒伯爵繼續為今後的對策傷神。

尼德勒伯爵滿腦子都是補助款斷炊的事，無暇想像後面還有更大的難題在等著……

*

他終於回到自己的領地裡，那裡有件事等著他，是領土內的自由公會分會長弗朗茲發出會面申請。

尼德勒伯爵也得商量今後保衛領土的事，所以他應允對方的申請，決定隔天跟對方談談。

弗朗茲咄咄逼人地說情況已經十萬火急了、由不得他們從長計議，那態度實在很強硬，但他平常給人沉穩的印象，這次會這麼嚇人著實令尼德勒伯爵耿耿於懷。他有一種不祥的預感，才會跳過原本應該要有的手續，准許他跟自己會面。

而後，在討論會上……

「目前尚不確定這個情報有多少可信度，但豬頭帝（半獸人王）已經出現了——」

弗朗茲匆匆打完招呼就道出這句話，尼德勒伯爵聽了差點沒昏倒。

這問題可大了。

「……你說什麼？半獸人王？尚不確定是什麼意思？」

激動的反應正好替尼德勒伯爵壯膽，朝弗朗茲丟出質問。

弗朗茲不為所動，淡淡地說明狀況。

謠言來自布爾蒙王國的冒險者，聽說半獸人王出現了。

「我們有些要求，為了判定傳聞是否屬實，想請你們出面協助。具體而言，希望你們派出調查團。」

弗朗茲端出自由公會分會長的架式，朝激動的尼德勒伯爵提出要求。這個要求並非毫無道理。自由公會不是慈善團體，此組織亦不隸屬於國家。立場上是互相幫忙的幫手，一個超越國界組織。

「要委託我們公會出面調查，是可以算你們特價啦——」

「住口！貪婪的東西！」

雖然弗朗茲認為對方也沒資格說這些，但他面不改色，沒吭半點聲。

無論如何，調查勢在必行。

站在弗朗茲的立場，他也有保護公會成員的義務。他們不可能在沒有報酬的情況下接危險的任務。

通常，委託他們討伐魔物前還要經過幾道手續。

村莊、城鎮會發出正式委託，帶情報給自由公會。他們依目擊情報判斷魔物的危險度，再按情況派合適的勘察人選。

根據自由公會方針，不能接明顯沒勝算的魔物討伐任務。危險的任務更是如此，透過事前調查，預先知道要派什麼等級的人選乃首要課題。

總之想狩獵魔物時，須有同等級的冒險者數名——公會規定三名以上——不可低於三名。一對一單挑獲勝會成為升級時的判定基準，然而，計算安全比重後，他們決定設立這項規定。

等級低於危險度對應評比的低階冒險者就算集體行動，大多還是難逃全軍覆沒的命運。假如贏了，還是會死好幾個人，生還者也多半會受重傷。

就算確定魔物現身也沒用，他們無法立刻派人員討伐。

平常還有餘力對應，但最近魔物出現得太過頻繁。

所以他們忙不過來。

接獲委託、前往討伐，之後再回來。在村莊和城鎮間移動會耗費時間，這時間差正是問題所在，冒險者的人手開始不足。

依目前的狀況來看，他們需要一個組織，能在村莊間巡邏、不等委託下來就出面討伐。

所以說，弗朗茲會要求尼德勒伯爵派遣調查團再當然不過。

聽弗朗茲懇切審慎地說明狀況，尼德勒伯爵除了沉默還是沉默。

他不想基於保護城鎮的理由出動騎士團，又不能對周邊村莊見死不救。既然他們有繳稅，尼德勒伯爵就有義務，必須保護他們。一旦冒險者組成調查團出動，這些村莊就無人保護。說穿了，尼德勒伯爵目前就好像被人勒住脖子。

弗朗茲的說明條理分明，句句都站在理字上，沒有尼德勒伯爵插嘴的餘地。實際上真的人手不足，弗朗茲才會要求會見吧。

再來是半獸人王。那個會吞噬一切的怪物都出現了，這問題就無法置之不理。必須盡快向中央政府提出陳請，請他們派遣援軍。

為了達成目的，獲取情報將是首要之務。要說動中央政府，必須準備確切的情報。得進行調查才行。立刻調查——

「——就是如此。因為這情報尚未確認，我也很難開口……」

尼德勒伯爵開始絞盡腦汁，煩惱派遣調查團的事該怎麼辦才好，這時弗朗茲語重心長的開口。

他臉上帶著苦澀的表情，讓尼德勒伯爵心生不祥的預感。

「別賣關子了，快說吧。」

「那我就說了。半獸人王的軍隊共有——」

「等等，你說軍隊！難道說，他已經強到那種地步了？」

「是，很可惜你說中了……所以，有關那支軍隊的數量，聽說大約有——二十萬。」

「——唔，什麼？怎麼可能——！」

尼德勒伯爵驚叫出聲。然而，弗朗茲臉上的神情並未動搖。

他不可能拿這種話當玩笑，尼德勒伯爵也知道這件事確實不假。但他難以接受，畢竟太超乎現實了。

「確定這事是真的嗎？」

尼德勒伯爵很想誇獎聽完還沒昏倒的自己，一面問出這句話。

「按間接證據來看，可能性很高，我認為那件事是真的。」

「只能預測軍隊的進攻方向，要人民盡快找地方避難——」

「有何對策？」

「你是說，要我們捨棄城鎮？」

「若有獲勝手段，我們也不會放棄。只不過，就算你們委託我們幫忙，沒有具體的作戰計畫，我方還是無法接下這個工作。」

「夠了。哪來的獲勝手段。」

尼德勒伯爵頹喪地垂下脖子，嘴裡發出無力的呢喃。

「那麼，調查團的事再麻煩你處理。」

弗朗茲臨走前不忘重新提醒一次，接著就火速離開房間。

尼德勒伯爵開始思考。

姑且不論最後是否該捨棄城鎮，他們得做最壞的打算。

這樣一來，騎士團更不能動了。可是，他又需要調查團。

該怎麼辦？

先前他怠忽職守的爛帳襲捲而來，但在這抱怨也不是辦法。

一陣煩惱後，尼德勒伯爵想到一個絕妙點子。

只要弄到情報就行了。派遣會使用傳送魔法的魔法師，調查完再讓他回來。

別讓護衛們知道這件事，能保魔法師到現場即可。找來喪命也無妨的傢伙，由他們組成調查團，這樣一來要付的錢也會跟著變少。

如果他們活著回來，到時再看著辦。重點在於半獸人王的動向。

●

因為這些原因，尼德勒・麥格姆伯爵組了一個團體。

名字叫邊境調查團。

人數三十。

在村裡混不下去的人跑到鎮上為惡，有些人則在鎮上打架滋事，這些人都被抓起來。還有一個矯正設施專門收容這些小混混。

強制他們替騎士團打雜，有時擔任騎士團模擬訓練的對手，諸如此類，以矯正為名要他們當打雜。

尼德勒伯爵決定讓其中一人擔任團長，要他們前去調查這次的事。

對尼德勒伯爵來說，就算他們死了也不痛不癢。沒什麼損失，倒還希望他們死死算了。

會找這些人來原本是基於上述想法，不過……

這群人出乎尼德勒伯爵意料。

「哼，這隻貪婪的狸貓。看在能恢復自由的份上，我們樂意接下。」

率領三十惡人的男人大言不慚地放話。

他就是受指派當上邊境調查團團長的男人尤姆。

這年輕人模樣聰慧，外表精悍，眼神看來不容輕忽。

精實的肉體曬成茶褐色，上頭長滿肌肉，看起來很結實。身高雖沒那麼高，但正對著人站立卻會散發壓迫感，讓人不寒而慄——由於被尤姆的霸氣震到。

分類上屬於五官端整的類型，但他臉上掛著既殘酷又冷淡的笑容，散發難以親近的氛圍。

這男人本來應該會從小混混躍升為黑道老大才對。但尤姆卻在陰錯陽差下率領邊境調查團，朝朱拉大森林內陸挺進。

找到跟朱拉大森林鄰接的最後一個村莊，補給糧食等物，之後又過去一個星期。

在尼德勒伯爵底下做事的魔法師——隆麥爾一看到尤姆就變小貓一隻，感覺很像被迫站在凶暴的食人虎面前，腿都快軟了。

「對了，我們要去調查什麼？」

「這是機密事項，我沒辦法回答。」

「什麼？混帳，聽起來不單純喔。最好趁我好聲好氣問你的時候坦白，這也是為你好喔！」

「真的啦！我也不清楚詳細內容，拜託你相信我。」

「哦，原來是這樣啊。因為契約魔法的關係，我們得對你言聽計從。可是契約也提到，完成這個任務後，我們就是自由身。沒錯吧？」

「的確如此。先前跟我的雇主尼德勒伯爵簽過契約，內容是這樣沒錯。」

「我說的就是這點不單純啦，白痴喔你！任務內容不明，要怎麼判斷任務已經完成了？連任務內容都不曉得就來這座魔物森林，還要到最裡面去，你腦袋沒問題嗎？」

被尤姆當面臭罵，隆麥爾嚇到魂都快飛了。

事實上，他很清楚自己說的話有語病，卻無法道出事實真相。要是他真的跟這夥人坦承來龍去脈，到時當場被人宰掉就怨不得人了。

「所……所以說，自由公會過來報告說森林裡出現異狀。然後才派任務，要我用這個影像紀錄魔具拍下事情經過，再帶回去給——」

「是嗎，看樣子你很想死嘛？我全都明白了。還是說，不過區區一個法術師，真以為自己跟純粹的戰士打近身戰有勝算？別以為有契約撐場，我們就不會忤逆你，拿著雞毛當令箭啊？」

這個男人是認真的，隆麥爾的心臟為此緊揪。

他們應該會因契約魔法的效力聽命於隆麥爾才對，但隆麥爾不禁思考這男人是否不受影響。

「咿、咿咿！」

隆麥爾怕得向後退，一記冰冷的觸感貼上他的脖子。

「老大，直接把這傢伙殺了更省事吧？」

身上的黑衣宛如從黑暗中溶出，這名男子用平靜的語氣詢問尤姆。手上握著黑漆漆的小刀，刀就架在隆麥爾的脖子上。

「先等等吧。要是這傢伙自願開口，我就沒殺他的打算——」

「等等，先等一下！我講，我全告訴你們拜託別殺我……」

「哦，這樣啊。因為半獸人王出現才派我們過去調查，你總算願意告訴我真相了？」

「咦？你怎麼知道？」

「哈！你把我當白痴嗎？我們有三十人，混進公會假扮部下有什麼難的。會讓你活著，只是為了解除契約魔法啦。好了……接下來看你的表現，你打算怎麼辦？」

隆麥爾毫不猶豫地做出選擇，解除契約魔法。這樣下去肯定被人殺掉，這個叫尤姆的男人正釋出讓人不敢不從的氣息。

恐懼支配他的心靈，隆麥爾因而任尤姆擺布。

「還好這傢伙夠聰明，大哥。我可不想繼續被人當寵物養，這下總算能徹底恢復自由。」

「所以咧，這傢伙該怎麼處置？」

魔法解除後，那群手下開始鼓譟。

「請放過我，拜託饒我一命！」

隆麥爾哭喪著臉求對方饒命，這時尤姆的手下靠近他。

「哎呀，先等一下。這個人也只是被那隻貪心狸貓僱用罷了。罪不至死嘛。再說，這傢伙還被施了探測生命的魔法。好好一個魔法師來不及報告調查結果就死掉，那樣就沒戲唱啦。」

「那不然，你認為該怎麼辦？如果要一天到晚派人看著，還不如宰了他？」

聽尤姆跟手下們你來我往，隆麥爾三魂七魄都飛了。

「總之先暫停一下。這傢伙看起來弱歸弱，好歹還是個法術師吧？搞不好能替我們賣命喔！」

「我願意！有什麼要求儘管說！」

「看，這傢伙都跳出來附和了。不只這樣，他還是替我們解除契約的恩人。殺他似乎不太妥當，大家覺得呢？」

「話是這麼說啦……」

「我不會背叛你們！絕對不會，請相信我！」

隆麥爾一離開魔法學院就被貴族聘用，講白點就是涉世未深。

尤姆打一開始就沒殺隆麥爾的意思，打算讓他替自己賣命。隆麥爾哪能看出這點，一心只想保命，光顧著求尤姆。

「老大，不如這樣辦吧？傑奇是妖術師，要不要用契約邪法將他變成奴隸？」

「不，憑我的技能等級，會被隆麥爾先生擋掉。」

「不會的！我不會擋它，請對我施法！」

「好，那這樣大家都同意了吧？可以的話，我今後滿想請這傢伙當顧問啦。」

「我們都聽老大的！」

「只要老大願意，我就沒意見。」

手下們按事前跟尤姆串通好的劇本走，在那你一言我一語地高喊。

隆麥爾傻傻地信了，為了取信尤姆，自願接受契約邪法。

之後大夥兒一陣哄堂大笑，還告訴他事實真相，但已經太慢了。

話雖如此，隆麥爾其實並未感到不滿。

這個叫尤姆的混混有種邪惡魅力，他被那股難以言喻的魅力蠱惑。正所謂不諳世事的小毛頭容易走上歪路……

就這樣，隆麥爾發自內心服從尤姆，邊境調查團從尼德勒伯爵手中解脫，開始進行一連串活動。

時間回到當初利姆路才剛遇上還是大鬼族(食人魔)的紅丸一行人那時——費茲望著眼前這三名冒險者，嘴裡吐出嘆息。

他要三人去朱拉大森林調查那裡發生什麼事，這幾人一回來卻開始說些沒頭沒腦的話。

三名冒險者指的是卡巴爾、愛蓮、基多。

他們身手了得，頗得費茲信賴。雖然是B級冒險者，實力卻受費茲認同。

這三人一開始告訴費茲的事如下，就是對費茲來說形同恩人的井澤靜江最後發生什麼事。

「——差不多就是這樣，她召喚焰之巨人，被失控的焰之巨人吞噬。」

「我想，她可能早就猜到事情會變成這樣了，才會離開城鎮……那個人已經心裡有底，知道自己的生命所剩無幾。」

「對啊。也不知道她會不會從昏迷中甦醒……搞不好對她來說，直接在沉睡的狀態中死去還比較幸福哩……」

三人陸續開口說明。

井澤靜江——讓靜小姐跟調查團同行，是父親海因茲私下拜託費茲做的事。

靜小姐對費茲來說如同英雄，還是一同討伐過魔物的夥伴。為了恩人，費茲沒意見。不僅如此，能幫她走完最後一程更令費茲心喜。

聽說結束現場調查後，靜小姐準備前往魔王統治的領土。她似乎還有心願未了，意志相當堅定。既然如此，費茲說什麼都白搭。所以，他希望自己最起碼能在暗中幫忙，讓她跟預計前往森林調查的三人組接觸……

但這三人沒能看靜小姐走完最後一程，在那之前就回來跟費茲報告。

有關上述事項的判斷，費茲沒資格置喙。因為任務擺第一，而且他對三人組隱瞞靜小姐的事。

（話是這麼說，他們把事情交給魔物處理就回來了？）

或許於情於理都不該抱怨，但費茲還是覺得難以釋懷。

不單只有這些，三人組說的事有太多地方都不合邏輯。

他決定先將靜小姐的事擱一邊，聽取報告內容，不過……

這裡有個前提，那就是魔物在建造城鎮。

最上面的老大是史萊姆，人鬼族（滾刀哥布林）聚集在一起建造城鎮。還比照人類城鎮，建得有模有樣、毫不馬虎。

某些有智慧的魔物種族會構築聚落。就連低階魔物小鬼族（哥布林）都會建自己的家。所以光建住家、聚落沒什麼好令人吃驚。

然而根據三人組此次所述，那些魔物開拓森林整地，還伐木蓋房子，甚至重新規劃，細細分類建造預定地，費茲才會大吃一驚。

愈聽愈覺得他們興建城鎮建得煞有其事，但他一時間還難以相信這些事都出自魔物之手。

更讓他在意的是那隻史萊姆。

史萊姆——名字好像叫利姆路，不過，他好像不是一般的命名魔物。說來，那個城鎮的魔物似乎都有名字，情況已經顛覆以往的常識。會有這些事發生，好像都是因為那隻叫利姆路的史萊姆出現……這案子不管從哪個角度看都無法置之不理。

「然後，我們被一群魔物救了，還被帶到那個城鎮裡。」

「每隻都有C級，是規模達數百的魔物集團呢！講真的，憑我們幾個根本沒辦法對付。原本以為這下要沒命了，結果他們居然請吃烤肉！」

「那個肉好好吃。畢竟俺們整整三天沒吃東西。」

這案件明明已經來到無法坐視不管的程度，聽到這三人的無腦發言，費茲內心的危機感不禁轉弱。

再來，三人組還說靜小姐失控並魔人化，那隻叫利姆路的史萊姆則出面打倒她。

想來想去依舊令人難以置信。

焰之巨人是特A級的高階精靈。那玩意兒一旦失控搞破壞，危險程度肯定相當於「災厄級」。像布爾蒙王國這種小國，該危險度足以把國家搞得天翻地覆。

（這種東西——居然被最低階的魔物史萊姆打倒！）

他很想破口大罵，要三人組玩笑別開過頭，但他們報告時一點都不像在開玩笑。

接著，他們還說那裡有矮人工匠，還有身受重傷但收到回復藥，用了康復了之類，開始講些不禁讓人想問「你在作夢？」的話。

費茲原本還懷疑他們中幻覺魔法，但隊伍裡有愛蓮在，應該不至於那樣。魔法師擁有高度的魔法抗性，要找能騙過愛蓮的幻覺魔法，危險度肯定也是特A級。除此之外，眼前這三人穿在身上的裝備正好是物理證據。

他們幾個一直在那炫耀，煩都煩死人，不過，看也知道那些都是高品質高性能的頂級貨。是著名矮人工匠葛洛姆的作品。經過費茲鑑定仍不例外，那些是真貨。

既然都有這麼多證據了，就不能朝幻覺魔法解釋。聽起來很天方夜譚，但他必須承認這些都是真的。

上述報告內容讓費茲不知該做何判斷，讓他一個頭兩個大。

＊

還是該派其他人前往調查才對，最後費茲這麼決定。

這是他煩惱一個星期的結論。

據卡巴爾他們三個的報告可以推知一件事，那就是魔物城鎮應該沒有危險。

都讓他們帶裝備和回復藥回來了，也難怪費茲做此感想。此外，他還調查三人帶回的裝備和回復藥，裝備上並沒有遭人施咒，回復藥更具備前所未見的強效。

因為那三人一直喋喋不休抱怨，所以費茲就把裝備還回去。應該說，他們哭著說自己的裝備壞掉，少了那些裝備就沒辦法接任何委託。

取而代之，費茲徵收他們用剩的回復藥。他拿來試用，用以驗證三人組所言不假。為了確認燒傷的事是否屬實，他把藥用在被抬來此處的嚴重燒傷傷患身上。接著事情就發生在短短一瞬間，那人徹底痊癒不打緊，身上還不留半點傷痕。

就連駐病院的魔法醫師團都大感吃驚，替這藥背書，說它足以媲美神聖魔法帶來的神跡。最後費茲終於證明三人組沒說謊。

雖然是魔物城鎮，但聽起來，他們似乎是聽命於史萊姆利姆路，恪守秩序的集團。這就算了，那傢伙不知道在想什麼，還說下次要來鎮上玩。

卡巴爾他們對此表示歡迎，利姆路甚至為了來訪的事拜託他們跟費茲說情。

要費茲放這種來路不明的魔物進布爾蒙王國，他怎麼可能答應，話雖如此，跟單獨打倒焰之巨人的魔物敵對絕非上策。

（只不過，一旦放那種魔物入鎮，我就有可能背上國家動亂罪……）

費茲煩惱極了。

就算自掏腰包支付調查費用也在所不惜，他認為這件事必須更進一步詳加調查才行。

正當費茲苦於該派誰去才好時，卡巴爾他們又帶了新的問題跑來。

在公會專用的建築物裡，卡巴爾大呼小叫地呼喚費茲。一般而言沒事先約好不可能見他，但費茲認為他慌成那副德性肯定不單純，才讓他們進隱密的接待室。

「好了，這次又怎麼了，有事發生吧？跟那個人有關係嗎？」

費茲指著身披斗篷的人，朝卡巴爾提問。

「費茲先生，大事不好了！這個人剛才跟我說，半獸人王好像出現了！」

「你說半獸人王！」

費茲差點讓喝下去的茶噴出來。

維爾德拉消失後，謎樣史萊姆出現，再來是半獸人王。

相較之下，他們布爾蒙王國受的影響較少，但他聽說鄰近國家的魔物出現率變高了。看樣子這一連串問題彼此之間都有關連，費茲開始覺得心煩。

總之，目前的問題是半獸人王。

「不好意思，那邊那位是誰？」

費茲恢復冷靜，再度開口問話。

似乎等這句話等很久了，來人亮出連帽斗篷底下的真面目，一面朝費茲行禮。再向費茲說明來意。

「失禮了。我是哥布達大哥的部下，名叫哥布得。這次前來是為了知會那邊那位卡巴爾先生，告訴他半獸人王現身的事。我們的主子利姆路大人要我來傳話。」

自稱哥布得的人說完又把斗篷帽戴回去，拉到可以遮住眼睛的位置，重新坐回椅子上。

費茲仔細端詳那張臉。是如假包換的魔物——滾刀哥布林。外表看起來像人，不過，想看錯特有的泛綠膚色可沒這麼容易。

（命名魔物——看來卡巴爾他們說的都是真話——）

費茲深表認同，決定相信一切都是真的。這麼說來，此次半獸人王出現的事應該不假。

「我叫費茲。在這個城鎮——布爾蒙王國擔任自由公會分會長。你叫哥布得先生對吧，可以請教一件事嗎？」

「什麼事？」

「你們的主子利姆路閣下為何帶這情報給我？」

「我們這些基層人員不清楚細節。可是，利姆路大人說『若情況不樂觀，可能要請人類打倒半獸人王』。」

「原來如此……」

「留下這句話，利姆路大人他們就去討伐半獸人王了。所以我想，他們現在應該在料理半獸人王了。我也想跟哥布達大哥一起去，但利姆路大人都對我下令了，我只好過來這邊。」

如此這般，哥布得連人家沒問的事都說了。看樣子他很不滿，表情萬般無奈，滿肚子牢騷。

無暇顧及不滿的哥布得，費茲為剛才聽到的事陣腳大亂。

（什、什麼！史萊姆要去討伐半獸人王？開這哪門子玩笑？不，等等。我們是後備防線？他擬定作戰計畫時已經預見這一切了？一隻魔物？怎麼可能！）

他混亂到不行，在那咀嚼剛才聽到的內容。

至於卡巴爾那夥人，他們好像打算把事情全推到費茲頭上，看起來一派輕鬆。這點固然令人火大，但費茲認為現在沒空管那個了，開始沉澱心情。

「沒關係，有利姆路少爺在，半獸人王肯定不是對手啦。」

「對啊！他都能打倒焰之巨人了。半獸人王成長會很棘手，但才剛出生就沒那麼危險啦！」

「是啦，跟俺們應該扯不上關係。」

光聽這些對話，費茲的腦血管就快爆了，但他還是硬逼自己振作，冷靜地理清狀況。

看樣子三人組也好、哥布得也罷，他們都對史萊姆利姆路獲勝的事不疑有他。這就算了。問題不在那裡，而是利姆路這隻魔物的思考模式。

比較起來，利姆路最引人注目的就是言行舉止不似魔物。他不僅造鎮、馴服魔物，還想跟人類構築互助關係。

這次事件就是很好的例子。

他早就預料到一旦他們潰敗或了無勝算，肯定會立刻退兵。人類這邊若等到那時才發現事情不對就太遲了，將無法阻止半獸人大軍。

（要是他為了避免事情變成這樣，才預先告知我方……）

這隻名叫利姆路的魔物該不會很特殊？費茲不免浮現這種想法。

「我明白了。謝謝你過來傳遞情報。要是有什麼萬一，我們也會出面應對，可不可以麻煩你回去報備，說到時我們可能需要協助？」

「了解。那麼，我就先回去了。」

哥布得一說完就從座位上起身，接著離開房間。落落大方的舉止一點都不像魔物。

「那我們也走嘍。」

留下這句話，卡巴爾一行人跟著步出房間。

「真是的，這下事情嚴重了——」

費茲自言自語，目送卡巴爾等人離去。

（這次的傢伙，光靠我或許無法對付。先去跟那傢伙商量好了——）

腦裡浮現好友貝葉特男爵的臉，費茲已經做好把整個國家拖下水的心理準備。

之後，費茲大幅修正調查計畫，決定實施為時三個月的調查行動。

＊

後來三個月過去，有人回來稟報情況。

這時利姆路他們正好遇到魔王蜜莉姆來襲。

地點是老地方，費茲跟貝葉特男爵正在進行密會。

「以上就是這次的調查結果嗎？根據進軍的痕跡推測，軍隊總人數確實超過十萬。那麼，半獸人王肯定出現了吧？」

「沒錯，貝葉特男爵。我跑去求國王，為了讓他出動情報單位費盡苦心……不過，確實有些成果。」

費茲擺出苦瓜臉，在那發牢騷。當初求王的時候提出的交換條件，對費茲來說糟透了。

「哈哈哈，我已經聽說了。因為這次的事，你也要成為情報局的一分子吧。你的父親不也想快點讓出位子，讓你統理情報局嗎？」

「才不要。我當這個鎮的公會分會長就夠了。」

「真敢講。不過，現在先別管那個。這份情報具有高度價值。有魔物城鎮，還有住在那裡，比半獸人王更強的史萊姆。不單只有這些，半獸人王還已經成長了，統領十萬規模——推測最高數量達二十萬的大軍。最驚人的莫過於殘兵未淪為暴徒，還散往各地。這事是真的嗎？不，我知道那些都是真的，卻無法相信。」

費茲很能體會好友貝葉特男爵的心情。這是因為費茲的想法跟他一樣。

有卡巴爾等人的情報，還有那隻叫哥布得的滾刀哥布林帶來口信。

他假設這些都是真的，跑去求王、讓他出動情治單位。後來到手的情報超乎費茲想像，亦得知布爾蒙王國面臨前所未有的危機。

半獸人王握有下自十萬上至二十萬的大軍。要找出有能耐討伐他的冒險者沒半個。

朝半獸人王發動突襲、狙擊，假如成功了——剩下的殘軍也會變成暴民，襲擊周邊的城鎮和村莊。到時將無法對付他們。出動國軍也只是杯水車薪。面對大規模暴力集團，小國的騎士團終將遭到吞噬。

「確實難以相信。魔物會有如此縝密的心思嗎？不，那些都是其次，他是怎麼說服那些殘兵，讓他們不淪為暴民？難道他餵飽這麼多的半獸人？」

「八成真的餵飽了。這件事實在很難讓人相信，但我們只能相信了。那隻叫利姆路的史萊姆救了我們。」

「——可以……這麼說。」

費茲同意貝葉特男爵的話，在此閉口不語。

接著像在整理思緒，緩緩開口：

「距離我們布爾蒙王國兩個星期的路程，那裡出現了個魔物城鎮。這也已經確認過了。看起來自然簡潔，美得讓人吃驚，但派去的人似乎只能遠遠觀察。他們還整了一大片地，上頭鋪滿將之囊括其中的警戒網。就連情報局探員都回說入侵上有難度，從這就可以看出那個城鎮的魔物等級有多高吧？問題在於——我們今後要跟他們如何相處？要把那隻史萊姆當好人接納，或者看成威脅，嘗試排除——」

「等等。排除這兩字說來簡單，但那可能嗎？」

「我可以回真話嗎？」

「沒問題。不過，用不著聽答案也知道。」

「哼。答案是不可能。如你所想。」

聽到費茲的回答，貝葉特男爵的眉頭還是連皺都沒皺。費茲也認為這反應理所當然。

結論就是，不拜託西方聖教會派遣聖騎士，光靠布爾蒙王國絲毫沒有獲勝可能。

該魔物王國的居民，據說最低也低不過C級魔物。所有的魔物都是命名魔物，怪不得高於C。

聽說裡頭還有B級、破A級的傢伙，總體戰鬥力多少實在難以估計。

「還是找一天，去那裡看看吧……」

「你要去嗎，費茲？」

「對。我要用這雙眼睛品評那個叫利姆路的傢伙。」

嗯的一聲，貝葉特男爵朝費茲點點頭。

跟那傢伙敵對固然不妥，卻也無法忽視。所以費茲才認為有必要，不假他人之手，由自己親眼判斷。

想必貝葉特男爵也相信費茲，認為這麼做再適合不過。

而且——

想起前些日子發生的事，費茲再度堅定自己的決心，認為這麼做是最好的選擇。

前幾天，他拜託卡巴爾等人帶自己去魔物城鎮。那時，突然有個陌生人出現在卡巴爾一行人面前。

然後那個人旁若無人地找卡巴爾講話。

「你就是卡巴爾吧？我來替利姆路大人傳話：『半獸人王的事已經解決了。抱歉抱歉，我忘記跟你們說！』話已確實傳到。」

一行人為這突如其來的事態大吃一驚，其中最吃驚的莫過於費茲。

該處是自由公會內部的接待室，還是防諜設備齊備的房間。被人帶進來就算了，居然從房間外部入侵，能力著實驚人。

「站住！你是誰？」

費茲出言質問，那名藍髮入侵者則用冷淡的視線看他。

「我的名字叫蒼影，是利姆路大人指派的『密探』。」

雖然已經退居幕後，但見A⁻的費茲釋放「威壓」依然不為所動，自稱蒼影的人答得雲淡風輕。

儘管知道對方比自己強上許多，費茲依然是操弄情報局的老江湖。

「利姆路……他是魔物城鎮的城主吧。魔物怎麼會擔心我們的死活？」

他試著跟蒼影套情報，能套多少算多少。

「哼，你應該已經從同伴那兒聽說了吧？利姆路大人正在摸索，希望和人類共存共榮。我是不知道你們在戒備些什麼，但勸你們別拒絕，跟我們聯合才是聰明的選擇。」

聽到這句話，費茲難掩驚訝。按話裡的意思聽來，情報局探員的諜報活動肯定露餡了。

（這下沒轍了。得去一趟，會會讓這等魔物追隨的利姆路……）

費茲已經看出蒼影是魔物。

連看額頭上的角都免了，因為他似乎不打算隱瞞，妖氣一直處於外露狀態。只不過，那些魔素量極低，不像強者所有。話雖如此，費茲的直覺仍持續敲響警鐘。

費茲決定相信自己的直覺並採取行動。

「原來如此，你們已經知道我方在調查了嗎？在那之前，我有一件事想問……像你這樣的魔人，怎麼有辦法潛入我們的城鎮？這個城鎮已經覆滿阻止A級以上魔物入侵的結界了。既然如此，像你這樣的高階魔人就不可能進來才對。」

身為自由公會分會長，費茲就是無法對這件事坐視不管。

事情在這麼短的時間內一口氣提昇說服力——眼前這個魔物蒼影一定是高階魔人沒錯。既然如此，他是怎麼突破王國的防衛機制，這件事就有查個水落石出的必要。

「嗯，原來如此。我早就發現這裡有結界了，原來細部設定是那樣。利姆路大人或朱菜大人應該能看穿，我卻不曉得是怎麼運作的。為了感謝你教我，我就回答你的問題吧。我的身體是『分身』，魔素量不到本體的十分之一。所以，按你們說的等級來分，充其量只到B級。這樣你懂了吧？這個王國的防衛機制確實很優秀，但小看低階魔物，表示你們還太天真。」

蒼影用冷酷的目光看費茲，費茲則愣愣地聽取說明。

他說的都是真話，一針見血。

他們投注過多心力對付稱作災害級、相當於A級以上的魔物，卻忽略最基本的道理，對方指出這點。指正還是來自他們警戒的魔物。

怪不得費茲整個人愣在那兒。

「那麼，我先失陪了——」

「等等！」

察覺蒼影作勢離去，費茲趕緊挽留他。

接著，費茲表示自己想見魔物城鎮的主人利姆路。

「——既然你有那個意思，我就替你向利姆路大人傳話。」

最後蒼影留下這句話，那天的突發事件便劃下句點。

發生了如此事情，於是費茲現在要親自動身前往。

明明是自己把整個王國拖下水的，照這樣發展下去反倒得替王國效命，他不免自嘲。

（嘖。我個人一點都不想替王國效命好嗎……）

費茲哀聲連連，但他已經對布爾蒙王國有感情了，無法對他們見死不救，自己一個人逃跑。

結果，他僱用卡巴爾三人組當引路人，一同出發前往魔物城鎮——朱拉．坦派斯特聯邦國首都利姆路。

●

尤姆一行人在森林裡前進。

收服隆麥爾後，時間又過去數日。

雖然後來沒必要聽從尼德勒伯爵的命令，尤姆還是沒回到鎮上，持續朝森林深處前進。

尤姆完全不想回尼德勒伯爵領，他打算到別的地方去。

「老大，為什麼不回鎮上？」

「我偶爾也想抱抱女人，讓自己爽一下……」

「閉嘴，你們這群蠢蛋。我是不爽尼德勒那隻狸貓沒錯，但他好歹是貴族。正面找碴一點勝算也沒有。

要殺那隻狸貓很簡單，可是殺了他會被法爾姆斯王國通緝。一旦驚動王宮騎士團，我們大家都別想活了！」

「話是這麼說沒錯……」

「那我們該去哪裡？」

「現在才想到要問？你們幾個，好歹用點腦子好嗎？聽好，我們要——」

尤姆嘴上不饒人，卻還是對那群腦殘手下仔細說明。

就算他們回到尼德勒伯爵領，依然沒像樣的工作好做。只會被當成罪犯關起來，再次被迫易服勞役。所以說，尤姆認為他們該往其他國家去。

「我們朝森林中央地帶去，調查半獸人王的動向。再找出比較安全的方位，投靠那邊的國家。」

「可是老大，我們用不著特地往危險的地方去吧……」

「怎麼，你害怕了？半獸人王好像已經成長到足以率領軍隊的程度。萬一我們不小心去那怪物瞄準的城鎮，肯定會死於非命。說危險是危險，不過，為了安全起見必須掌握情報才行。」

「原來是這樣，大哥果然厲害。」

「我聽懂了，老大！」

手下們會意過來，紛紛對尤姆表示贊同。

而後，隆麥爾接著開口，對尤姆的說明進行補充。

「不僅如此，尤姆先生並沒有戰鬥的打算。讓我去確認半獸人王有多少人馬，再去跟尼德勒伯爵報告，這也是他的目的之一。」

「喂，隆麥爾，這話什麼意思？」

尤姆的副手卡基爾出聲回問他。

如今隆麥爾的地位相當於尤姆的軍師，這夥人也承認他有顆聰明的腦袋。

「換句話說，他打算讓我做原本該做的事，對方才會以為大家已經被半獸人王吃掉了。」

「這麼聽來，也就是說……」

「要讓尼德勒那隻狸貓以為我們死透了。這樣一來就不用擔心他派追兵，半獸人王想去尼德勒領，他們也能擬定對策。唉，丟下故鄉的人等死也讓人良心不安，最起碼警告他們一下。」

卡基爾的腦筋慢半拍，尤姆則補上這段話。

「就是這樣，我會接近半獸人王的軍隊，用魔法進行探測。一掌握大軍動向，我就會發動傳送魔法，回去跟尼德勒伯爵報告。到時候，我會告訴他大家都被殺了，請放心。機會難得，得回去拿委託費才行。之後我會隨便編個理由回來，還請大家多多指教。」

聽尤姆解釋、隆麥爾說明，大家總算露出了然於心的眼神。

「原來是這樣，我們要逃到相對安全的國家，在那裡展開新生活。」

「沒錯。就是這樣。」

尤姆打算帶著這夥人加入自由公會，讓大家的身分獲得保障。

自由公會的身分證以魔法登錄，到哪個國家都適用。不問先前在其他國家是否留有案底，對尤姆他們來說正好。只不過，當上自由公會的成員後，犯罪行為全都會被記錄下來，這方面需要格外謹慎。

「總之，剩下的就到新國度再想，以我們的規模來說，肯定能解決不少討伐委託案，這樣就有飯吃了。只不過，在那之前要好好活下去。聽懂了吧？要是先被半獸人發現，我們會有生命危險。你們幾個，要卯起來警戒四周喔！」

尤姆用這些話做總結。

首先要找出半獸人王大軍，重點是大夥兒還得平安逃脫。閒聊是可以，但千萬不能大意。

幾小時後──

尤姆一行人前進時一面換班，一面警戒周遭狀況。

在他們前方，好像有戰鬥的聲響傳來。

「老大──」

「噓！」

尤姆要大家閉嘴，把弟兄集合起來。接著悶不吭聲地打暗號，要他們排出陣形。一準備好，他的手就朝前方輕輕一揮，一行人開始靜靜地前進。大夥兒手拿武器，進入備戰狀態。

接著，他們開始能聽見在前方交戰的那夥人講話的聲音。

「喂，這下糟了！過去那邊就稱那傢伙的意了！」

「可是可是，繼續在這打下去也沒勝算啊！」

「喂，你們幾個，我遲早會撐不住，唔喔！好險！」

鏗！鏗啷──！除了堅硬物體互相撞擊的聲音，他們甚至還聽到你一言我一語，吵吵鬧鬧的抱怨聲。

「你們幾個，難道每一次……都做這麼危險的事嗎？為什麼一天到晚像這樣亂來還能活這麼久？看樣子我太看好你們了──嘖，愛蓮！妳小心點，那玩意兒過去了！」

聲音愈來愈大，大到連對話都聽得一清二楚。

聽起來，這些人好像遇到魔物了。交戰聲不絕於耳，尤姆猜應該有好幾名冒險者。

「大哥，該怎麼辦？」

尤姆開始猶豫。

他沒有回答壓低音量問話的卡基爾，僅用銳利的目光瞪視前方。

尤姆的手下共有三十名。但是，以冒險者的等級分判，頂多只有C級強度。大概只有副官卡基爾遊走在B級左右。

他本人也不例外，對自己的實力有自信，卻沒太多跟魔物交戰的經驗。冷靜想想，直接略過才是上策。

（嘖，真麻煩……雖然對不起那些冒險者，目前還是撤退為——咦，那女人怎麼——！）

尤姆才要叫大家撤退，這時從前方跑來的女人映入眼簾。剛才聽到的交談聲不乏女音，她肯定是剛才戰鬥的其中一個冒險者。

「嘖，大夥兒準備交戰。被那個臭女人拖累，我們暴露行蹤了！」

尤姆有「遠視」技能，可以看出詳細狀況。

一名身形高大的男性戰士用盾抵擋蜘蛛的攻擊，卻無法抵銷那些衝擊，整個人飛得老遠。蜘蛛沒有過去追殺那個戰士，直接鎖定當後衛的女性。

耐打、難對付的敵人先擺後面，由此可以看出這魔物具備相應的智能。

不過，該女子腦筋動得飛快，行動上也沒有絲毫猶豫。蜘蛛的目標一轉到自己身上，她就拔腿逃離。

這證明她是老手冒險者。

尤姆有點佩服她，還用「遠視」觀察追在逃亡女背後的蜘蛛怪。就在這個時候，他發現蜘蛛其中一顆眼睛筆直望向自家人。

追殺那個女人的蜘蛛是怪物，如假包換的怪物。用看起來硬過鋼鐵的外骨骼保護身體，除了關節，攻擊其他部分應該都沒用，擁有堅固的軀體。然而，那些複數關節自由自在活動，動作比人類快上許多。每隻腳都跟悉心研磨的刀一樣銳利，看起來能輕易貫穿樹木、人體。拿劍比喻或許不夠，更像伸縮自如的槍。

應該是支配這一帶的地域魔王。看那駭人的樣子及強度，有別於尤姆他們以前殺過的魔物。

（那群冒險者身手了得，才能想辦法撐住，但這樣下去肯定會山窮水盡……目前多虧有那個劍士大叔，才能勉強跟魔物打成平手……）

說老實話，尤姆也不覺得自己有辦法贏過牠。

「那是──是槍腳鎧蜘蛛！相當於A的怪物！這下糟了。尤姆先生，我們打不過牠。快逃吧──對手太強了！」

隆麥爾用元素魔法「遠方視認」觀察狀況，用鐵青的面孔朝尤姆進言。不過，尤姆拒絕他的提議。

「不行。你看看那個怪物的動作。牠踩樹自由移動。跟牠交戰的人敗北，接下來就輪到我們。牠肯定一下就追上我們，把我們殺光。就算現在拿出吃奶力氣逃也沒用吧？」

尤姆冷靜思考，做出如上判斷。

他不了解槍腳鎧蜘蛛，但才看一眼，憑直覺就看出魔物有多少斤兩。直覺告訴他，不可能逃出怪物的魔爪。也因為這樣，尤姆毫不猶豫地做出選擇，決定出面迎擊。

森林裡草木扶疏。槍腳鎧蜘蛛的速度快過在地面上行走，拿樹木當踏墊追擊獵物。一旦被牠盯上，逃離的可能性就逼近零。

這座森林是槍腳鎧蜘蛛的獵場，尤姆他們只是可憐的獵物。想活命只有一個辦法，就是打倒敵人。要活下去，這是唯一的解答。

這時尤姆下定決心大叫：

「這群王八蛋，拖我們下水的帳之後再跟你們算！隆麥爾，對我下強化魔法！卡基爾負責指揮！大家擺圓陣，受傷馬上換人，這是命令，誰都不能死！」

尤姆號令一下，大家就擺出圓陣。作戰方式為中間安排不適合戰鬥的回復人員、偵察人員，還有隆麥爾。像是為了保護中間那夥人，前衛舉起盾牌。尤姆嚴命前衛專心防守，絕對不要出手攻擊，而是由中央安全無虞的地帶放弓箭、魔法攻擊。

偵察員舉起弓箭，準備隨時應對逼來的槍腳鎧蜘蛛。

隆麥爾開始詠唱魔法。下了幾道平常沒在用的「刻印魔法」，替尤姆進行強化作業。賦予魔法「肌力增強」、「速度增強」，另外追加「保護障壁」，還下了「武具強化」，小心謹慎地替各防具、武器強化。有了這些魔法加持，尤姆的身體能力大幅強化。不過，要對付槍腳鎧蜘蛛還是沒太多把握。

但他依然保持平常心，緊盯著槍腳鎧蜘蛛不放。

接著，戰鬥揭開序幕。

而那厚顏無恥的女人，毫不猶豫地衝進尤姆他們的集團裡。

「打擾了！」

嘴裡高喊之餘，她在未經許可的情況下鑽進圓陣之中。確保自己的人身安全後，她喘口氣調整呼吸。

這娘們兒膽子真大，尤姆暗感佩服。

「喂，大姊頭！就妳一個人逃太卑鄙了吧！」

看起來像盜賊的男人邊嚷嚷邊跟著逃過來，不知不覺混入圓陣裡。

尤姆傻眼了，心想所謂的大意不得就是指這個吧，但現在不是想那個的時候。

「你啊……根本沒什麼資格說我吧……」

「話不能這麼說。對手是那種怪物，沒俺出手的餘地啊。用短劍沒辦法砍出致命傷。」

兩人持續聊些毫無緊張感的對話，尤姆則無視他們。

「嘖。你們幾個，等事情辦好再來算帳。」

尤姆朝他們丟下這句話，對著直逼而來的槍腳鎧蜘蛛揮舞大型雙手劍。

他的戰鬥方式如下——不拿盾，改以大型雙手劍劈砍。這種雙刃大劍的刃長超過兩公尺，將劍身重量轉換成威力，再把敵人一刀兩斷，是種駭人的武器。相對的，使用起來難度很高。但尤姆就算沒有魔法輔助，單靠臂力、技巧依然能輕鬆揮舞大型雙手劍。這樣的尤姆多了魔法輔助，揮動形同鐵塊的大劍。

現場響起堅硬的怪聲。

嘰啷————！聲音很刺耳，讓尤姆不舒服。這是他揮舞大劍，砸中槍腳鎧蜘蛛腳的聲音。一般來說，那隻腳應該被砍飛才對，但牠擁有堅硬的外骨骼，得以承受大型雙手劍的威力。

（嘖，怎麼硬成這樣。剛才那怪聲就是從這來的！）

尤姆嘖了一聲，為了讓槍腳鎧蜘蛛遠離組成圓陣的隊友，特意變換位置。

這打擊不痛不癢，但槍腳鎧蜘蛛決定追殺尤姆。接著，一副要把獵物變成肉串的模樣，馬不停蹄地移動那堆腳，開始朝尤姆逼近。

尤姆不慌不忙，將那些攻擊一一化解。是剛才那名魁梧男戰士曾用盾抵擋的攻擊。尤姆沒在用盾牌，所以他選擇以技化解。
這段時間長到幾近永恆，尤姆持續化解槍腳鎧蜘蛛的連續突刺。
對尤姆來說永無止境，在現實中不過曇花一現。幾隻腳擦中臉頰、傷到側腹、刺中腿肉，但他順利應對敵方攻擊，讓這些傷不至於影響戰事。
趁尤姆引開槍腳鎧蜘蛛時，盾男和輕裝劍士重上火線。接受各類魔法輔助，再度展開作戰。
「抱歉，害你受牽連。我的名字叫卡巴爾，打完再來聽你抱怨。」
「現在沒空自我介紹。叫我費茲就行了。」
「我是尤姆。我的同伴只會礙手礙腳。就靠我們擺平牠。」
「好。」
「了解。」
藉著簡短的對話達成共識，三人再次攻向槍腳鎧蜘蛛。
他們從三個方向包抄，限制槍腳鎧蜘蛛的活動。立下由他們三個依序出手引開注意，其他人再趁機攻擊的作戰計畫。
面對堅硬的外骨骼，半吊子攻擊起不了效用。尤姆的手下也清楚這點，沒人敢貿然出手。要是一不小心害尤姆他們受傷，到時可就難看了。
他們認為自己的職責在於別礙手礙腳。所以大夥兒相信尤姆等人會贏，決定固守防線。

魔法師愛蓮、隆麥爾各自準備自己擅長的魔法。

愛蓮是法術師，擅長「元素魔法」。她善於操縱為數眾多的攻擊系魔法，屬於攻擊強化型，但現在地點不對。森林裡長了一大片樹木，無法使用火力全開的焰系魔法。魔法是一種意象，能隨術者之意做某種程度的改變……要控制高火力的火焰卻不容易。

再說如今——

「吃我一記最強魔法之一！土石大魔彈！」

藉魔法將落於地面的石頭子彈化，變成土石彈。愛蓮注入更多魔力，讓無數石塊同時變成子彈，朝槍腳鎧蜘蛛射去。

岩石子彈經魔法強化，每顆都相當於人類拳頭大小。從速度、質量推算威力，單一顆石頭就能釋放數噸衝擊力，是凶惡無比的魔法散彈。

尤姆用大劍化解，費茲巧妙使劍應對，卡巴爾拿盾抵擋攻擊。趁這三人交替抵擋攻擊時，魔法子彈從四面八方打向槍腳鎧蜘蛛。然而，這些還是不足以傷害槍腳鎧蜘蛛的外骨，全都被怪物輕易彈開。雖然讓牠晃了一下，影響卻僅止於此。

「騙人～……這是我的隱藏版絕招耶……」

消耗大半殘存魔力才發動這個隱藏版絕招卻不管用，讓愛蓮相當錯愕。她已試過水冰大魔槍、風切大魔斬，結果慘不忍睹。

事實上，要說她還剩下什麼大絕，就只有最強魔法火焰大魔球。

「有什麼好驚訝。槍腳鎧蜘蛛是A⁻的地域魔王。就算擁有高度魔法抗性也不奇怪。既然是支配這一帶的森林捕食者，當然有這等程度的實力。拿我們這種等級的魔法攻擊，應該很難打出致命傷……」

「不然你說，我們該怎麼辦？」

聽愛蓮這麼問，隆麥爾聳聳肩回答。

「只能用支援魔法支援吧。」

他答得簡潔扼要，愛蓮很想回嘴。不過，面臨自身魔法無用武之地的不爭事實，她還是將反駁的話吞回去。雖然沒試過，但她猜火焰大魔球八成也起不了效用，才打消反駁念頭。

「知道了啦。當後援很土，我不擅長嘛……但我起碼還會用個魔法障壁。」

愛蓮開口回應，隆麥爾聽了點點頭。

隆麥爾也是法術師，不過，他還會用幾種「刻印魔法」。剛才施在尤姆身上的就是那個，其他兩人也施術強化過。

「敵人的攻擊威力太高，魔法效果很快就會消失。一旦武器破損就完了，我忙著施『武具強化』，希望妳能想辦法，小心別讓魔法障壁中斷，這樣將如虎添翼。」

「我知道啦！」

隆麥爾的忠告間接讓愛蓮切換思考模式。不去想放魔法傷敵的事，當個徹徹底底的輔助人員。其實愛蓮在這方面也算一流的魔法師。計算殘存的魔力、回復量，用最適當的配量發動魔法。

不單只有愛蓮，隆麥爾也不遑多讓。

不走華麗路線，行使魔法講究實效，一直小心注意，避免尤姆、費茲、卡巴爾這三人的輔助魔法中斷。他口頭上只提到「武具強化」，卻在其他魔法斷炊前重新施放。

要做到這麼厲害的地步，唯有頂尖的魔法師才能辦到。這幾天跟尤姆一同行動時，隆麥爾的膽子愈來愈大，與生俱來的才華終於開花結果。

（真有一套。那我也不能輸給他！）

看隆麥爾這樣，愛蓮再度點燃鬥志。

如此這般，他們兩個淡淡地扮演既乏味又重要的角色。

另一方面，來看那三個正在對付槍腳鎧蜘蛛的人，他們一直處於恐有減壽之虞的緊張氛圍裡，進入分秒必爭、容不得半點閃失的對戰模式。然而，就算面對如此危急的狀況，三人臉上還是掛著玩世不恭的笑容。

「唷，你叫卡巴爾吧？你的鎧甲好像跟我身上這套便宜貨不一樣，看起來很耐操嘛。」

「嘿嘿，對吧！這身鎧甲出自那個有名的葛洛姆大師呢！不是一般的甲殼鱗鎧！」

「哦，你說葛洛姆大師，是那個矮人防具工匠嗎？怪不得，我看你被怪物正面擊中還沒事。」

「你看到嘍，那我這臉不就丟大了。沒啦，別看我這樣，其實——」

「你們兩個，給我認真點！別趁我撐場的時候話家常好嗎！」

兩人就像在酒吧說當年勇一樣，在那輕鬆暢談。這時費茲朝他們爆出怒吼，他們倆就像被老師罵的學生，不約而同用那張臉扯出苦笑。

「跟我換手吧，大叔。」

尤姆刻意重砍一下，再跟費茲交換。先前一直處於微弱狀態的魔法光芒再度生輝，準備已經就緒。

三人攜手合作，再加上魔法支援源源不絕地循環，其絕妙程度就好似他們是老戰友。說這是即興合作肯定沒人相信。

「交給你了。」

拋出這句話，費茲收手跟尤姆換班。他頻頻

抵擋槍腳鎧蜘蛛的連續攻擊，神經一直處於緊繃狀態，人累個半死。不過，他沒有哀哀叫。這是因為，三人裡年紀最長、經驗最豐富的不是別人，正是費茲。

雖然他退居二線，當年實力仍相當於A等級的冒險者。自從擔任布爾蒙王國的自由公會分會長後，費茲就沒上過戰場，但他勤於鍛鍊。正因為這樣，如今他多費點力還是能跟上槍腳鎧蜘蛛的動作。

（話說回來，我的身手果然不如以往。以前沒問題，現在就無法單槍匹馬打倒這傢伙——不過，真沒想到我只能稍微幫大家爭取一點時間……）

費茲感嘆歸感嘆，他仍是三人中身手最了得的。

因為費茲有這等實力，才能預見接下來的發展。

（是說，這下糟了……）

繼續持續下去，他們會耗光體力。

就算對手是高階魔物，只要有魔法在，通常還是能想辦法分出勝負。然而，這次沒那麼簡單。

槍腳鎧蜘蛛對魔法擁有高度抗性，用武器發動物理攻擊才有用。按身體機能判斷，包含自己在內，能對付槍腳鎧蜘蛛的就只有三個人，費茲對此也心知肚明。尤姆的手下派不上用場，只能繼續維持現狀，靠他們三個突破困境。

不過——

歷經十幾分鐘的戰鬥，槍腳鎧蜘蛛只有受一點點傷。相對的，三人雖然沒有身負重傷，累積的疲勞卻顯而易見。多了尤姆當幫手，有魔法當後援，頂多只能勉強頑抗。

「不妙……」

「嘖，別說那種鳥話好嗎！是你們把我們拖下水耶。不打倒這傢伙，大家都會被殺。有空在那抱怨、哀聲嘆氣還不如動手做！」

聽卡巴爾發出自言自語，尤姆開口激他。

他們三人再清楚不過。魔法這種強大力量在目前無用武之地，光靠人力打倒這怪物難上加難。

然而，一放棄就只能等死。

所以他們鼓起勇氣，持續跟槍腳鎧蜘蛛打勝算渺茫的戰——

事情湊巧在那時發生——

「咦？這不是卡巴爾先生嗎。好久不見！對了，每次遇到你都在跟魔物作戰呢，你那麼喜歡戰鬥嗎？」

一道蠢蠢的聲音碰巧傳來。

該處出現五名魔物，全都騎著狼型魔物——是率領狼鬼兵部隊一分隊的哥布達，還有他的部下。

●

哥布達結束例行性巡邏，正好要回鎮上。

結果他聽到遠方傳來戰鬥聲響。

「哥布達大哥，聽聲音好像有人在某處戰鬥。」

單眼罩著眼帶的副官哥布奇出聲，向哥布達報備。哥布達很想快點回去歇息，所以他裝作沒聽到，

但事情果然沒這麼順利。

「是喔。去看看比較好吧？」
「這個嘛，我是覺得去看看比較好啦。省得事後被罵啊。」
「好吧。那我們快點過去，看看情況怎樣。」
聽從副官哥布奇的建議，哥布達等人朝發出戰鬥聲響的方向過去。

時間來到現在。
哥布達發現跟蜘蛛怪對戰的人很眼熟。
「噢，原來是哥布達老弟！別在那悠哉觀戰，快過來幫我們！動作不快點會來不及！」
跟哥布達輕鬆的聲音成反比，卡巴爾拚命叫喊。他一面抵擋槍腳鎧蜘蛛犀利的連續攻擊一面回話，整個人半是陷入自暴自棄的狀態。其中有幾道多腳攻擊漏防，被卡巴爾的鎧甲彈開。他說得沒錯，再不快點就會弄壞鎧甲，卡巴爾將命在旦夕。
「哎呀，那邊那位是費茲先生吧？是我哥布得啦。」
「喔，哥布得先生也來了嗎！快點，快跟我換班！」
哥布得發現費茲還跟他攀談，而且應了這句話的人，是頭盔快被打飛的卡巴爾。看樣子他真的危險了。
「沒辦法，我去跟卡巴爾先生換。哥布奇你帶大家耍蜘蛛！」
接獲哥布達的命令，大夥兒一同展開行動。
哥布達迅速從星狼族身上離開，過去協助卡巴爾。在此同時，哥布奇率領的狼鬼兵部隊人狼一體，開始對槍腳鎧蜘蛛進行擾亂作業。

星狼族用銳爪銳牙攻擊槍腳鎧蜘蛛，但那些全都被外骨骼彈開。不過，狼鬼兵部隊的動作比槍腳鎧蜘蛛更快，靠打帶跑策略維持安全範圍。

B級的星狼族攻擊對槍腳鎧蜘蛛沒用。可是，論行動速度不相上下。所以他們早早放棄爪牙攻擊，切換攻擊模式，讓騎手滾刀哥布林抵擋怪物的攻擊。如此一來，哥布奇帶領哥布達的部下發動攻勢，逐漸讓槍腳鎧蜘蛛掛彩。

「真厲害，好利的槍。似乎還能變換長度。」

「看來真的可以呢。殺傷力明顯在我的雙手大劍之上。要是有那種武器，我肯定能打得更像樣一點。」

從戰場上脫離後，致力恢復體力的卡巴爾發出感嘆聲，一面喃喃自語。回答他的人是尤姆，不知道從什麼時候開始，人已經在卡巴爾旁邊休息了。

「我到現在還是不敢相信。那狼是什麼東西？跟黑狼、灰狼不同的變種？話說回來……為什麼滾刀哥布林有那麼好的裝備？還有那異常的強度是怎樣？」

費茲也氣喘吁吁地加入他們，一面傻眼地輕喃。沒人替他的疑問解答，三人只顧著聚在一起觀戰。

思及先前那些苦戰，他們一時間還難以相信眼前的戰鬥是現實景象。狼鬼兵部隊果敢進攻，他們的行動都以高度安全性為前提。隊裡沒有人受一絲一毫傷害。

此外，哥布達獨自一人對付槍腳鎧蜘蛛，輕鬆吸引敵人的注意力。那樣子看起來一點都不費力，已經完全掌握槍腳鎧蜘蛛的動向了。

「喂……那隻滾刀哥布林……名字叫哥布達嗎？他是什麼來頭？不，那先撇開不談——」

尤姆說到一半禁聲。想問的事堆積如山，但他認為現在不是時候，硬是忍住了。接著一副捨不得漏看的模樣，專心地觀望戰況。

哥布達輕巧地避開槍腳鎧蜘蛛的攻擊。

（唔——好慢。跟白老先生的魔鬼訓練相比，這種攻擊連屁都不如。）

仔細觀察敵人的動作，他看出對方要放連續攻擊前習慣先頓一下。而牠的亂數多腳攻擊會有節奏地動腳，很容易就能預測接下來要戳的位置。

「好了，快點打打收工吧！」

哥布達一鼓作氣抽出腰上的小太刀。接著瞄準目標，朝狼鬼兵部隊在蜘蛛身上留下的小傷砍去。

一隻看起來像長槍的腳往空中飛去。

那玩意兒被哥布達的刀砍切斷。

「真的假的！」

「哥布達，你好厲害！」

「這把小太刀真棒。砍起來讓人看得入迷哩。」

哥布達的好友卡巴爾等人開口稱讚他，讓他心情大好。

利姆路遵守跟哥布達的約定，要黑兵衛替他打了這把小太刀。跟隨便一個小鎮武器店賣的便宜貨不同，特別著重順手度，是把名刀。

不只如此，這把小太刀還添了利姆路的獨有技「異變者」，賦有某種魔法效果。是利姆路作來實驗的魔法武器。

只要哥布達有那個意思，刀身就會包上一層冰，變成冰槍，還能把刀當水冰大魔槍射。

不過，哥布達沒有發動魔法。這是因為用魔法會消耗他身上一大堆魔力，所以他不能隨便亂用。白老也常常叮嚀他，要看準時機用最後王牌才行。哥布達乖乖遵從他的指示，不做無謂的事。

如今，他弄到比水冰大魔槍更有效的武器。

「這個更厲害！」

大概想炫耀一下，哥布達舉起用左手握住的刀鞘示人。

「刀鞘……？」

還沒回答基多的問題，哥布達就展開第二波行動。

讓刀鞘口對準槍腳鎧蜘蛛。緊接著，刀鞘發出沉沉的黑紅色光芒。

刀鞘內側全以「魔鋼」覆蓋，絕緣電線密密麻麻地捲在上頭，有如螺線管。用獨有技「異變者」封裝的「黑雷」一旦迸放，就會產生強力的磁場。再利用這股力量射出置於鞘底的子彈。即所謂投射加速原理。

名叫「鞘型電磁砲」。

是利姆路懷著半玩樂心態做的，而哥布達非常中意這樣東西。

從中擊出直徑兩公分的鐵塊。

無聲無息，但效果卓著。

槍腳鎧蜘蛛痛苦地蠢動。牠的嘴微微顫抖，頻頻摩擦，發出像人在哭叫的詭異聲響。

這也難怪。

牠有好幾顆眼睛被打爛，噴出藍色的液體。

「唷——！哥布達大哥，你真厲害！」

哥布達的部下們紛紛喝采。可是，卡巴爾一行人全都目瞪口呆。

就連費茲都不例外，眼前的景象讓他無法進入狀況。

「——喂，剛才那是什麼？」

費茲不解地說著。

不過，哥布達沒有回答他——

「這下好了，今天有好吃的了！這隻蜘蛛看起來很好吃耶！」

他的精神全被眼前這隻槍腳鎧蜘蛛給吸引過去。

不把牠當威脅，而是美味的獵物。

「喂喂喂，那傢伙是A的地域魔王喔！居然說牠好吃……」

費茲遭人無視，吐嘈的聲音有氣無力。眼前的現實讓他反應不過來。他整個人好像傻了，只能愣著觀看這一切。

尤姆一行人也一樣，剛才那敵人讓他們賭上性命火拚，最後居然沒發到威就死了，大夥兒除了傻看還是傻看。

尤姆本人覺得這一切讓他很不是滋味，但他也不曉得火大的點在哪裡。不知不覺擺出悻悻然的表情……

哥布達他們五個將尤姆一行人晾在一旁，把槍腳鎧蜘蛛玩弄於鼓掌間。

——十幾分鐘後。

眼前躺著遭人分屍的槍腳鎧蜘蛛。

旁邊有一臉欣喜的哥布達，正用「思念網」跟某人對話。

「再過一會兒，回收隊就來了。哥布奇，你跟其他三人一起警戒周遭狀況。我先帶卡巴爾先生他們過去。」

「了解。路上小心。」

結束對話後，哥布達跟副官哥布奇來個短暫互動。

「那我們走吧！」

接著他用樂天的語氣催促卡巴爾等人，表示要出發了。

費茲在神遊。

卡巴爾三人組爽爽。

尤姆不爽。

帶頭的人沒反應，尤姆的手下們不知該怎麼辦才好，但最後還是同意了。

就這樣，一行人在搞不清楚狀況的情況下前往魔物之國——魔國聯邦。

●

來到我面前，哥布達得意地說明事情原委。

地點是老地方會議室。

我旁邊坐著一臉理所當然的蜜莉姆。

背後有紫苑、蒼影待命，利格魯德跟紅丸隨我倆入座。

哥布達身邊跟了卡巴爾三人組，還有沒見過的大叔。除此之外，另有肌膚黝黑的美男子和疑似魔法師的神經質男。

當朱菜入座、示意底下的人備茶時，哥布達碰巧開講。

哥布達一說明完，大夥兒就做起自我介紹。

大叔名叫費茲，是布爾蒙王國分會裡最大的。應該是蒼影先前跟我回報過、說想見我的那個人吧。

再來看膚色黝黑的小哥，這人帥到不行。雖然不及紅丸跟蒼影，卻長了一身富野性的精實肌肉，是個大帥哥。名字叫尤姆，聽說是法爾姆斯王國伯爵領派來的邊境調查團團長。至於那個神經質的細瘦男，他果然是魔法師沒錯。名字叫隆麥爾，擔任尤姆的智囊。

他們都跟我打過招呼了，我也該禮尚往來。

「對了，太晚自我介紹不好意思。我是這個又像鎮又像國，名叫朱拉．坦派斯特聯邦國的代表，利姆路．坦派斯特。如大家所見，我是史萊姆！」

我現在沒變成人型，直接對大家坦白外貌即本尊。

「真的是史萊姆啊……」

大叔他——說錯，費茲很驚訝。他應該早就知道某種程度的真相了，依舊免不了一陣驚訝，或許這不能怪他。若這隻史萊姆不是我本人，我肯定不相信一隻史萊姆在魔物王國以王自居。

「話說回來，利姆路少爺，有幾個人之前好像沒看過？」

卡巴爾出聲詢問。

在說紅丸他們吧。我稍微介紹過去。

最後是蜜莉姆。

「我叫蜜莉姆。請多指教！」

不等我介紹，她自行報上名諱。

招呼打得輕巧，本性卻是凶殘的魔王。是人都會被她的可愛外表騙去。

唯獨費茲，一聽到蜜莉姆這個名字就露出狐疑的表情，搞不好他聽說過魔王蜜莉姆。

卡巴爾跟基多的視線則在朱菜、紫苑身上來回游移。蜜莉姆也很可愛，不過，對他們來說似乎太幼了。這兩個傢伙很忠於自己的心。

費茲和尤姆好像對男女之情沒興趣，也有可能是面對魔物太過緊張的關係，臉上神情一直很嚴肅。

我認為卡巴爾他們多少該學學這兩人才對。

也罷，我懂他們的心情啦。

話說回來，光聽哥布達說明根本無法釐清狀況。

為什麼費茲跟尤姆一起行動啊……

「那麼，就由我來進行說明吧。」

這念頭剛閃過，費茲就開口了。看樣子，他發現哥布達的說明讓我聽不出個所以然。才想代為說明。

這個人反應很快。

看到身為史萊姆的我多少有些動搖，應對進退卻彬彬有禮，我看就依他的意思聽他解釋吧。

……………

…………

……

聽完費茲的話，我對情況有某種程度的理解。

半獸人王的事似乎鬧得雞犬不寧，他認為該親自確認情況，才會在卡巴爾三人組帶領下前來。

隆麥爾繼他之後進行說明。

這邊的情況也一樣，流向布爾蒙王國的情報驚動尼德勒伯爵領的公會分會，他們才採取行動。隆麥爾還就他所知坦承尼德勒伯爵的計謀，聽起來對實際情況瞭若指掌。

「你為何跟我實話實說？」

聽我這麼一問，隆麥爾答：「也不是那樣，老實說，我不知該朝哪個方向判斷……就覺得乾脆坦承可能會更順利……」

我個人也慶幸他坦承，朝他重重地點了一下頭。

「那種事不重要啦！在我看來，一隻史萊姆憑什麼跩成那樣，這方面更扯好嗎？不不不，太奇怪了吧？話說，史萊姆為什麼會說話？到底是什麼情形？你們怎麼都沒意見啊？」

突然間，一直擺臭臉的尤姆開話匣子，開始吵吵鬧鬧。

「你對利姆路大人太失禮了！」

紫苑聽了很火，但尤姆沒有住口。

「少囉嗦，女人給我閉嘴！」

甚至對神情光火的紫苑怒吼。

啊，笨蛋！想到這裡已經為時已晚。

悶悶的喀滋聲響起，紫苑用大太刀的刀鞘扁倒尤姆。

「啊！不小心就……」

「什麼叫不小心！」

這種事已經見怪不怪，但紫苑的易怒得想辦法治治才行。尤姆固然在遣詞用字上失禮，立刻出手也不對。

被我這麼一念，紫苑趕緊救治尤姆。她好歹還記得拿捏力道，所幸沒揍死人。替尤姆上回復藥後，他立刻醒了過來。看到紫苑時表情有瞬間不爽，話雖如此，尤姆依然默不作聲地回到椅子上。

看他這樣，我認為這個男人的韌性很強，心裡感到一陣佩服。

「我代替自家人紫苑道歉。她比較不能忍，希望你原諒她。」

我開口向尤姆賠罪，尤姆則心不甘情不願地頷首。

「好過分。別看我這樣，我的忍耐力可是有目共睹喔！」

紫苑開始說些傻話，我決定無視。這說法從沒聽過。

「哇哈哈哈哈！妳缺乏忍耐力，證明妳還太嫩了。妳的心胸沒我那麼寬大，才會這麼易怒啦！」

我好像聽到蜜莉姆在那說得喜孜孜，肯定是幻聽。我看紫苑應該也最不想被蜜莉姆說嘴吧。

算了，那些事先擱著。

我決定做個總結。

費茲的目的是因為謎之史萊姆——也就是我——出現，才想來看看廬山真面目。對人類來說是敵是友，想自己親眼確認一下。

「魔物居然會蓋城鎮——啊，失禮了。如果是亞人的聚落倒還能理解，但多種族共存的鎮，我未曾聽說過……個人認為非親眼所見的事不能盡信。此外，倘若這件事屬實，城鎮有多大規模、跟我們有何互動，這些都該確認才是。我收到報告說你們並非威脅……但我認為親眼看看再做判斷最為合適。因此，就跑來這裡了。我想調查一陣子，希望您准我留在這兒。」

說完這句話，費茲結束說明。

在我聽來很有道理，被人懷疑是壞蛋也滿不爽的，所以我二話不說應允。

我還跟他挑明自己的想法。

費茲身為公會分會長似乎有一定地位，搞不好在布爾蒙王國吃得很開。面對這樣的大人物，我認為老實講白、邀他跟我們攜手合作才是明智之舉。

「或許你難以相信，但我想跟人類保持良好關係。關於這點，我也跟卡巴爾他們說過了。我不求立刻開放，不過，希望日後能跟你們進行貿易，彼此交流一下。這方面你想確認真偽也沒關係，事實上我們已經跟矮人王國變成邦交國了。途經這裡對商人來說有更高的便利性，不知你意下如何？」

「等等，不，請稍等一下。矮人王國——您是指武裝大國德瓦崗嗎！那裡好像是中立國，還跟亞人互相交流……這表示他們承認這個魔物國度了？這話實在很難取信於人……」

我為了讓費茲相信才老實告知，結果他仍難以置信。所以說，我找培斯塔過來，要他當證人。

「您是……培斯塔大臣！不，應該是『前』大臣才對。話說，真沒想到您這樣的大人物會來這種地方……那麼，事情都是真的？」

「這不是費茲大人嗎？好久不見。您說得是，我也因某些機緣巧合來到這兒，受大家照顧。利姆路大人說的全都是真話。蓋札王跟利姆路大人已立下盟約。」
後來他們又聊了幾句，這才相信我說的話絲毫不假。
雖然相信了，卻感覺他懷疑自己是否在作夢。聽到魔物建立一個國度，正常人應該都無法在第一時間採信啦。

尤姆的目的就有些複雜了。
為了換取自由身，打算製造他們已死的假象。此外，他還想找安全的國度，加入自由公會。
他叫尼德勒伯爵貪婪的狸貓，似乎打算將情報傳給對方。這麼做不是為了伯爵，而是或多或少替留在那裡的鎮民著想。跟他的樣貌、態度相反，感覺很有俠義心腸。
隆麥爾被這樣的尤姆吸引，才會背叛尼德勒伯爵，成為他的心腹。
聽完這些，我稍微想了一會兒。
「問一下，那個叫什麼費茲先生的。半獸人王被打倒的情報已經傳出去了嗎？」
「不──知道這件事的只有國王，還有少部分人。」
費茲開口回答。既然這樣──
「對了，尤姆老弟。你們要不要跟我簽約？」
「啥？說什麼狗屁──不，您這話的用意是？」
看樣子對尤姆的應對態度不是很滿意的，不單只有紫苑，就連朱菜都跟著瞪他。所以他慌忙改用有禮貌的遣詞用字。裝作沒發現比較不會傷到他，我決定繼續把話說完。
「簡單來說就是──」

繼這句話之後，我開始娓娓道來。

尤姆跟三十名手下。我要讓他們當打倒半獸人王的英雄。

雖然危險的半獸人王被打倒了，費茲還是覺得不安，是因為打倒半獸人王的我是魔物史萊姆。

那麼——就假裝我們只出力幫尤姆，事實上是尤姆他們打倒半獸人王，對外放出這種風聲。

雖然出發的時期不對，順著流程看會出現矛盾，但一般市民根本不在意這些小事。只要掌握詳細情報的高層閉嘴，大家應該會自行做合理的解讀才是。至於剩下的半獸人殘兵，就說他們起內鬨，尤姆等人因而輕鬆打敗他們——對外解釋照這劇本跑應該ＯＫ。別把具體數字二十萬抖出，人們肯定會輕易相信。

我方未直接出戰，支援尤姆一行人武器、防具、糧食，這樣的定位最理想。這樣一來，我們就能確立立場——幫助打倒半獸人王的英雄，變成值得信賴的魔物——了吧？

比起謎樣的危險魔物，這樣的魔物更讓人有親切感。

「——差不多這樣，如何？」

訪客們全都啞口無言。人好像石化了，沒有半點反應。

卡巴爾他們似乎早就跟不上話題周轉速度，在那享用茶水。

相較之下，紅丸跟朱菜等人佩服地點點頭。

蜜莉姆跟紫苑自以為是地高挺胸膛，但我很懷疑她們是否真的有聽懂。說起來，蜜莉姆跟這件事毫無關聯。目前人還算安分要參一腳就算了，不過，我在想是否該趁她聽膩失控前給點蜂蜜之類的。

「你到底把我當什麼了？算了，沒關係。這個我收下。」

我拿出裝蜂蜜的瓶子，蜜莉姆則欣喜地接下。紫苑羨慕地眺望這一切，可惜沒妳的份。

「不不不，您在說什麼啊！不是『如何』吧！」
「等等？喂喂喂，要我當英雄？你想叫我扮勇者？」
剛才一直當化石的費茲和尤姆同時大叫。
不能怪他們，要人答應這種事可沒那麼簡單。有這種反應很正常。
「不能當勇者喔！勇者很特別，不是隨便誰都能自稱。自稱勇者的人會有因果報應。所以說，你只要自稱英雄就行了。」
聽尤姆在那兒嚷嚷，蜜莉姆開口回答。
原來如此，跟魔王一樣，隨口自稱勇者好像會死得很難看。當英雄就沒問題，所以我想讓尤姆當英雄，不過……
「問題不在那裡好嗎，小鬼頭！再說——」
喀滋！
現場氣溫瞬間驟降。
「喂！」
「蜜莉姆大人……」
我傻眼了，紫苑也跟著露出欲言又止的樣子。
「你、你們別誤會！又、又不是我的錯！」
蜜莉姆手忙腳亂找台階下。我都還沒跟她算帳，她就一副快哭的樣子。
「蜜莉姆，妳就別找藉口了。下不為例啊！」
「好。相信我，利姆路。」

蜜莉姆頻頻點頭，發誓絕不再犯第二次。

是有點可憐，但仔細想想，錯都在蜜莉姆。人一寵就學不乖，所以我這次鄭重斥責她。紫苑似乎也對剛才被念的事耿耿於懷，此時哼呵幾聲，心情好像變好了。

妳別一副事不關己的樣子好嗎！本想拿這句話吐嘈她，最後還是嚥回去了。望她學著點，改過自新。

「蜜莉姆……？總覺得這名字好像在哪聽過……」

哎唷，費茲一聽到蜜莉姆的名字就皺起眉頭。他好像還沒發現對方是魔王，但我千萬不能大意。這是因為，魔王蜜莉姆似乎出乎意料地有名。

我看現在還是蒙混過去好了。

「對了，尤姆還好嗎？」

剛才聽到悶悶的喀滋聲，所以我真的很擔心他是否平安。

「沒事，利姆路大人。我已經對他用藥了，人安然無恙。」

朱菜帶著微笑稟報，這時尤姆正好甦醒過來。

「唔——……到底發生……什麼……」

他好像有點狀況外，不過，身體看起來一切安好。剛剛才被紫苑、蜜莉姆打過，這男人真的很硬。是說回復藥也很強大啦，但他能活下來值得讚許。

「利姆路……先生，這樣叫對吧。知道了，我決定追隨你。你能馴服那些危險的傢伙，肯定是厲害的史萊姆。從今天開始，讓我叫你利姆路少爺。有什麼吩咐儘管說。」

一恢復清明的意識，尤姆就對我說出這句話。雖然很像用暴力讓人屈服，讓我不大能接受，但他本人都跳出來應允了，我也不好重新提出討論。

「就、就這樣吧。麻煩你了。」

我朝尤姆頷首，奠定今後的合作關係。

多虧這一串互動，費茲的注意力成功轉移。

「事已至此，我方也不會吝於伸出援手。不過，關於您是否站在人類這邊，我還是要好好確認一下，可以嗎？」

「嗯，好啊。這是當然。沒問題。」

就這樣，我們多了費茲當幫手。

*

我請費茲跟貝葉特男爵事先套招，再跟布爾蒙國王報告。與此同時，我請他協助統整要放至周邊諸國的謠言藍本。

配合我提的劇本做細部調整，再跟各自由公會聯絡。

我也會給費茲報酬，就是優待部分商人。

對象是自由公會的商人，我准許他們在朱拉・坦派斯特聯邦國首都利姆路停留。

目前不收關稅。這方面等費茲信任我們、兩國展開邦交再談。

話雖如此，老實說關稅該收多少才好，我心裡毫無頭緒。我不是政治家，哪來計算關稅的能耐。所以說，表面上裝得從容不迫，心裡可是冷汗直流啊……

基於上述原因，還沒收關稅前，自由公會布爾蒙分會的商人肯定能海撈一票。這麼做有部分是為了收買費茲。

要讓布爾蒙王國當我們是國家並信任我們，這段路究竟要走多久？或許很快就走到了，也有可能花好幾十年都無法成定局。但我已經有覺悟了，要跟他們打長期戰，如此一來最起碼得做好準備，用以助兩國確立邦交。

首先要讓對方信任我們，這是先決條件，同時得調查稅率定多少才合適。肯定不能高於法爾姆斯王國定的稅率，另外提昇便利性、展現安全性這些也很重要。目前交易路線尚未整頓完成，等這些工程都搞定再收關稅也不遲。

總之，要做的事堆積如山。

費茲的問題到這兒算解決了。

布爾蒙王國是小國，出現願意跟他們另闢交易路線又締結邦交的國家意義非凡。連同這一帶的安全保障算在內，布爾蒙王國定會獲得豐碩的利益。

前提是他們信任我方，跟我們成為邦交國。

再來就等費茲回去傳話，向我回報詳細情況。目前還不清楚結果會怎樣，我只能祈禱事情朝好的方向進展。

接著是尤姆一行。

我要他們在鎮裡小住一段時間。

為了讓他看起來像英雄，得改頭換面才行。

想必現在正受白老監督，一面修行吧。

尤姆有不錯的實力，要當英雄卻不夠。光提昇裝備等級或許能魚目混珠，但靠這些還是不行。

不能只憑身體機能和戰鬥的野性直覺，必須確實鍛鍊技巧。以上是白老的見解。

裝備方面沒問題。

我們恰好有剛獵來的槍腳鎧蜘蛛素材，可以利用這些準備最讚的武器和防具。

所以說，裝備完成前要鍛鍊尤姆一行人的身心靈。

時光流逝，裝備完成了。

戰鬥時重要的要素不外乎速度、攻擊力、防禦力這三樣。就算多了魔法這項要素也不例外。只是加了精神抵抗當魔法防禦。

自由公會計算出分級制度，基準即為這三大要素加總有多強。因此，光只是準備更好的武器和防具，依然可提昇等級。

從這個觀點來看，此次素材可以說是頂尖貨色。

說起魔物槍腳鎧蜘蛛，其實牠的速度並沒有那麼快。好幾隻腳同時發動攻擊才給人高速運動的感覺，冷靜對應會發現單隻腳並沒快成那樣。

這點看B級的卡巴爾、哥布達有辦法對付就可以得知。是說哥布達這邊，其實我懷疑他可能有A^{-}左右……

話題扯遠了。

動作不快的槍腳鎧蜘蛛之所以能攀上A^{-}等級，最大關鍵在於那身外骨骼。其強大的奧祕即仰賴外骨骼賦予高度防禦力，另外還有光擦到就會造成嚴重創傷的複數足肢。

換句話說——

「喂喂喂，利姆路少爺……我可以收下這麼棒的裝備嗎？」

尤姆一臉感動，張眼眺望用外骨骼造的鎧甲。

這是有三種花色的全身鎧。以暗褐色為基底，上頭襯著綠紅交織的獨特花紋。換個角度看，美得像件美術品。

——名叫骸甲全身鎧。

「還有，怎麼會輕成這樣——」

尤姆拿起手甲，嘴裡發出驚嘆聲。

這還用說。

跟拼接鎖子甲、重點部位以板金補強的鋼鎧相比，一體成形的全身鎧非常笨重。高防禦力但犧牲了機動性，一般情況下很少人用。不過，這個骸甲全身鎧未使用板金，改用比重較鋼鐵小的槍腳鎧蜘蛛外骨骼製成，才得以輕量化。

內側用「黏鋼絲」網鋪滿，具耐熱抗寒功效。外骨骼本身具備高度的魔法抗性和防禦力，如今又用「黏鋼絲」補強，經實驗證實可讓半吊子魔法攻擊無效化。

強度超越全身鋼鎧，重量卻不到三分之一。我是不清楚肌力遠遠凌駕人類的魔物怎麼想啦，對人類尤姆來說應該是棒到不行的鎧甲。

「是啊。這是葛洛姆的自信之作。還誇下海口，說拿到市場上賣的價值比特質級還高。」

「特、特質級！傳說中A級冒險者花十年也買不起，是頂尖貨色啊！」

一聽到我這麼說，尤姆就發出驚呼。

如同冒險者有階級分別，武器防具亦按等級區分。

在市場上隨處可見的裝備為一般級，性能稍微好一點、多了魔法效果的則是特上級。特上級的裝備貴歸貴，只要有錢就能買到，相較之下很好入手。

身處這個世界隨時與死亡為伍，讓自己盡可能弄到更好的裝備自然不在話下，聽說一般冒險者大多以特上級裝備防身。

不過，跟有名工匠製造的高性能天價防具一比，這類裝備便相形失色。那些武器和防具能輕易拉提裝備者的等級，性能極具破壞力。

這些一流製品稱作稀有級。

聽說對冒險者來說，擁有這些稀有裝備代表社會地位，收集一整套的人會受大家憧憬，形同實力派戰將。葛洛姆作的防具相當於這個稀有級，卡巴爾他們當初會感激涕零的原因似乎就出在這兒。

然而，還有比這些一流貨色更卓越、性能爆表的裝備存在。

有名工匠嚴選素材製作，不計成本的作品就屬於這類。

特質級——這就是它們的稱呼。

大型城鎮的武器店會將它們放在店內當宣傳，還被王公貴族當傳家寶小心翼翼地保管。總之，這類商品很少在市面上流通，是非常稀有的頂尖裝備。

這些就叫特質級裝備。

順便補充一下，蓋札王的戰友和天翔騎士團團員全都穿了這個等級的裝備。八成是想彰顯生產大國有多少本領，才砸錢砸素材製作最頂尖的裝備、維持最高戰力。

這當然會強啦——事後我得知這件事曾閃過該念頭。藉武器和防具提昇等級是人類對付魔物的手段之一，所以無法說什麼，但從受害者的立場來看肯定很不是滋味。

所以說，我們當然會有樣學樣準備頂尖裝備。

從上述論調可以得知，尤姆會吃驚一點也不奇怪。

尤姆用的大型雙手劍刀刃早已坑坑疤疤，好幾個地方缺損，根本不堪用，所以黑兵衛替他準備替代品，不過……這件替代品也是超級好物。

屠龍剛刀——可以拿來對付大型魔獸，屬大型雙手劍。

不像大太刀那樣微彎，形狀看起來偏西式雙刃劍。實則不然，其中一側是專門用來劈砍的利刃，另一側則著重鈍擊，造得相當堅固。

尤姆習慣不拿盾戰鬥，這應該比他以前拿的還要好用。他一拿到手就說「這傢伙不得了……」，一副著迷樣，尤姆能滿意真是太好了。

這把屠龍剛刀出自黑兵衛之手，是相當於特質級的頂尖作品。只要技巧夠好，它的威力甚至足以砍斷槍腳鎧蜘蛛的外骨骼。這樣講或許很那個，但光裝備這些武器和防具，尤姆的實力就會躍升A之上。

靠裝備提昇實力還滿作弊的，不過，那也要他的技巧夠格駕馭它們才行，現在就先睜隻眼閉隻眼吧。

再說尤姆逐漸成長，強到不辱這些裝備。

我替他準備伙食、睡床，他也沒吵著要其他東西——雖然我聽到他哀哀叫，恨恨地臭罵白老是惡鬼——也很努力。既然都跟我簽約又幫我了，送不錯的裝備獎勵他沒什麼不好。

說句心裡話，其實我覺得送人有點可惜。目前特質級裝備在市面上很少見，我曾經煩惱一陣子，想說要不要放到市面上販售。可是，送他不辱英雄之名的裝備才能說服觀者。

他在這座城鎮修行，實力與日俱增，肯定不會輸給那些裝備。

再修行一些時日，說半獸人王是尤姆打倒的肯定沒人懷疑。

*

在那之後，尤姆他們仍持續修行。

完成尤姆專用的武器和防具，我也替手下們準備裝備。把這看成替我賣命的先行投資，噴點錢在所難免。

他們跟尤姆一樣，都被白老狂操，實力多少有點長進才對。要塑造成英雄和他的部下們，湊齊裝備就更加有模有樣了。

他們的目的不單只有裝備，還有另一個理由，那就是待在這個城鎮生活似乎很對他們的胃口——是說他們一直很努力、沒有抱怨，所以我也很滿意。

先前曾給卡巴爾試作品，這次送他們完成版，是嫩綠色的甲殼鱗鎧。較貼近盜賊的輕巧人士則配色硬革鎧。剛好拆分尤姆那套骸甲全身鎧的花紋及色系。

再來是魔法師隆麥爾，我比照當初給愛蓮的純白黏鋼絲衣另製一套染黑，還送他朱菜縫的魔絹法袍。

「連我都有這麼棒的裝備——」

這樣裝備不耐物理攻擊，抵抗魔法卻很有一套。我單純希望他這個追隨英雄的魔法師在外貌上不辱其名，隆麥爾也很開心，這樣就好。

我能做的就只有這些。魔法師無法單靠修行鍛鍊，接下來得看本人的造化了。

還有一件事，我給他們通訊水晶的複製品。沒辦法聯繫很不方便，幸好有魔法師當隊友。這樣一來，聯絡上也比較方便吧。

除了替他們準備裝備，我還要隆麥爾回法爾姆斯王國報備。去誇大宣傳尤姆一行人打倒半獸人王成了英雄的事。

隆麥爾受尼德勒伯爵僱用，好像打算這次報告完順便解除契約。他是受人僱用沒錯，但伯爵認為讓隆麥爾出危險任務也沒差，所以他絲毫沒有留戀。

先把報酬拿到手，再來就跟尤姆一起行動，他本人是這麼說的。

至於這個尼德勒．麥格姆伯爵，聽起來就不是什麼好東西。

比起領民的事，那個男人更看重自己的利益，為人貪婪，又愛壓榨人。

對領民課高額稅金，卻沒把錢花在保護他們人身安全的警備工作上。有傷亡才擬定對策，怪不得領民都跑去拜託自由公會。

「那傢伙真的很可惡。我們已經算壞蛋了，他比我們更壞。」

這句話出自尤姆，說得極其厭惡。

領主貪婪，故事裡常有這種情節。但那些故事情節搬到現實世界、跟自己的生活綁在一起，當事人肯定很不是滋味。

不過——

在我看來，這次碰上他正好。

尤姆能以英雄身分回歸，保護領民免於危難。在各個村莊遊歷，省得我們找自由公會放消息。

當然，此行並非當志工。透過村民向自由公會證明他們確實殺死半獸人王，之後再由領主支付報酬。才不要替尼德勒伯爵免費守護領地。

這方面，我跟尤姆的利害關係一致。

最大的好處是，尤姆成為英雄的事有助提昇威望。受他幫忙的人會心懷感激，尤姆的實力、誠信將廣為人知。這樣一來，幫助尤姆的魔物——也就是我們，在外聲望會跟著水漲船高。

在沒有補給的情況下巡迴村莊很不容易，但拿這個城鎮當據點就另當別論。

各村總會有一兩個咒術師，他們的能力足以操縱通訊水晶，我決定複製一大堆再發放至各村。這是價格高昂的魔法道具，但我們有辦法弄到大把水晶和魔石，複製起來不花半毛錢。這是多虧我有「大賢者」才得以實現。

萃取從魔物身上弄來的「魔晶石」，讓它們變成高純度結晶。這件事傳出去就麻煩了，所以我得暗中進行。

送去搞不好會被偷也說不定，但那不干我的事。這是各村自己的問題，沒必要照顧到那裡去。尤姆他們只是回去過以往的生活罷了，就交給他們自行處理吧。

利格魯德和鬼人也跟著發表意見，我們在那擬訂尤姆英雄化計畫的詳盡細節。

雖然立了契約，尤姆卻不是我的部下。頂多只算合作關係。所以我不用付錢給他們，真棒。

說句老實話，現在我們還摸不出賺取外幣的手段，因此反倒想叫尤姆一行人付錢當場地租借費呢。

在這學吝嗇鬼哭窮也沒用，我還是替他們準備不用錢的食宿啦。

這麼做還有另一個理由，就是幫城鎮打廣告。

聽說在村子裡覺得難以謀生的人都流向都市。有鑑於此，我就想是否能讓人們移居本鎮。話是這麼說啦，要跟魔物共存共榮並非一朝一夕就能實現，必須從長計議。

幾個星期過去，尤姆他們的裝備都湊齊了。

通訊水晶跟馬也就位。捕三十一隻野馬——獨角魔獸把我們累個半死，牠們是B+魔獸，非常強勁。

話雖如此，尤姆跟他的手下都被白老特訓過，跟幾星期前的他們不可同日而語。區區魔獸根本嚇不倒這夥人。

大夥兒都變得更可靠了。個個換上一身新裝，看起來像身經百戰的勇士。這下子，他們總算夠格當英雄的夥伴。

「那麼利姆路少爺，我們先走了。」

說完，尤姆踏上旅途。

今後他們以這裡為據點，開始在世上大顯身手。

第四章

悄悄逼近的惡意

Regarding Reincarnated to Slime

魔人繆蘭壓抑自身情感，步行於森林之間。

——從前，她是住在森林裡的魔女。

曾受人類迫害，自她逃離魔爪已過去三百年時光。她跟人和魔人保持距離，靜靜地做著魔法研究。

然而，那些時光終究還是劃下句點。就算用魔法延長壽命，依然有極限。

眼見自己離死神不遠，繆蘭有些後悔。如今的她仍無法窺得魔法真髓，亦無人繼承她的知識。繆蘭如此自問，自己來世上走一遭究竟有什麼意義？

這時，魔王克雷曼出現在她面前。

他大約三百年前當上魔王。

當初他藉由和知名魔人、魔物進行交涉，或是把對方教訓一番，迅速擴張人馬。

出現在繆蘭面前也是為了讓她當自己的部下。

『我賜妳永恆歲月和不老的青春肉體。相對地，妳必須宣誓效忠我。』

魔王克雷曼渴望獲得繆蘭的魔法和知識，跑來跟她做交易。繆蘭也同意了。

現在的她認為那是個敗筆。

她重返青春，歲月停駐。然而，自由離她遠去。

這並非等價交換，根本是不平等條約。對魔王克雷曼來說，要拐騙空有魔法知識卻不知人間險惡的繆蘭，比扭斷嬰兒手腕還簡單。

一宣誓對克雷曼效忠，繆蘭的心臟就刻上咒印。

魔王克雷曼對繆蘭施了祕術「支配的心臟（Marionette Heart）」。使高價的魔術媒介與標的物魔力相結合，這祕術將使受術者變為魔人。

最後祕術成功，繆蘭褪去人類身分，重生為魔人。同時淪為無法忤逆克雷曼的「傀儡」。

繆蘭的魔力值很高，成了很厲害的魔人。不過，失去自由的她對此一點也不開心。

從那天開始，她就變成隨克雷曼擺弄的人偶。

喀爾謬德自願受人支配，她實在搞不懂這種人在想什麼。

繆蘭一直在等待時機到來。企圖解除施在身上的咒印，討伐魔王克雷曼。然而，她所擁有的知識告訴她這辦法沒什麼可行性。一破解「支配的心臟」，她就會變回人類。那樣一來，停駐的歲月將再度流動，她的壽命會一口氣歸零。

此外，還有另一個理由。

繆蘭和魔王克雷曼的實力差距過甚，大到她心灰意冷。

所以她連反叛的意願都沒有，持續受魔王克雷曼擺布。一面作夢，希望有朝一日跳脫這討人厭的魔咒……

而這一次——

魔王克雷曼要她收集情報。

「我自認不擅長作戰……」

「說得對，妳雖然是高階魔人卻不適合對戰。所以任務是這個，我要妳監視其他魔王的部下，記下他們的作戰情況。不需要正面接觸，就算是妳也能辦到吧？」

繆蘭還以為他想增強戰力，要自己擔任游說人員，結果卻大出意料。魔王克雷曼臉上浮現沉穩的笑容，對繆蘭下令。

魔王克雷曼。

別稱「操偶傀儡師」。擅於藉傀儡術、人心掌握術將部下當人偶操控。

在他看來，夥伴特指部分人士。部下頂多算道具罷了，用到壞也無所謂。想活下去就只得完成交派的任務。

這次的事，克雷曼肯定早就拿定主意了吧。無論繆蘭多說什麼，最後都只會惹克雷曼不快。

「我明白了。」

繆蘭扼殺情感，遵從克雷曼的命令。

她只有一個選擇，就是點頭應允。

我還真是不乾脆——繆蘭小聲地自言自語道。

她似乎想起以前那個自由自在的自己而沉浸在感傷之中。

繆蘭決定轉換心情，為了完成交辦的任務，朝周圍施放幻覺魔法「魔法感知」。這魔法可以探測魔素流向，跟追加技「魔力感知」併用後，讀取情報的範圍更大。

繆蘭能活上好幾百年並非走運，而是有堅強的實力撐腰。直接面對面作戰確實非她所擅長，但這不等於無能。

她是魔導師，多過三個系統的魔法在她手裡運用自如。戰鬥能力不及喀爾謬德，改從便利性的觀點考量，繆蘭身為高階魔人遠比喀爾謬德厲害。克雷曼對她的特性瞭若指掌，才會適才任用交派任務。

（來看反應……）

魔法一發動，數量可觀的情報便同時流淌過來。每隔一小段時間調查一次，這次她感應到一個魔人，身上帶了大量魔素。

看樣子自己已接近監視對象的支配領域，繆蘭繃緊神經。接著，她的意識集中到最高點，視線對準標的物——

＊

繆蘭看到不可思議的景象。

一大群魔物砍倒樹木，逐一進行加工。大型木材有人搬運，小型木材疑似靠空間系技能，瞬間自現場消失。

他們好像在砍樹開路。作業人員後方出現整得漂漂亮亮的路，那些路持續綿延。

有些魔物負責挖出埋於地面的大石，將它敲個粉碎。其他魔物搬運這些碎石子，均勻地鋪往地面。再拿又大又重、狀似圓木的鐵柱壓路，將路壓實固定。

用鐵作的圓鐵柱——這樣東西出自利姆路的要求，充當壓路機。靠人力——這裡該說是力氣大的魔物——拉扯那圓鐵柱，前方和後兩側都備有把手，前後分別配置三名人員。這不是普通的重，但配合吆喝聲，三隻魔物竟輕而易舉地拉動它。待滾筒通過，碎石全壓得牢固，出現整得漂亮的道路。

高階魔物擔任指揮，大夥兒同心協力開路。繆蘭還是第一次看見這種景象。

一群豬人族（高等半獸人）在做這些事。其中有隻高階魔物，身上穿了全身鋼鎧，散發異於常人的妖氣。

他就是剛才感知的魔人，魔素量特別豐富。

（看樣子那是豬頭帝（半獸人王）贏了，還進化了吧——）

繆蘭如此判斷，但她認為做總結踰越監視人員的職責，遂打消念頭。監視人員只要負責收集情報就行了，這才是她的工作。

在那之後繆蘭耗費數日，用來監視開路工程。

邊監視邊做紀錄，突然間，她開始好奇道路拓完會通向何處。

（對喔，或許該繼續監視標的魔物，不過收集更多情報會比較好吧。）

克雷曼心思縝密，肯定會質問自己。繆蘭已經認識他很久了，把他揣摩得唯妙唯肖。

旁邊有強過自己的魔人，除了持續監視還得小心不讓對方發現，繆蘭不否認她很想擺脫這股壓力。

總之，繆蘭中斷監視工作，開始換地方。

她在森林裡繞來繞去，悄悄來到完工路段。接著瞄準跟工地相反的方向，開始在筆直延伸的道路上前進。

利用魔法妨礙認知，使自己一直維持隱形狀態。

接著馬不停蹄地跑了好幾個小時。

繆蘭的追加技「魔力感知」獲得新情報。

（這是……有極強的魔人靠近。那不是——「黑豹牙」法比歐！居然派出三獸士，這表示魔王卡利翁是認真的——）

這高階魔人擁有強大的力量，根本不會把區區繆蘭放在眼裡。就算對手是半獸人王又怎樣，有法比歐在形同小菜一碟。

然而有件事很奇怪，就是法比歐的動向。他略過半獸人王，朝別的地方去。

繆蘭正往那個方向去。應該是這條路的盡頭。

那裡究竟有什麼東西？她開始對這事感興趣了。

身為情報收集者，嚴禁過於靠近對象物。不過，繆蘭具備魔法之眼，從遠方也能看得一清二楚。

在好奇心驅使下，繆蘭開始跟蹤法比歐。

過了一會兒——

她看到前方一片遼闊。

距離遠到不併用魔法就看不清楚，但法比歐好像在那裡駐足。

（那裡就是目的地吧。是半獸人王的大本營嗎？法比歐打算搶先把大本營毀掉？）

心懷疑問之餘，繆蘭「看」向法比歐駐足處。

接著她就後悔了。

（魔、魔王蜜莉姆——！）

那是制霸一切的暴力波動。

這股波動出自有著美妙櫻金色髮絲的少女。

該名少女邪氣一笑。她是霸主魔王之一。

別名「破壞的暴君」，魔王蜜莉姆本尊就在那裡。

雖然繆蘭透過魔法從遠方監視，魔王蜜莉姆還是發現她的蹤跡。除了對她報以壞笑，還賞她充滿殺氣的眼神。

繆蘭恐懼不已，趕緊解除魔法。但她已經被魔王看見了，現在解除恐怕也於事無補。就算當場逃亡好了，她也不認為自己能逃得過。

幸好蜜莉姆不打算出動。畢竟她察覺繆蘭的「視線」仍放繆蘭一條生路。

「我記得魔王們講好，彼此互不干涉……算我撿回一命……」

繆蘭不禁喃喃自語，一面慢動作起身。跟蜜莉姆四目相對固然嚇人，不過，對方只想確認自己不會礙事算她走運。

蜜莉姆四周有一些曾在影像上見過的魔人，這表示並非只有半獸人王，連謎之魔人都存活下來。

究竟該如何向魔王克雷曼稟報……

繆蘭一面思索，一面撤離現場。

＊

向魔王克雷曼報告完，繆蘭吐出憂鬱的嘆息。

克雷曼劈頭第一句就是：「竟然被監視對象發現，未免也太沒用了。」

光想就讓人火大。

『連交代的工作都辦不好，妳這個人一文不值。不小心死掉會給我添麻煩，今後要多加注意。繼續監視他們，等待後續命令。』

繼那句之後，克雷曼又用鄙視的語氣道出這段話。

對克雷曼來說，繆蘭就跟喀爾謬德一樣，沒有半點價值吧。

魔王克雷曼就是這樣的男人。

「操偶傀儡師」恰如其名，分配工作的手法極其巧妙。但他根本不把手下當一回事。單純是支配者和奴隸的關係。

（失算。一失足成千古恨……我竟然宣誓效忠這樣的男人……）

繆蘭硬是壓下心裡話，換個角度思考。

可以確定的是，想活命就不能把下次的工作搞砸。雖然克雷曼只要求她收集情報，對手是魔王蜜莉姆，實在很難辦。繼續監視等同自殺。

繆蘭知道，蜜莉姆這個魔王絕對不笨。性急才導致外界把她跟思慮淺薄劃上等號，但實際上並非如此。更甚者，她的直覺異常敏銳，任何事都瞞不了她。

此外，還有一件事讓繆蘭掛心，就是克雷曼發的「後續命令」。繼續隨他的意思行動絕非上策，繆蘭的直覺這麼告訴自己。

（我可不想當喀爾謬德第二。）

情況不妙。要是她袖手旁觀，最後一定會死得很難看。

（糟透了。不過——）

繆蘭下定決心。

她一方面對當前狀況感到絕望，一方面又認為這是轉機。

長年替克雷曼賣命，他在想什麼多少能猜到幾分。正因繆蘭有這份能耐，她才發現克雷曼在密謀一件大事。她推測對方八成為了這件事會壓榨自己到死。

要是她無法逃離克雷曼的掌控，最後只有死路一條。

既然這樣就先發制人，讓他以為自己死了……或許能解開「支配的心臟」，換取自由身。繆蘭就賭這一線希望。

最棒的莫過於帶情報討克雷曼歡心，能拿那個情報換取自由身再好不過。弄不到也無妨，到時繆蘭就照原定計畫裝死騙克雷曼。

為了不讓克雷曼起疑，魔王蜜莉姆恰好可以拿來利用一下。

只要魔王蜜莉姆挑起事端，肯定會成為眾所矚目的焦點。足以挑起克雷曼的興趣，到時他就會認為繆蘭的事不痛不癢。

最後繆蘭得出這個結論。

魔王蜜莉姆的行動難以預測。不過，人稱「破壞的暴君」——該魔王一旦行動，應該會掀起狂猛的波瀾。

這波痕愈大，繆蘭就愈不顯眼。

但她不能操之過急。

魔王克雷曼這個男人不簡單，半吊子的計謀三兩下就會被他識破。

如今還得臥薪嘗膽，繆蘭能做的就是盡忠職守完成任務。

她開始靜待時機到來——

跟繆蘭通訊完畢，魔王克雷曼微微嗤笑。

他故意用話術將繆蘭逼入絕境，到此全都按他的計畫進行。看蜜莉姆會談上擺出那副模樣，克雷曼早就知道她本人會親自出馬。思考到這，要是有人因此認為克雷曼對那群謎樣魔物沒興趣，那可就不妙了。這是因為擬定該計畫、一直當事件主謀的人即為克雷曼。

克雷曼想要的是忠實的傀儡魔王，如今多出不確定因素，他判斷擁護殘存者當魔王很危險，更別提納為己用了。要是能掌握什麼弱點就另當別論，他不打算像卡利翁那樣，靠力量讓對方屈服。

不過，這些沒必要說明。克雷曼只要製造出也對那夥人感興趣的假象，蜜莉姆就不至於疑神疑鬼。另一個理由在於克雷曼真正的目的在於拉攏芙蕾，將蜜莉姆的注意力導向謎之魔人，這樣他更方便行事。

如此一來，蜜莉姆肯定認為自己搶先克雷曼一步，在那暗自竊笑吧。蜜莉姆的直覺分外敏銳，沒辦法隨意誆騙。所以說，必須讓繆蘭認真採取行動。此外，就算繆蘭被蜜莉姆幹掉也沒什麼大不了。

自從她被蜜莉姆發現，任務就結束了。就算日後死於蜜莉姆之手，對克雷曼來說也沒什麼損失。

「不過是一個繆蘭，如今已成隨手即丟的棄子。我已經取得她的知識，對戰又派不上太大用場。也差不多該處理掉了，這樣正好。」

克雷曼冷酷地喃喃自語。

這時——

「克雷曼還是老樣子，盡說些殘酷的話。人家好難過喔。道具得珍惜使用才行，拉普拉斯也這麼說過喔！」

克雷曼自言自語，此時有人出聲回應他。房間一角籠罩在黑暗裡，一名少女自該處現身。

她戴著小丑面具，上面有哀嘆的淚滴圖案。該名少女用沉痛的聲音對克雷曼訴說。

然而，克雷曼顯得從容不迫。

「哎呀，妳回來了。動作真快，蒂亞。」

他面不改色地轉頭，跟少女親切搭話。

明明遭人入侵私領域，音色卻顯得親暱。以克雷曼的為人來說非常少見。不過，這是當然的。因為這名少女是克雷曼真正的夥伴。

跟中庸小丑幫副會長「享樂小丑（Wander Pierrot）」拉普拉斯一樣，「淚眼小丑（Teardrop）」蒂亞是克雷曼的老友之一。

「嗯。這次有點難辦。魔王果然不是浪得虛名，沒辦法在芙蕾的領地裡自由打轉。」

「也是。有被對方發現嗎？」

「這方面沒問題。調查工作也完成了！人家好歹是中庸小丑幫的一員，你就相信人家嘛！」

「哈哈哈哈哈。我相信妳，蒂亞。只不過，我很擔心妳，怕妳逞強。」

克雷曼笑得很愉快，出言安撫蒂亞。跟剛才對待繆蘭的態度大不同，聲音裡充滿對蒂亞的關愛。

他真的在擔心蒂亞，一聽就了然於心。

「討厭！別老是把人家當小孩啦！」

「哈哈哈哈！我知道了，蒂亞。對了，妳聽說了嗎？魔王蜜莉姆非常中意那群魔人。事情發展出乎意料的有趣。卡利翁連三獸士都派了，八成沒想到魔王蜜莉姆本人會親自出動。真是大快人心。」

那就好，蒂亞一面如此嘟噥，一面歪過頭。

「可是，事實上有多強誰曉得？人家還沒看過錄影水晶球，那些魔人真的有厲害到連魔王蜜莉姆都感興趣？」

單純出於好奇，蒂亞朝克雷曼提問。克雷曼則毫無保留地回答她。

「——這個嘛……老實說，已經無法忽視了。光只有強並非我的對手。不過——」

到此克雷曼暫時停下來思考。

「拉普拉斯他好像認為事情不對勁……說有一種感覺。我原本覺得他想太多，但不只半獸人王，連那些謎之魔人都存活下來，這就有點令人在意了。」

他揀選詞彙，做出如上結論。

「哦——是喔——」

聽完克雷曼的話，蒂亞似乎明白過來。

接著她又開口：

「那個奸詐狡猾的拉普拉斯都說不對勁了，應該有問題吧？是半獸人王跟那些傢伙和解，還是勝利的一方馴服對手，不清楚來龍去脈就無法判斷輕重。最起碼，我們該釐清魔王蜜莉姆感興趣的理由才對。」

「的確……我不否認妳的看法。」

「對吧？克雷曼你平常都慎重行事，這樣很不像你。」

蒂亞都說成這樣了，克雷曼也不得不重新審視。假如這是部屬魔物的諫言，他肯定不會誠心以對。弄不好甚至會發飆，直接把部屬宰了。

「或許吧。我可能操之過急了。必須從更多面向下手，收集齊情報再檢討。」

「嗯。這樣最好！」

克雷曼聽取蒂亞的意見，決定連魔人的事一併調查。

他不打算納為己用，也沒糾正計畫的意思。

只著重一點。

魔王蜜莉姆為什麼感興趣？

被這麼一說，他反倒對那件事耿耿於懷。只要掌握魔人的情報，應該就能得到答案。

對魔王克雷曼來說，高階魔人一直以來都沒什麼重要性可言。

這時他重拾心緒，聽取蒂亞帶來的調查結果。

「那麼，麻煩妳報告一下。」

「嗯，芙蕾她啊，好像不想跟朱拉森林扯上關係。」

「芙蕾果然不打算採取行動……她到底怎麼了，妳有眉目嗎？」

「嗯，有喔！」

說完，蒂亞得意地笑了。

這次拉普拉斯為別的事出動，蒂亞就代替他接克雷曼的委託。

內容是調查魔王芙蕾。為了弄到她的把柄跑去收集情報。接了這個委託後，蒂亞闖進魔王芙蕾的領地裡。

外表看起來像少女，其實蒂亞也是超強的實力派。

「這個嘛，芙蕾真的在戒備什麼。整片領土都是有翼族來來去去，感覺很像在備戰。」

「果然沒錯。妳清楚原因嗎？」

克雷曼此話一出，蒂亞即「咿嘻嘻」地露出笑容。

「知道啊。好驚人呢！聽說那個暴風大妖渦快復活了，她們才手忙腳亂！」

蒂亞開心地說著。

聽聞真相，克雷曼總算明白了。

「原來如此，原來如此……那麼，蒂亞——我想拜託妳辦別的事，行程排得過來嗎？」

「咿嘻嘻。人家早就猜到了。人家還把福特曼找來，要出大一點的任務也沒問題！」

「呵呵呵，蒂亞真行。不過，希望妳盡量不要訴諸暴力。先找出封印之地，再看看能不能馴服暴風大妖渦。」

「了解！我們辦事你放心，克雷曼！」

「地點應該在——」

「就說我們辦事你放心嘛！那人家先走嘍。」

丟下這句話，蒂亞再度沉入深幽的黑暗裡。

克雷曼目送她離去，眼裡浮現少見的擔憂色彩。

話雖如此，他還是立刻換上一如既往的從容神色。

「好了，暴風大妖渦是嗎？原來如此，據說它的力量跟魔王並駕齊驅，真想快點見識那股力量——」

克雷曼喃喃自語，臉上掛著愉悅的笑容，意識潛入思緒之海。

獸人族王卡利翁，志在追求強大的力量，四百年前以魔王之名問世。

當時是動盪的年代，也是新舊魔王交替的激戰時代。發生五百年一次的世界大戰。事情就發生在終戰前夕。

跟卡利翁同時期誕生、存活的魔王是芙蕾。往後推算約百年，克雷曼魔王誕生。

接著，距今兩百年前打倒咒術王，其後自立為魔王的是雷昂·克羅姆威爾。

這四名年輕世代的魔王稱作「新世代」。

相對的，舊世代全都經歷過兩次以上的大戰卻沒丟失性命，據說這些猛將強得不像話。

因此，不少新世代魔王處心積慮擴張勢力。

卡利翁也是那些魔王之一，追求強大的力量自然不在話下。

魔王卡利翁的三獸士「黑豹牙」法比歐，這個男人最能理解主子想變強的心情。

因此，雖然敗給力量強大駭人的魔王蜜莉姆，他仍在森林深處潛伏。要他兩手空空厚著臉皮回去，這種事免談。

如果是魔王卡利翁，只要跟他說明情況，肯定會笑著原諒自己。然而，法比歐的自尊不容許這種事發生。

讓大恩人卡利翁的期望落空，他說什麼也無法接受。

「絕不能讓這種事發生！」

法比歐咬牙切齒地叫著。

「您冷靜點，法比歐大人！」

「會打輸也是無可奈何。對手是魔王蜜莉姆，連卡利翁大人都——」

「蠢材！卡利翁大人才不會弄得這麼狼狽。都怪我能力不足。不過，這樣兩手空空回去有失顏面。」

聽法比歐說得臉紅脖子粗，四名部下看了不禁啞然失聲。

在森林埋伏後，時間已經過去一個星期。這段期間，他們時常換班監視城鎮，只見魔王蜜莉姆一直待在那裡。除此之外，有些魔物負責拓寬道路，有些打造建築物，各司其職，忙進忙出。

甚至有人負責搬運糧食，對周邊環境進行探勘，可以窺見他們是極有紀律的集團。對此，法比歐也難掩內心的驚愕。

「還有啊，那些傢伙自食其力蓋自己的城鎮……口頭上罵他們是下賤魔物，其實他們擁有的技術比我們更厲害……」

「真的。已經不想收來當部下，想跟他們用國家名義建交。」

猿猴獸人安利歐展現睿智的一面，對法比歐的話表示贊同。對方分成好幾個班別，依各班領頭的命令進行作業，過程有條不紊。這一切跟安利歐他們的國度——獸王國猶拉瑟尼亞的石砌屋、只是平整泥土的路面天差地別，使用的技術明顯高竿。

「是啊……就算魔王蜜莉姆不在，我的應對進退也不得體。不分青紅皂白硬收他們當部下，對方當然不會信任我們。可是，現在說這些都太晚了。更重要的是，魔王蜜莉姆害我丟臉，傷口痊癒也沒用。我想在不給卡利翁大人添麻煩的狀態報仇！我知道自己沒那個本事，但事情不能就這麼算了！」

法比歐說話的表情已不若平時快活，變得如鬼魅般晦暗。

先前的他一直以霸者之姿傲視群雄，這還是法比歐第一次遭遇挫折。他從未輸給卡利翁以外的人。腦子裡明知輸給蜜莉姆情非得已，心頭那股屈辱之火卻難以磨滅。

「可是，就算您這麼說——」

安利歐可以體會法比歐的心情。只不過，找蜜莉姆報仇根本是痴人說夢。他想設法阻止法比歐，才道出那句話，不過——

「不不不，我懂。你的心情有多懊惱，我可是感同身受。」

有人打斷安利歐的話。

「誰！」

「什麼時候出現的？」

法比歐的手下趕緊提高警覺，但為時已晚。那個人已經邁步靠近繞著火堆的法比歐等人。竟能在法比歐這些高階魔人毫無警覺的情況下接近他們，可見這號人物的實力多麼高深。

「呵——呵呵呵。跟你們問聲好！我叫福特曼。中庸小丑幫的成員之一，『憤怒小丑（Angry Pierrot）』福特曼就是我。請大家多多指教！」

謎樣人物禮數周到地打招呼。

他的身形圓圓胖胖，戴著神情憤怒的小丑面具。

這名小丑用開朗的語氣說話，散發一股異樣的氛圍。

「對呀對呀。你們別這麼警戒嘛。人家是蒂亞。中庸小丑幫的一分子。還有喔，『中庸小丑幫』在經營萬事屋，不是你們的敵人啦！」

另一名小丑——自福特曼後方現身，是戴著淚眼小丑面具的少女。

憤怒小丑面具男配淚眼小丑面具女。這兩人形成怪異組合，跑來跟法比歐搭話。

站在法比歐一行人的角度看，要他們放鬆戒心是不可能的事。不過，他們兩個神不知鬼不覺出現，實力可見一斑。既然這樣，法比歐決定姑且相信他們不是敵人，先確認兩人有何目的。

「哦？名叫『中庸小丑幫』的萬事屋，聽都沒聽過。不過，這不重要。還有更重要的事，你們有什麼目的？」

法比歐這麼一問，福特曼欣然應答。

「呵——呵呵呵。我啊，被憤怒與憎惡的情感吸引過來。這裡好像有優質的憤怒波動。那憤怒來自你吧？你在氣什麼，務必說來聽聽。我肯定能幫得上忙。」

福特曼巧妙變換憤怒的表情，換上詭異的笑臉。

「你以為我們會接受這種古怪說詞嗎？法比歐大人，沒必要採信這種人的話。要不要我除掉他們？」

「對啊。又沒人叫他就自動自發跑來這種地方，太不尋常了。你們好像也是高階魔人，卻不是我們的對手。我們隸屬魔王卡利翁的獸王戰士團。該不會以為區區幾個野魔人就能對付我們吧？」

法比歐的手下根本不聽福特曼解釋，二話不說回絕。這兩人身分可疑不說，區區野魔人竟敢誇口幫他們，聽得他們一肚子火。他們在魔王卡利翁底下可是菁英，並沒有淪落到需可疑分子幫忙的地步。

話雖如此，福特曼把他們的話當耳邊風，繼續開口：

「你渴望力量吧？我這裡有喔，無與倫比的力量。當然，要承擔極大的風險。不過，一旦戰勝這份風險，你就會得到莫大的力量。」

「——哦？」

「沒錯。你很想打贏她吧，打贏魔王蜜莉姆。那你就學她，去當魔王啊！」

現場不知不覺間陷入一片寂靜。

咕嚕一聲，有人嚥了嚥口水。

「要我當……魔王？你們兩個，該不會以為用幾句玩笑話就能把我耍得團團轉——」

「你有沒有聽過——暴風大妖渦？」

福特曼呢喃幾聲，效果可比震撼彈。一聽到暴風大妖渦，法比歐整個人就為之一頓。

不僅如此——

「利用那隻大怪魚的邪惡力量，就能跟魔王平起平坐。如果你不想要，我們就去找別人，先走一步嘍！」

蒂亞故意用話術再補一刀。接著就催促福特曼，假裝他們要當場走人。

挑起焦慮，奪去判斷力，讓人無法靜下心思考——這是惡魔的耳語。

「——等等。」

法比歐敗給自己的慾望。

「萬萬不可啊，法比歐大人！」

「不可以聽信他們的話！」

無視部下們對自己的勸諫，法比歐叫住蒂亞。

「告訴我細節。」

法比歐看向福特曼，眼裡盡是瘋狂與野心。

魔王蜜莉姆擁有強大的力量，他搞不好能將她一軍。不單只有這樣，他還可以當上魔王，一人之下

萬人之上，這些都不是夢。

在腦裡勾勒這一切，法比歐已然失去冷靜。

（沒錯。我一開始就很不爽了。半獸人王不過是雜碎罷了，為什麼要提拔他當魔王。搞屁啊。說得也是……既然他們需要新魔王，換我當肯定沒人有意見。只要我變強，卡利翁大人就會笑著原諒我！）

法比歐原本就屬於短視近利的類型，才會輕信蒂亞和福特曼的讒言佞語。

「哦哦！法比歐大人果然聰明。這是當然。要當魔王，除了你就沒第二人選了！」

「噢噢，你有那個意思了？也對，強者就該當魔王嘛！人家也這麼認為。關於這點，法比歐大人當之無愧呢！」

但法比歐不是笨蛋。

他利眼瞪視頻頻吹捧自己的小丑二人組，不忘釐清該問的事情。

「吵死人了！我不是要你們說明細節嗎？我接受這個提議，對你們有什麼好處？你們肯定別有用心吧！是什麼？」

蒂亞跟福特曼早就知道法比歐會問這個。

「有好處啊。等法比歐大人當上魔王，記得幫幫我們。當然了，希望你多給點方便！」

「呵呵呵。再說，光靠我們無法馴服暴風大妖渦。我們好不容易找到封印之地，放著不管實在暴殄天物。這時我們碰巧遇見法比歐大人！」

如此這般，他們道出法比歐容易接受的理由。

「原來是這樣。不過，我也不確定自己能不能馴服暴風大妖渦——」

「呵——呵呵呵，這方面您大可放心。法比歐大人肯定能馬到成功！此外，就算不小心失敗，我們也不會要求您支付報酬。我們通常只跟客人收事成報酬。關於這點，您大可對我們萬事屋『中庸小丑幫』放一百二十個心！」

原來是這麼一回事，法比歐心想。他們希望法比歐當上魔王時，自己是最有貢獻的人。

既然這樣，為了以防萬一，只要法比歐不作魔王卡利翁的部下，就算失敗也沒什麼損失。

法比歐渴望力量。也有自信馴服暴風大妖渦。所以，他不怕失敗，深信自己一定會成功，才決定接受這個提議。

再加上那兩人一直吹捧他，法比歐彷彿已經當上魔王似的，開始進入大頭症模式。又或許是當時的法比歐早已落入圈套。

「好吧。我就接受你們的提議！」

就這樣，法比歐接受了。

在本能驅使下，他於蒂亞遞出的契約書上簽字。

*

他對部下下達最後的命令。

「你們回去找卡利翁大人，向他稟報事情經過。」

「法比歐大人！」

「可是……」

法比歐先是制止慌亂的部下，再把話說完：

「你們聽好，我不能連累卡利翁大人，替我轉達以下這些話。我要返還三獸士的官階，不再效忠他。這次的行動全由外部魔人一人所為，肯定沒人敢找麻煩。還有——我今後要踏上修羅之路，讓魔王蜜莉姆承認我擁有實力。」

法比歐心意已決。或該說，他滿腦子只想找魔王蜜莉姆報仇到了異樣的地步。屈辱、憤怒，就好像這些情感不斷鞭策法比歐……

眼見長官變成這樣，安利歐閉口深思。他側眼看著其他同伴勸諫法比歐，一直持續觀察。

安利歐長時間追隨法比歐，他很清楚法比歐一旦拿定主意就不輕易改變。如今法比歐心意堅決，安利歐知道誰都勸不了他。

所以——

「我知道了。我先去跟卡利翁大人稟報。只不過，暴風大妖渦的力量尚且不明。據說它的力量跟魔王不相上下，是很可怕的怪物。請您務必小心，馴服的時候千萬別掉以輕心。」

留下這句忠言，安利歐決定先去跟魔王卡利翁報備。

安利歐催促其他同伴，接著就離開那裡。魔王們既然締結互不侵犯的約定，法比歐跑去找蜜莉姆算帳就是天大問題。得趕在事情發生前稟報卡利翁，跟他商討對策。

安利歐這麼做也是逼不得已的，他沒有笨到受情感牽制，分不清事情的輕重緩急。這也是法比歐的命令，由此可見他還保有最後一絲理智。

（法比歐大人並非愚蠢之輩。不會一直受那些怪人矇蔽才對。就算真的有暴風大妖渦，法比歐大人也能馴服才是——）

懷著上述想法，他決定相信法比歐並採取行動。

現場只剩蒂亞和福特曼，還有法比歐。

「那麼，我們走吧。」

「好。我要展現實力，挫挫它的銳氣。接下來就讓我跟暴風大妖渦聯手，打到讓那個魔王蜜莉姆哭喪著臉。」

「嗯嗯。沒錯！人家也替你加油，要小心喔！那我們走吧。」

在福特曼、蒂亞的催促下，法比歐隨他們離去。一行人來到朱拉大森林深處，那裡有一個小小的洞窟。

「暴風大妖渦在這兒？」

「對。」

「現在還沒復活，但它已經洩漏對破壞的渴望。我們特別偏好這類情感，才能發現。」

說完，福特曼露出邪惡的笑容。

法比歐被來自洞窟的異樣妖氣吸引住，完全沒發現他在笑。這些似乎都在福特曼意料之中，他繼續開口：

「那麼，我來跟你說明一下。要讓暴風大妖渦復活，須準備大量屍體。暴風大妖渦是一種精神生命體，本質與惡魔族相同。要在這個世界上行使它的力量，得先賜予肉體。所以——」

福特曼朝法比歐瞥去。

法比歐看出眼神裡蘊含的意思，他咕嚕地嚥了一口口水。

「——難道說，你打算……」

「對，你猜對了。要馴服暴風大妖渦，換句話說等同當它的宿主，讓它跟自己『同化』！」

福特曼似乎很興奮，拉高嗓門說明。像在替他接話，蒂亞加進來續言：

「嗯嗯。要打住只能趁現在嘍！這個封印再撐也沒多久了，到時暴風大妖渦會找某個戰場，有魔物起紛爭的地方，在那自動復活。應該說，人家想它的力量大概沒剩多少，會用那些力量準備一大堆魔物屍體，用來讓自己復活……要是變成那樣，我們可就做白工了。」

這些話應該是真的吧？蒂亞看起來有些焦急。

「一旦暴風大妖渦自動復活，我們就無法控制。它是破壞意識的聚集體，不聽任何人的命令……就算打倒也沒辦法馴服。」

她說到這暫停，接著又挑話講，慎重其事地開口：

「——所以，要趁它復活前解除封印，奪取它的力量。」

說到這兒，蒂亞不再多話。

而後，那視線筆直望向法比歐。

福特曼和蒂亞一直看著法比歐。態度比話語更明顯，在問他有什麼打算。

「好吧。我已經下定決心了，不至於在這節骨眼上怕到打退堂鼓。看我收下暴風大妖渦的力量！」

法比歐不再迷惘，出聲宣示。

「嗯！這樣才對！」

「呵——呵呵呵。不愧是法比歐大人。我們能遇上這麼可靠的人，得感謝自己運氣好。」

事情就這麼說定了。

如此這般，法比歐獨自一人前往洞窟。

他眼前只剩高階魔人的驕傲。不怕失敗，相信自己終能獲得勝利，懷著如此純粹的意志。只可惜，他心底懷著對魔王蜜莉姆的恨，同時藏著對自己的膚淺懊惱的怒意。

這些都是精神生命體（暴風大妖渦）最愛的東西。

早在當初受蒂亞跟福特曼的讒言蠱惑時，法比歐的命運就已經註定了。

法比歐沒有發現這件事，整個人沒入洞窟的黑暗空間裡——

——之後，一小段時間過去。

「他去了——」

「去了呢——」

「呵呵呵，呵——呵呵呵！」

「啊哈哈，啊——哈哈哈！」

一看到法比歐走進洞窟，蒂亞跟福特曼就開始狂笑。

「怪不得替頭腦簡單的卡利翁做事。虧我事先準備一堆藉口，結果他根本沒問到什麼。」

「真的，就是說啊！那隻猴子還比較聰明呢。」

兩人你一言我一語，在那兒嘲諷法比歐。

事實上，為了讓法比歐相信可疑的自己等人，他們事先準備一堆花招，沒想到被怒火和慾望矇蔽的法比歐不僅受騙上當，騙起來還出乎意料地簡單。

在蒂亞和福特曼看來，事情進展得相當順利，順得讓人傻眼。

「蒂亞，要辨的就只有這些嗎？」

「嗯嗯。克雷曼只叫人家喚醒暴風大妖渦，放它去攻擊蜜莉姆。」

「沒新的委託任務？」

「嗯。任務就到這結束～！對了對了，保險起見弄來的低階龍族（Lesser Dragon）屍體已經用不到了，就丟在這裡吧。」

「也對。難得我準備暫代肉體，既然那個笨蛋要當它的肉體，這些就不需要了。」

嘴裡叨唸這些，兩人開始丟棄低階龍族的屍體。共有十幾隻，顯然是他們屠殺一整個族群的成果。

低階龍族跟維爾德拉這種「龍種」分屬不同類型的魔物，跟一般生物一樣，都具備肉體。該種族沒辦法用魔法，智商不高，但那強韌的肉體受堅固龍鱗保護，對近身攻擊具有無與倫比的抗性。

照人類界定的基準來分，落在B+到A-之間，是很強的魔物，不過，強如低階龍族仍不敵這兩個高階魔人。遭人無情殺害不說，還當垃圾對待。

若是拿到人類的城鎮裡，光賣素材就能換不少錢，對蒂亞和福特曼來說卻只是煩人的包袱。

丟完用空間魔法收納的屍骸，兩人一面品嚐完成任務的充實感，一面離開現場。

●

蜜莉姆來訪已有好幾個星期，那些日子眨眼即逝。

每天都好像在打仗一樣。

有時她會去農田參觀，幫忙大家耕田。

她在砍去樹木的土地上犁田，我想速度八成比用現代耕作機還快。田地以駭人的速度耕種，光看就覺得爽快。

其他天又跑到工房參觀。

看黑兵衛打刀看到入迷，後來馬上就看膩，在那耍任性說她也要打。實際打起來有夠暴力的，才打一下就差點把台座跟工作場所一起毀掉。

那天，大家終於了解蜜莉姆不適合從事精密作業。

差不多就這種感覺，和平中帶點雞飛狗跳的日子一天天過去。

尤姆他們踏上旅程後，我們的生活依然沒變。要說有哪不同，就是多了客人滯留……

不只卡巴爾三人組，費茲也在我們的鎮停留。

「我說，你再不回去會出大事吧？打算住到什麼時候？」

我開口問人。

卡巴爾他們帶蜜莉姆外出打獵，我趁這段期間試探費茲的想法。那三人也很會哄小孩，蜜莉姆黏完我換黏他們，真是幫了大忙。

要好好利用這個機會才行。

「別這麼說，我這邊有難言之隱嘛。可不可以再讓我小住一段時間？」

我想了想決定單刀直入提問，結果費茲用這句話賴著不走。

不只這樣，他還在鎮上到處亂轉，看來看去。跟蜜莉姆不同，用不著緊迫盯人也不會出事，不過，我老覺得這樣讓人坐立難安。

「喂喂喂，你還不相信我們很善良嗎？」

說到底，費茲會住下來是因為我們——該說是我遭他懷疑，所以他住愈久，我的不安自然就愈深。

「啊，不是那樣。利姆路先生的嫌疑早就洗清了……」

費茲含糊帶過。

「既然清了，為什麼還繼續住啊？」

看我窮追不捨，他才死心地開口：

「哎呀～這裡住起來真的很舒服。仔細想想，我最近一直沒時間休假……想說藉這個機會好好放鬆一下也不錯，這麼一想，就……」

這個人厚臉皮地坦承。

喂！我是擔心才處處小心，結果費茲這傢伙居然把這當觀光勝地渡假！

「我說你，當初在那耍帥放話說要弄清我們的真面目，我才准你住這裡耶……」

我真的是目瞪口呆。

對他彬彬有禮的我好像大白痴。

「還有，你答應我要幫忙建立尤姆一行人的英雄形象，那個辦得怎樣了？」

除此之外，我還問他絕不能遺忘的首要事項辦到哪兒，然後……

「啊，這個沒問題。我認為利姆路先生可以信任，已經叫手下去辦，把事情辦妥了。」

費茲答得一臉得意。

看樣子向布爾蒙國王匯報、法爾姆斯王國的打點工作都結束了。

他在這放鬆調養時，工作似乎全都辦得妥妥貼貼。該說這男人做事謹慎，還是大意不得才好……

「這樣就好。對了，你很中意這裡？」

「是的，這裡很棒！布爾蒙王國附近居然有這樣的療養地區，老實說我很開心，樂得歡迎。只不過……往返路段還是有危險存在。」

聽起來他把這當療養勝地，很中意這裡。

不枉我們費盡千辛萬苦弄溫泉，提高餐飲品質。這不光是我的功勞，朱菜跟矮人三兄弟也出不少力。

特別是飲食面，這幾個星期以來出現劇烈變化。

完成的菜單不多，但每道料理都很好吃。

可惜我們沒有味醂和醬油這類調味料，弄不出濃郁的味道。

這裡有鹽，還有胡椒的替代品，另外用香草製作辛香料。

我們按部就班收集食材，再跟朱菜的手藝相輔相成，最後才能端出超好吃的菜。

「啊，每天都能吃到這麼好吃的東西。我好幸福！」

蜜莉姆也龍心大悅。

她不知不覺變朱菜的跟屁蟲，以試菜之名行偷吃之實，這一幕儼然成為日常生活的一部分。

朱菜也很疼蜜莉姆，疼到我都懷疑她是否不把這傢伙當魔王看待。

算了，處得好就是好事。

朱菜還教導她的徒弟當廚師。不單只有女性，連男性都跟著勤練。

他們不像朱菜那樣，具備獨有技「解析者」的「解析鑑定」，只能靠自己的五感煮飯。所以他們反而更認真聽取朱菜的教導，努力滿足城鎮居民的胃。

因為有許多種族來到鎮上，居民大幅增加。也因為這樣，要吃飯的人口自然多了一大票。

除了得維持城鎮治安，還要打掃住所、煮飯洗衣。有的人擅長這個，有的人擅長那個，所以煮飯、打掃、備貨、縫紉、家庭助理還有其他等工作都適才任用。

利格魯德負責管理這一塊，替大家分派工作。他手腕了得，把這個城鎮的魔物帶領得有模有樣。

之前尤姆他們也大讚料理好吃，還對寄宿的地方很滿意，似乎很中意這裡的生活。

若不是那樣，他們早就從白老的魔鬼訓練課程逃走了。

鎮上居民也是，從他們招待尤姆跟費茲等人的反應來看，應該對自己的工作很有成就感。這樣就算商人過來，他們也能好好招待。

我希望大家今後持續精進，讓這裡發展成觀光勝地。關於這個想法，我有許多腹案，但具體計畫尚未定案。

總之，首先得讓大家明白我們一點也不危險……

話說回來，往返路段很危險啊。

我想也是。雖然很少有機會遇到槍腳鎧蜘蛛這種大魔頭，但這裡確實有一大堆魔物棲息。

再說，林木繁茂的密林並不適合人類居住。不僅要承擔遇到魔物的風險，還可能會迷路、糧食見底。受傷沒得醫，旅行到一半也有患病的可能。單程就要花兩個星期左右，為各種因素花更多時間自然不在話下。

對我們來說，這裡只要用「影瞬」等技能就可以瞬間換場，對冒險者而言卻不是那樣。就連卡巴爾三人組這樣的熟手都難以避免，移動上最快得花十天左右。要是跟什麼東西打起來，在森林裡分不清東西南北，到時就得多花好幾天，在這個世界裡算人人都知道的常識。

要宣傳這個城鎮，以商人為主要消費群。我是這麼計劃的，但要實現這個理想還有一堆問題等在那。

「原來如此。果然要快點把路鋪一鋪才行。」

「咦?這是什麼意思——」

「沒啦,我們現在在鋪連通矮人王國的路,其他小隊在處理建築物的建造工作。那邊已經告一段落了,我在想要不要先整通往布爾蒙王國的路。這樣一來,起碼不會有人迷路。」

「不會吧,咦?那怎麼行,這可是規模浩大的國家工程呢!需要龐大的預算——」

「你說到重點了,費茲老弟。」

「老、老弟?被利姆路先生這麼一叫,我總覺得不自在……」

「別管那個了,費茲老弟。開通道路順便把路鋪好,你們就可以架馬車來,不用花那麼多時間。今後貿易也比較方便吧?當然,開路工作由我們包辦。只是——」

「——只是?」

「我希望你按約定行事,替我們大肆宣傳。我們不是危險的魔物,只要讓大家知道這件事就行了。還有,我想麻煩你幫忙介紹懂關稅的人。我國還有其他特產想賣,順便幫我引介知識豐富的顧問吧?」

我如此提議。

目前只有野獸小徑,馬可以過去,馬車卻無法通行。我們已經開始開拓連通矮人王國的路,往布爾蒙王國則是連樹都還沒砍。

最大的原因是我們不想引人注目,不過,那是森林發生大騷動之前。如今森林又恢復寧靜,正想為城鎮間的貿易整路。一開始是想被當作敵人就算了,可是現在有機會跟別國建交,整路拓路就成了當務之急。森林裡歸我管,所以我打算負擔這裡的整頓費用。

這次敢說那種話是為了讓費茲欠我人情,他才會替我在各方面打點一下。而這計策好像成功了,費茲用感動萬分、飽含謝意的目光看我。

「利姆路先生，您願意為我們出這麼多力嗎？那麼，我也會盡自己所能替你打點的！」

嗯，真好騙。

這樣一來，費茲回國肯定會幫我們大力宣傳。至少別鄙視我們，對我們有偏見，這樣就算成功。

只是用多出的勞力通個路就讓人如此感恩，這筆買賣還真划算。

＊

差不多就這樣，我成功收買費茲，這時卡巴爾他們正好回來。

「哇哈哈哈哈！今天也大豐收！」

蜜莉姆開開心心地跑了過來，跟我報告戰績。

我朝那看去，只見卡巴爾跟基多這兩人揹著一大堆魔物。

「蜜莉姆好厲害！馬上就找到魔物了，這次獵起來也很輕鬆愉快！」

繼蜜莉姆之後，兩手空空的愛蓮跟著出現。

看樣子吃重的勞動工作全交給男性隊員包辦，愛蓮身上都沒有任何髒汙。她穿了朱菜親手作的新衣，八成不想讓血沾到。

話說，去打獵根本就不該穿這樣吧……

「呼——總算回來了。」

「好累啊。但俺可以泡泡溫泉，泡完再喝一杯——」

「好喔！這裡的果實酒最棒了！」

是說被人奴役的卡巴爾和基多對此完全沒自覺。

一部分原因出在男人們太寵這些女孩，事到如今，我多說廢話害他們起衝突未免太過白目。若他們覺得無所謂，這也沒什麼大不了。

我感慨萬千，不管在哪個世界都一樣，男人這種生物註定被女人利用。所以說，最起碼該由我出面溫柔呵護他們，想著想著話就隨之脫口。

「嗨，你們辛苦了。先去把身體沖乾淨吧。」

「對啊。像你們這樣對髒汙不以為意真讓人不敢領教——」

我一說完，紫苑就接著發表高見，這時——

「唔！」

蜜莉姆迅速來到我身邊，視線朝前方凝聚。

「——來者何人！」

紫苑把我交到蜜莉姆手上，面朝前方逼問來人的身分。

是說，我又不是貨物。為什麼這麼理所當然，把我當貴重物品挪來挪去啊……

正當我有些不滿時，紅丸跟蒼影站到蜜莉姆背後。

白老也神不知鬼不覺地佇立於樹林暗處。他似乎一直練功練到現在，但衣服仍穿得整整齊齊。真了不起。

蘭加從我的影子裡冒出，留在這個鎮上的主要戰力都就位了。

蓋德還在忙造路的事，人不在這裡。

幾天前他跑來跟我報備，說他嗅到可疑的氣息，但四周都沒看到其他人。我認為他八成搞錯了，就命他繼續動工。

好像還有一個被我遺忘的傢伙，不過，有這麼多人應該沒問題。

再說，這股氣息似曾相識——

「好久不見，盟主大人——」

果然是其中一個樹妖精，德蕾妮小姐的妹妹德萊雅。

「妳好。對了，那身殺氣跟外表是怎麼一回事？」

我出聲詢問跪在跟前的德萊雅。

她的殺氣遠遠就能感受得到，銳利程度足以讓蜜莉姆、紫苑有所反應。此外，她的身體呈半透明狀，大概受傷了吧，好幾個地方都出現缺損，快要消失不見。一眼就能看出她遇到什麼事。

「——是。事態緊急。災厄級魔物暴風大妖渦復活了。這隻巨大妖物威力凶猛，跟魔王有得拚。我的姊姊們跑去阻止，卻無法傷它半分。此外——那隻大妖的目的似乎是這片土地。暴風大妖渦是天空的霸者，地面上的戰鬥人員起不了作用。建議您立刻加強防禦，派出能打空中戰的人。」

德萊雅臉上有著濃濃的疲憊，她朝我如此說道。

一聽到這句話，現場氣氛一口氣緊張起來。

率先反應的人居然是費茲。

第一時間撞見德萊雅時大感震驚，嘴裡驚呼「樹妖精！」，然而，聽到暴風大妖渦的名字又找回理智。

他的臉瞬間變得鐵青，在那大呼小叫。

「妳說暴風大妖渦！不會吧，要是它真的復活了，那可是比魔王還要危險啊。它跟魔王不一樣，沒有商量的餘地。這魔物雖然是災厄級，危險性卻超越災禍級……」

照費茲的說明來看，這種魔物跟魔王一樣強，但底下沒有軍團，會按自己的意思到處胡搞。

說穿了就是沒有智慧的魔物。不過，它能靠固有能力「魔物召喚」叫出名喚泳空巨鯊的鯊魚魔物並大肆作亂。

有關這隻用「魔物召喚」叫出的異界魔物，只要經過一定時間，用魔素打造的暫用肉體就會瓦解，話雖如此，強大的A級能力依然無法忽視。聽說一次能叫出十幾隻，光這使魔就夠大家頭痛的了。

倘若費茲的話屬實，說真的，那傢伙比半獸人王還要危險。

「我是不清楚原因啦，但這個鎮被當成目標不是正好嗎？我們快點挑選要出戰的人馬，準備迎擊吧。」

紅丸一身幹勁。

可是，非得要飛行戰力才行……咦，我都忘了！

「對喔，我把戈畢爾忘了。他八成還在洞窟裡進行研究，誰快去叫一下。」

最後是蒼影去叫戈畢爾。接著我們換地方，召開會議商討對策。

地點來到用慣的會議室。

德萊雅藉「思念網」跟姊妹互通有無中。

蒼影也把戈畢爾帶來，大夥兒在會議室聚集。培斯塔跟戈畢爾一起來，要是有什麼萬一，我們可以拜託他聯絡蓋札王。

一聽到飛行戰力，我馬上想到天翔騎士團。團裡的騎士全都相當於A級，假如要找人幫忙，肯定沒人比他們更可靠。

戈畢爾跟他底下的戰士團也能在空中飛，但他們只有B^{+}。派去對付等級在自己之上的敵人太危險了。可以的話，我希望擬定有把握獲勝的策略，保住我方人馬的安危。

「情況很不樂觀。原因尚且不明，但召喚物泳空巨鯊似乎附在低階龍族的屍體上。實體化之後達到二十公尺大，是前所未見的大小。總數十三隻。以下只是姊姊的推論，它們的個體能力皆來到A級——」

「「「……」」」

我們啞然失聲。

等同魔王的怪物一隻，A級魔物十三隻？大夥兒不由得想問，這是在開什麼玩笑啊？

「該怎麼辦，利姆路大人？」

紅丸開口問我。

我才想問咧，真是的……

怨歸怨，我好歹是盟主，做決定是我的職責。

再說煩惱也沒用，答案只有一個。

「不怎麼辦，只好出面打倒它嘍！」

我心不甘情不願地回應。

「哼，似乎沒有問的必要呢。那我立刻去準備。」

「也對，只能那樣啦。」

「當然！它才不是利姆路大人的對手。」

一聽到我的回答，大家就不約而同動起來。還是老樣子，他們在這方面總是快狠準。沒人反對，各司其職採取行動。

目睹這一幕，費茲等人傻眼了。

「等等，就這樣簡單帶過？你們真的有聽懂嗎？對手可是魔王級的——」

「可是啊，費茲老弟。就算我們爭取時間，布爾蒙王國的援軍也不會來吧？」

「是啦，話是這麼說沒錯……」

「是說我們應該不會打輸啦，要是有什麼萬一，再拜託你想想該怎麼收留這裡的居民吧。」

「不，什麼叫應該不會輸……連樹妖精都無法阻止那隻怪物耶！現在不該那麼悠哉，這問題已經大到須由國家合力解決吧！」

我們哪裡悠哉了，看起來悠哉，實際上急得像熱鍋裡的螞蟻。正因如此，紅丸他們才會加緊腳步準備，戈畢爾也跑去叫旗下的戰士們。

白老則聯絡哥布達等人，要狼鬼兵部隊集合。雖然他們的個體等級只到B⁺，但百騎一心同體，還誇下海口說肯定能咬死一、兩隻泳空巨鯊。

他們還說這是個好機會，可以累積對付強大敵人的實戰經驗，看起來反倒顯得興致勃勃，害我超想退避三舍……

利格魯德聚集鎮上的主要人物，向他們說明情況，還下令要利格魯帶大家出去避難。從高空看下來會變成醒目獵物，所以他應該會帶大家去森林裡避難吧。

大夥兒冷靜執行上述任務，模樣一點也不慌亂。可悲的是，我們這裡一天到晚出大問題，這表示大家已經習慣了。

費茲不了解我們的行動模式，他認為我們沒危機意識，這也不能怪他。

＊

蜜莉姆在紫苑的帶領下前往澡堂。

雖然敵人打來，卻不干蜜莉姆的事。不過，多虧蜜莉姆循平常的模式行動，大夥兒才不至於手忙腳亂，算是幫了大忙。

結果，到頭來只剩費茲跟卡巴爾三人組留在現場。

機會難得，我決定和他們小聊一下。

「雖不至於要你們放一百二十個心，但我們會全力以赴。我還拜託培斯塔聯絡蓋札王，期待他增派援軍。總之，我們會盡力試試。」

就算我這麼說，費茲還是一臉陰鬱。內心充滿疑問和不安，無法將那些擔憂順利表達出來。

我不慌不忙，等待費茲冷靜下來。

「──你不逃嗎？」

猶豫了一會兒，費茲死心眼地問我。

看他擺出這麼認真的表情，我知道自己該認真回答。

「逃有用嗎？我是這個國家裡最強的人。雖然我和大家說過要是我輸了，大家要趕快逃走啦。不過，只輸一次不足以讓我放棄。假如沒有任何勝算，我會立刻逃走，思索接下來該怎麼辦，若不是那樣，我應該站出來面對，親眼確認敵人有多強吧？」

不這麼做就無法擬定對策，最強的我沒輸，大家就不會逃跑——這句話我沒說。因為說出來有點難為情。

輸得光明磊落也是上位者的職責，這句話太遜了，我說不出口。所以說，我要盡最大的努力，盡量不讓自己輸掉，一直到吃敗仗前，我都要回應大家對我的信賴，負責扮演強大的主子才行。

我常對大家耳提面命，看到我輸就要立刻逃跑，本人打敗仗之後的事應該用不著操心了。

「——原來如此，因為你是魔物們的主子。」

「算吧，雖然跟那些失去王就告終的國家有點出入就是了。」

費茲聽聞我的回應後點點頭。看樣子他已經明白我的意思。

「不過，話又說回來。利姆路先生的思考模式跟我們人類很像，完全沒有魔物的影子。此外，史萊姆居然是這裡最強的，總覺得很不可思議。」

點完頭，費茲苦笑著說道。

聽他這麼一說，或許是吧。我原本是人，不覺得這樣很奇怪，但站在費茲等人的角度來看，光魔物的思考模式跟人類一樣就讓人匪夷所思。

還有——

我有事瞞著卡巴爾一行人。沒錯，就是靜小姐最後怎麼了，我還沒跟他們說。

這種事滿難開口的，我打算等他們問再全盤托出。

——不過，現在不失為開口的好機會。

「唔——也許是吧。你聽了或許難以置信，其實我原本是人。你知道靜小姐的事吧？我大概跟她一樣，都是『異界訪客』。是說我死在原本的世界，在這轉生成魔物（史萊姆）。趁現在順便說一下好了——」

我一講完就發動追加技「萬能變化」，變成人類的模樣。

「什麼！」

費茲驚訝地瞪大雙眼，悶不吭聲待在一旁的卡巴爾三人組也跟著張口結舌。

這群人裡，最先發現的是愛蓮。

「怪了，仔細看看……這是小號的靜小姐？」

她問得有些顧忌。

「不不不，愛蓮妳說什麼傻話啊？」

「靜小姐是老太婆哩？哪這麼可愛。」

卡巴爾跟基多單憑外表否定她的說法，儘管如此，愛蓮還是堅持己見。

「又沒說錯！我都看到了嘛。那時，面具底下的臉明明——」

是嗎，妳看到啦？就那短短一瞬間，我是看得很清楚啦，還以為他們沒看清呢……

不過，這樣正好。反正我接下來就要解釋了。

我從懷裡拿出面具，將它擱到桌上。

「這是靜小姐的面具吧？」

卡巴爾他們似乎很在意，一下看看面具，一下又望著我。

「沒錯。我沒有隱瞞的意思，是怕你們產生不必要的誤解，這樣就麻煩了，才沒變給你們看。愛蓮說得對，這副容貌是靜小姐傳給我的。」

「——傳給你？」

「對。我把靜小姐吃了——」

四人全都面露驚愕，卻沒有出現太大的反應。大夥兒保持冷靜，等我把話說完。

真令人高興，他們都很信賴我。

「靜小姐跟我來自同一個地方，對我交代後事就辭世了。所以——作為我繼承靜小姐遺志的證明，她賦予我這身容貌。也因為這樣，我總不能用靜小姐的樣子做些難堪勾當吧？」

我靜靜地道出這一切。

一半出自肺腑，一半用來自欺欺人。

而後，我心想要是被懷疑就算了，轉眼看向費茲。

「——可以告訴我事情原委嗎？」

費茲絲毫沒有懷疑的意思，用沉靜的語氣問我。

因此，我一五一十告知，包括靜小姐如何辭世、我如何脫胎換骨。

「原來如此……原來是這樣……」

費茲輕聲呢喃。

他會在這個鎮住那麼久，搞不好是為了問靜小姐的事，卻跟我一樣，找不到合適的時機。

「利姆路少爺，我相信你。」

「俺也相信你。」

「我也是！可是，原來如此……靜小姐一直很想實現心願……因為這樣，利姆路先生才要替她實現吧？」

愛蓮的問題意外地一針見血。不過，這次我回答時沒必要避重就輕了。

「是啊。我跟她約好了。靜小姐一直為這份執念所苦，我要替她洗刷那份苦楚。總之，要先見見再

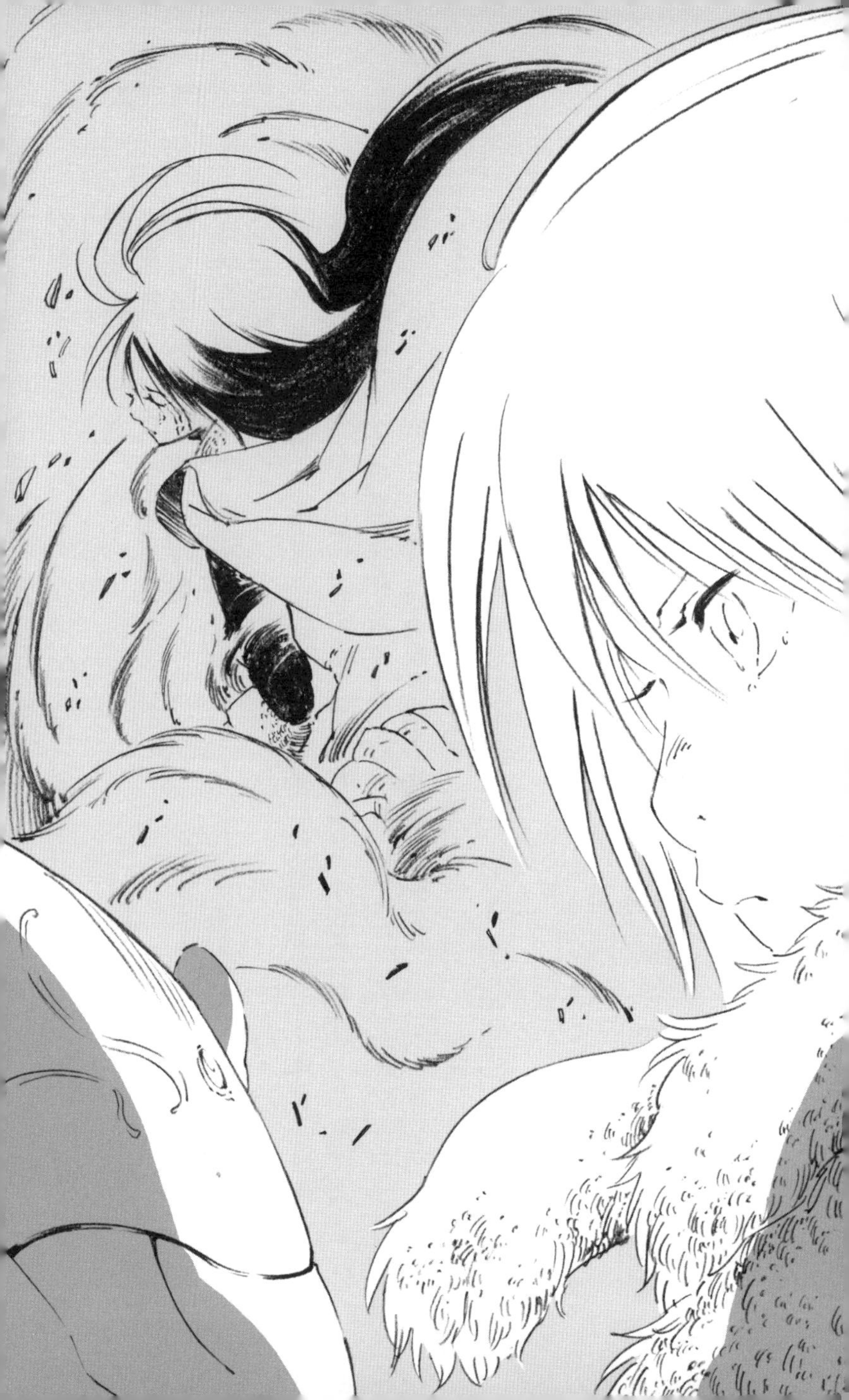

說，但魔王雷昂是我的獵物。」

「這樣啊……利姆路先生果然值得信賴！」

說玩，愛蓮牽起滿面笑容。

至於另外三個男的——

「什麼？魔王雷昂？」

「想太多，利姆路少爺……跟魔王雷昂比起來，暴風大妖渦還比較好打……」

「不不不，叫這樣的大人物獵物會死得很難看耶！俺跟這件事沒關係喔！」

他們幾個嚇個半死，那模樣都快讓人看不下去了。

算了，不跟他們計較，真希望這幾個傢伙多少學學愛蓮。

不過呢，不枉費我跟他們講真話，四人看樣子都真心信賴我。

還說要參加這次的戰役，但我拒絕了。要是我們輸了，必須請他們立即出面因應。跟他們說明原因後，四人也理解我的用心。

——話說，這次換暴風大妖渦啊……

一想到接下來即將面臨的戰事，我就有點憂鬱。

第五章

暴風大妖渦

Charybdis

Regarding Reincarnated to Slime

戰爭即將開打。

地點在通往矮人王國的街道上。連接武裝大國德瓦崗與魔國聯邦首都的中間地帶，鄰近目前整好的道路盡頭。

我去那裡跟正在拓寬道路的蓋德等人會合，靜待時機到來。

暴風大妖渦差不多快來了。

我要培斯塔幫忙聯絡蓋札王，跟他說明情況。都還沒提到盟約，蓋札王就答應派騎士團過來。

「哼。師弟有麻煩，我當然要幫忙啊！」

當時蓋札王這麼回我。

這個人就那麼想跟我當同門師兄弟？矮人王國對此沒意見嗎？我心裡這麼想，但他都說要幫我了，還有什麼好抱怨。

緊急整裝的百名騎兵已經出動，準備從暴風大妖渦背後進攻。按計畫要跟我們聯手，前後夾擊敵人，這次似乎會讓他們出很多力。

其餘四百騎正在做準備，計劃於第一波討伐作戰失敗時銜接。

這次的作戰若能成功固然是喜事一樁，但我們不得不為敗仗做打算。蓋札王並不昏庸，打算趁第一輪作戰收集情報吧。

在我看來，我們打算趁這次打倒它、永除後患，所以沒問題。不用擔心後續事宜，反倒能夠很安心。

接下來只要等待點燃戰火的那一刻。

利用等待的空檔，德蕾妮小姐過來找我們並解說暴風大妖渦。

我們只知道這魔物強得不像話，聽完覺得它更難搞了。不誇張，實力的確等同魔王。

它是災厄級魔物，並不代表危險程度只到災厄級。費茲之前說的似乎不假，暴風大妖渦相當於災禍級。

那幹嘛不直接叫災禍級就好了？其實裡頭大有文章。

一般而言，災禍級泛指魔王，非魔王的暴風大妖渦並不適用。

那麼，暴風大妖渦為何沒被當成魔王看待？

理由很簡單，暴風大妖渦這種魔物只知道作亂。不會聚集勢力，不會企圖消滅人類，行動上毫無智慧可言。應該說，大家認為它不具思考能力。該魔物非常棘手，但這點讓它不如魔王。

再者，這個暴風大妖渦好像是精神生命體。就算肉體毀滅，它仍會從某處弄到新的肉體，重新復活過來。這模式似曾相識。

對了，怎麼看都跟維爾德拉的特性很像。

「這個暴風大妖渦誕生於遠古時代，一再死亡、重生。是凶殘的天空支配者。說它是森林支配者兼守護者『暴風龍』維爾德拉大人之子也不為過——」

啊？剛才德蕾妮小姐好像說到很重要的點？

來自維爾德拉？難道說，真的被我猜中了？

「等等。妳剛才說維爾德拉之子，這話是什麼意思？」

我趕緊問個明白，結果德蕾妮從容不迫地解說：「維爾德拉大人流出一些魔素，暴風大妖渦就是來自那些魔素塊的魔物。」

也就是說，它跟我一樣。套句人類用語，就好比我的兄弟吧。

這樣一想，暴風大妖渦朝這裡筆直前進的理由就說得通了。換句話說，它的目標是我，跟維爾德拉有關的我。

或許它已經發現維爾德拉「在」我體內……

搞不好是我想太多，話雖如此，凡事小心為妙。

聽完德蕾妮小姐的說明，我們再次確認作戰計畫。

綜觀暴風大妖渦的能力，大夥兒要小心固有能力「魔力妨礙」。受這個能力影響，以暴風大妖渦為起點，半徑三百公尺內的魔素流動將陷入混亂狀態。暴風大妖渦會利用強大的魔力干涉四周魔素。

「就連我用的風系高階魔法都傷不了暴風大妖渦。受『魔力妨礙』影響，魔法效果可能因而降低。最棘手的莫過於這個，它能讓飛行魔法失效。一旦試圖接近它，魔法效果就會消失，人將會墜落。高空戰的優勢蕩然無存，是非常難纏的對手。」

以上是曾跟暴風大妖渦交手過的德蕾妮小姐的感想。

正因如此，我們才得準備不仰賴魔法的飛空戰力。

他們的確有翅膀沒錯，但會不會步上魔法的後塵失去作用？

《答。飛行原理不同。天馬及龍人族，這類魔物的翅膀能駕馭重力。藉此讓自己身輕如燕，改變力量的流向，致生推進力。此飛行方式無關魔素有無。》

對於我的疑問，「大賢者」迅速應答。

這麼說，我的翅膀也不受影響。仔細想想，光靠這樣的翅膀就能飛其實挺不可思議的。我並非靠肌肉力量飛翔。

也是，飛的時候不用大力拍翅，我現在才想到這問題。

說到這，有件事令我在意。

「原來如此，飛行魔法是利用魔素形成反作用力。以此類推，紅丸他們的『飛空法』不就沒用了？」

「飛空法」是一種「氣鬥法」，此技藝得運用妖氣。循類似的原理，弄出跟飛行魔法一樣的效果，不過，既然原理相似，應該就會受「魔力妨礙」影響。

我根據剛才偷偷得到的知識找德蕾妮小姐請益，結果……

「這個嘛，您猜得沒錯。不愧是利姆路大人。」

雖然被人稱讚，這回答卻讓人開心不起來。

「嘖，不會吧。好難纏的傢伙。這樣聽起來，很難用大範圍攻擊燒死它……」

「是啊，哥哥。用魔素當媒介的攻擊不管用，我們的攻擊手段就不多了。」

跟我不同，紅丸他們開始積極檢討作戰策略。

這時碰巧有插曲發生。

「呵呵呵。你們是不是忘記什麼重要的事了？可別說你們忘記我是誰了！不過是隻大魚，根本沒我厲害。看我三兩下擺平它！」

蜜莉姆不知道什麼時候跑去換戰鬥服穿上，挺起那對迷你奶，嘴裡說得大言不慚。

原來還有這招！我當下正想拿那句話搭順風車——

結果車還沒搭到，紫苑就擅自跳出來拒絕：「那可不行。利姆路大人會很困擾。因為這是本鎮自己的問題。」

為何，為什麼我會困擾？才剛想到這，朱菜就跟著接話：「對啊。什麼事都可以麻煩朋友，這想法是錯的。等利姆路大人真的山窮水盡，到時再請妳出手助一臂之力。」

是說，我現在就困擾到不行啊……

那是我真真正正的心裡話，但現在怎麼說得出口。其他人也點點頭，大家大概想靠自己的力量保護這座城鎮吧。處在這種氛圍下，我哪能跑第一拜託蜜莉姆幫忙。

「哈、哈哈。對啊，蜜莉姆。沒關係，妳要對我有信心。」

如此這般，我欲哭無淚地拒絕她。

連我本人都對自己沒信心，居然能說出這種話，真是夠了，以上是我悶在心裡的祕密。

「你、你說什麼？好不容易有我大顯身手的機會耶……」

蜜莉姆一顆頭失望地垂下。

她特地換裝外加幹勁十足，想必遭人拒絕的打擊不輕。

還用泫然欲泣的表情偷瞄我，但這樣看我也沒用。畢竟我個人也感到相當惋惜。

總之差不多是這種感覺，我們果然還是得親自出馬對付暴風大妖渦。

＊

後來我們繼續討論，問題在於它的跟班泳空巨鯊也具備固有能力「魔力妨礙」。

遠距離攻擊大多不管用，要接近又躲不過飛行妨礙，問題就擺在眼前，我們能用來打倒暴風大妖渦跟泳空巨鯊的手段少之又少。

最後，大夥兒決定先打再說。在這一個勁兒地討論也沒結果，先拿可能有效的攻擊試打就對了。

在我們為上述事項傷神時，我的「魔力感知」感應到十四隻魔物正往這靠近。很快地，它們來到可以直接用肉眼辨識的地方。

就算從遠方觀看，那異樣的姿態仍舊充滿震撼。

身長超過二十公尺的巨鯊在空中悠游。體表被堅硬的龍鱗護住，半吊子的攻擊肯定不管用。模樣很像鯊魚，卻是本質完全不同的怪物。

而在那群魔物裡，有更詭異、更引人注目的怪物。

那是隻有十三隻鯊魚跟隨的巨大單眼龍。

它特別大隻，大到巨鯊都像小不點。兩相比較，大概有巨鯊的三倍多。身長傲視群雄，全長超過五十公尺。

頭形像鯊魚一樣尖，下方長著大大的眼珠。上半部如硬角般堅固，看起來足以貫穿、粉碎岩石等物。手腳有如裝飾品，形狀跟鯊魚身上長的東西一模一樣。不過，它背上長著一大一小兩對翅膀，跟維爾德拉的翅膀很像。

暴風大妖渦，這魔物散發詭異的美感。

戰爭即將揭幕。

天翔騎士團正趕往此地。

德蕾妮小姐的妹妹德莉絲過去迎接，對他們施元素魔法「風之護壁」和軍團魔法「行軍加速」，提昇天馬的飛翔速度。

他們透過「思念網」告知，說會來得比預定時間早。

我軍打算先跟敵兵交手。要是天翔騎士團來這打大混戰，我們就不能使大規模魔法。所以，我方準備一接觸就出手。

「看招！『黑焰獄』！」

紅丸先發制人，選擇最大最強的廣域燒融攻擊。一碰面就放大絕招，這也算一種浪漫吧……

可能是我在想無聊事的關係，被關進半徑一百公尺黑色半球體的就只有暴風大妖渦和巨鯊一隻。

不，仔細想想——是它們太大。所謂五十公尺巨軀，看起來好像在附近游動，其實離我們有一大段距離。直徑兩百公尺不小，對敵人的巨軀來說卻只是一小圈。

就這樣，結果……

「不會吧！這一擊火力全開耶……」

我聽到紅丸在碎碎念發牢騷。

暴風大妖渦依然在那游得怡然自得。

跟它一起的巨鯊被燒掉一大半身體還向下掉，該燒的暴風大妖渦卻安然無恙。包裹全身的鱗皮一一脫落再長出新的，我們對它造成的傷害僅止於此。那巨大身軀具備防禦力、固有能力「魔法妨礙」具魔法抗性，成功抵抗「黑焰獄」。

不對，連巨鯊都免於被燒個精光，可見固有能力「魔力妨礙」的效能非同小可。

我們早就料到事情會變成這樣，沒受什麼打擊，只不過，再次體認對手真的很難纏。話雖如此，我方並未慌了陣腳。

「那我們就按預定計畫行事，分散敵人再各個擊破。」

我們早就將之預設為前提擬定計畫了，大夥兒開始按計畫採取行動。

要先爭取時間、等待天翔騎士團到來，打倒礙事的巨鯊跟班。接獲我的命令，大家朝自己的崗位四散。

我也「變化」成人。

為了以防萬一，即時對應。

巨鯊還有十二隻。

要削減它們的數量似乎又是件苦差事。

個體力量來到A級，速度飛快，力量卻沒跟速度成正比。至於它有多少實力，據觀察應該跟暴風大妖渦同屬腦殘貨，危險性並不高。

舉例來說，哥布達他們戰過的槍腳鎧蜘蛛和巨鯊對打，槍腳鎧蜘蛛會被咬爛，勝負瞬間底定。但把牠和哥布達對調，哥布達肯定會逃來逃去，遲遲無法分出勝負。

總歸一句，該注意它的高攻擊高防禦，戰鬥速度卻不構成太大的威脅。戰鬥時最重要的要素莫過於速度，以此拿來當基準衡量，巨鯊這種魔物其實不至於讓人大吃一驚。

當然，一旦被它傷到就準備命喪黃泉。不能小看它、直接衝過去對打，這用關節想也知道，我的部下都很清楚。

*

繼紅丸之後，蓋德他們也加入戰局。

指揮部設在小山丘上，眼下戰況一目了然。

蓋德軍都是些猛將，超越B級的豬人族(高等半獸人)。未達該級數者可能反成此次戰役的絆腳石，因此由他們負責疏散鎮上居民。

精銳人數不到百人，他們是這次作戰的核心所在。

蓋德軍拿樹木當盾牌，展開誘殺泳空巨鯊的作戰行動。不過，行動以失敗告終。

只要把它們引到樹林裡，樹木就會妨礙它們的行動，巨鯊終將受困——此作戰方式原預期有這般效果……結果巨鯊運用那強韌的肉體，像折枯枝般輕易折斷樹木。

接著它們就發動高速突擊。利用媲美刀刃的尖銳鱗片衝撞對手並切碎。這攻擊可以稱之為「刃突衝刺」。

蓋德麾下的精銳迅速迴避。可是，泳空巨鯊太大了。就算那速度足以迴避一般攻擊，要避開自在游竄的巨鯊軀體還是有難度。這次行動反倒害他們被困在樹木牢籠裡。

大家都跟蓋德一樣，防禦力特別突出，才不至於有人喪命。但好幾十人身負重傷，無法繼續戰鬥。

另外一些戰士仍在森林裡埋伏，見狀皆臉色大變。這也難怪，畢竟他們親眼目睹巨鯊的駭人攻擊力。

此時，有人發出威猛的咆哮。

「不可原諒，竟敢傷害我的同胞！」

是蓋德。

他放聲大吼，從正面狠瞪泳空巨鯊，接住它的衝撞攻擊。

蓋德的身體全被鎧甲包覆。多虧那身鎧甲，酷似尖刃的鱗片才傷不了他。接著，蓋德直接靠怪力壓制巨鯊。

「趁現在，大家上！」

命令一出，豬人戰士就集體出動。他們的腳步既遲鈍又沉重，不過砸下的戰斧頗具重量。巨鯊的體表逐漸被他們砍出傷口。

只可惜，這些傷無法取巨鯊性命。面對這等巨大身軀，高等半獸人的攻擊只是杯水車薪。

巨鯊只消抖抖身體，幾十名戰士就被震飛。

蓋德的神情逐漸凝重，進一步對巨鯊的頭狠力施壓。巨鯊試圖掙脫，身體扭得更用力了。

蓋德的怪力對巨鯊的暴威，兩者正面交鋒。

彼此互相抗衡。不過，幸運女神對蓋德展露微笑。

「我來助你一臂之力！」

天外飛來一聲喊叫。

緊接著，閃光自空中筆直貫穿巨鯊。巨鯊還來不及反應就被閃光送上西天。

來人是戈畢爾。

他們游擊部隊發現蓋德身陷危機，立刻火速前來救援。

一來就看到蓋德制住巨鯊，才賞它凝聚全身威力的攻擊。

這可是戈畢爾升上A級後使勁擊出的攻擊。就算巨鯊大到身長二十公尺，還是無法抵擋其攻擊力。

蓋德的好運還沒走完。

戈畢爾旗下的龍人族迅速出動，用他們生產的「完全回復藥」治療傷患。那些藥給得毫不吝嗇，連身受重傷的人都重振雄風。

在隊友一個都沒少的情況下度過此次危機。

「嘎哈哈哈！多虧蓋德先生制住這怪物的行動，我才能輕鬆料理它！」

「多謝相助，戈畢爾先生。我有個提議，要不要一起並肩作戰？」

「噢噢！聽起來很有趣。要是我幫得上忙，請你務必讓我加入戰局！」

就這樣，蓋德跟戈畢爾組隊。蓋德跟戈畢爾的部下也齊心合作，沒把小傷看在眼裡，勇猛果敢地攻向巨鯊。此外，這次的戰役還讓夥伴情誼更加深厚。

在那之後，他們甚至順利討伐另外兩隻泳空巨鯊。

＊

蓋德他們開始作戰後，其他地方也陷入激戰。

遵照白老的命令，哥布達拿「鞘型電磁砲」打泳空巨鯊。

電磁砲雖擁有絕大的威力，直徑兩公分的子彈卻無法造成致命傷。的確在巨鯊肚子上開出直徑五十公分的大洞，但這舉動無疑把它惹毛。

「果然起不了作用！」

「呵呵呵。這是當然的。為了讓你們親手打倒它，才用這方式引過來。」

「咦！這個老爺子，你太強人所難了！」

哥布達發出高分貝慘叫。叫歸叫，沒人出面制止。

接著，一場鬼抓人在森林裡展開。

白老不是隨便說說，他確實想讓狼鬼兵部隊打倒泳空巨鯊。這場鬼抓人根本在玩命，哥布達率領的狼鬼兵部隊朝巨鯊群聚過去。

拿槍突刺，刺完遠離。巨鯊的注意力來到某人身上，其他人就出手攻擊，循環再循環。大家都很賣力。

雖然比自豪的速度仍不敵巨鯊，但它身軀龐大。小動作來回更勝一籌，哥布達等人稍微占上風。

他們在那些條件下作戰，稍有不慎將會喪命。話雖如此，或多或少掛彩就用高階回復藥治療，大夥兒持續發動有勇無謀的自殺式攻擊。

「死到臨頭也有完全回復藥撐著，沒當場死亡就好。」

白老的語氣活像和藹老爺爺，行徑卻跟魔鬼教官沒兩樣。

「等等！這老爺子講真的？」

在場只剩哥布達還有餘力抱怨。其他人光迴避跟攻擊就忙個半死。

「喂喂，誘餌要確實吸引敵人的注意力！負責攻擊的人不用想太多。盡全力就對了，用力痛打敵人！不過，打歸打別忘了跑。沒關係，不小心忘了也能無痛死去。呵呵呵。」

白老真的是惡鬼。他不留任何情面，打算好好鍛鍊哥布達一行人。

僅二十騎的兵團交相扮演誘餌，抑或出手攻擊。他們分成五小隊，依序扮演不同的角色。攻擊、迴避、移動、回復、準備，接二連三換班，將巨鯊耍得團團轉。然而，有時巨鯊的注意力無法轉移，這方面還是得小心處理。

的時間帶。

因為沒有防禦能力，誘餌只能吸引巨鯊注意，全神貫注在迴避上。是最危險的工作。

若巨鯊沒有變換目標，誘餌就要持續當餌，從發動攻擊到巨鯊轉移焦點，這段期間可以說是最危險的時間帶。

不過，哥布達他們狼鬼兵部隊在行動上一絲不苟、整齊劃一，安全達成任務。

「真了不起。」

「是啊，不愧是白老大人。」

「說得對。他返老還童，當魔鬼教官也更起勁了。」

我一開口稱讚，朱菜跟紅丸就表示認同。

「好厲害！我也想一起玩！」

蜜莉姆好像在某方面會錯意……但認真就輸了。

「吶吶，我還是——」

「不行。」

她拉拉我的衣襬求情，但我狠下心拒絕。

我還比較想哭，拜託妳別用那種眼神看我。

*

地點在半空中，有不得了的事發生。

是蒼影。

蒼影跟紅丸一樣，只會用「飛空法」。硬要說起來，還不擅長使。明明不擅長，卻不知道用了什麼手段，人已經抓在巨鯊背上。

其實很簡單。

蒼華等五人來到比巨鯊還高的位置，在它背上投下陰影。蒼影再瞄準那個影子，發動「影瞬」。固有能力「魔力妨礙」會干涉空中的魔素。據此推算，應該不會對「影瞬」造成影響。

蒼影真不愧是蒼影，看出這點不說，還來個即席運用。不過，接下來才是他大顯身手的時候。

蒼華一行人共五名。他們個別依附在其他巨鯊上方。這表示蒼影除了本體還叫出「分身」，同時攀在五隻巨鯊背上。

「操妖傀儡絲！」

四具蒼影「分身」同時發動技能。這祕術能用來操縱沒智慧的魔物。

他打算拿妖絲接觸幫腦部傳達指令的神經網，再對巨鯊下假命令。

如此一來，四隻巨鯊全被蒼影支配。敗就敗在它利用屍體形成單純的構造。

蒼影操縱各分身，讓巨鯊同類相殘。在他的支配下，四隻巨鯊分成兩組，開始互相廝殺。

而後——

「找時機收拾乾淨。」

蒼影對蒼華等人抛下這句話，操縱本體搭乘的第五隻巨鯊，朝暴風大妖渦挺進。

那身影太過優美，讓人忘記巨鯊有A級。

是說，蒼影跟紅丸一樣，變得特別強大。蒼影應該打得很認真，看在旁人眼裡卻輕鬆愉快，甚至有放水嫌疑。

他的實力跟蓋德相去無幾吧，這差距到底打哪兒來的……

明明在打仗，我的思緒卻不由得往這件事去。

話說被留下的蒼華五人眾。

「遵命，蒼影大人。接下來就交給我們。」

蒼影留下那句話，蒼華則畢恭畢敬地行禮。

接著她換上冷酷的表情，朝巨鯊一瞥。

「大家要小心謹慎。絕不能讓蒼影大人失望！」

聚集部下後，蒼華冷著聲告知。東華、西華、南槍、北槍，他們的表情都跟蒼華一樣冷然。

老實說，我承認白老是魔鬼教官。

不過，蒼影的定位算什麼呢？才花一小段時間，五名直屬部下就冷酷到讓人吃驚的地步。到底是怎麼教的……

過沒多久巨鯊的內鬨開始白熱化，除了蒼華，其他四人同時發動攻擊。蒼華在空中下指令，那四人則聽命行事。後來，他們漂亮地打倒比自己更強的泳空巨鯊。

不只蒼影，另五名部下也表現亮眼。

如此這般，蒼華等人共計打倒四隻。

＊

要說誰猛，莫過於紫苑和蘭加。
不知不覺間，這兩人已經組隊了。
「這次無論如何都要搶盡風頭！」
「嗯。我贊成。」
如上，兩人意見一致。
紫苑朝恢復成巨狼的蘭加背上縱身一躍。等她坐上來，蘭加就身輕如燕地衝了出去。直接衝出設有指揮部的山丘，朝空中狂奔。
嗯？朝空中？
仔細一看，蘭加彷彿在空無一物的空間裡找到立足點，邊強力跳躍邊疾馳於半空中。他運用追加技「馭風術」，在空中創造立足點。
用這招真聰明。應該可以取名為「驅空法」吧。總之蘭加可以在空中跑了，跑得比地面疾馳還快。
只不過，這項技藝也是利用魔素發動的，會受「魔力妨礙」影響。以巨鯊的干涉力來看，或許無法讓蘭加失足啦，但……
我等著看蘭加有何對策，結果他做出驚人之舉。先是來到巨鯊上方，再從那加速，朝正下方的獵物飛撲過去。
巨大版蘭加的身長達五公尺。跟巨鯊比算小，但他依然具備相當程度的質量。
除了自身跳躍力還利用重力加速度，以光跑無法跑出的速度衝向泳空巨鯊。不過，他的目的並非衝撞對手。紫苑站在蘭加背上，手裡拿著大太刀。
她的站姿都跟地面平行了，人卻不為所動，樣子從容不迫。緊接著，蘭加與巨鯊交錯的剎那，紫苑揮出透著淡淡紫光的大太刀。

紫苑的妖氣讓大太刀強化擴張，刃幅擴增三倍以上。有如從空中迅速俯衝的斷頭台刀刃，紫色妖刀就此砍斷巨鯊的頭。

「看招！斷頭鬼刃！」

斷頭鬼刃——此技能恰如其名。不同於釋放妖氣的「鬼刀砲」，此技能將妖氣固定成特定形狀運用。

話雖如此——

她與蘭加合作，以目前能出的最高速揮刀，擴張後的大太刀前端甚至超越音速，才得以砍去巨鯊的頭。

這招就如紫苑的為人，不拐彎抹角，爽快至極。

在那之後，遭人斷頭的巨鯊不再具備「魔力妨礙」，蘭加則用雷燒光它。此役宣告終結。

紫苑跟蘭加繼續如法炮製，將另外兩隻收拾掉。

料理乾淨後——

「一直打這種空有塊頭卻不好玩的敵人真膩。我想去獵敵方的頭頭，蘭加你覺得怎樣？」

「紫苑啊，妳的意見讓我好心動。就讓我們親自去會會它，看看敵人有多少斤兩。」

「這才像樣，蘭加。那我們走吧！」

兩人自顧自地說著，一同朝暴風大妖渦逼近。

＊

一開始，巨鯊共有十三隻。

每隻都來到A級，這些魔物很危險——照理說應該是這樣。

然而就在剛才，原本還有一對巨鯊活著，現在其中一隻沒命了。被白老的劍砍個粉碎。

我方戰力無人死亡，無人退場。

眼見戰況比想像中樂觀，我也悄悄地鬆了一口氣。

「真沒用。機動力跟危機迴避能力大幅成長，攻擊力卻完全不行。連一隻都殺不死……等這場戰事結束，必須展開更嚴格的修行。」

「等等，老頭！修行更嚴格會沒命啊。會死人的！」

「你叫我老頭？」

「啊！」

我好像聽到哥布達發出悲痛的叫聲，接著又回歸寂靜。

不知道他發生什麼事了，搞不好哥布達被泳空巨鯊害到重傷也說不定。他好像是這場戰鬥中第一位淘汰者。不過，他絕對沒死，我們要相信他沒事。

——當我還在想些有的沒的，事態又出現新的進展。

蒼影拿最後一隻當騎獸操弄，要它去咬暴風大妖渦。巨鯊看起來就好像從暴風大妖渦長出的扭曲藝術品。

這景象好超乎現實。那隻巨鯊好像還活著，卻沒有殺傷力了。
就這樣，最後的敵人只剩暴風大妖渦。

蒼影對巨鯊不屑一顧，直接跳到暴風大妖渦身上。
「喂喂喂，蒼影那傢伙沒問題嗎？」
「利姆路大人，請您放心。蒼影是僅次於我的實力派。拿來試暴風大妖渦的實力正好。」
聽我唸出心裡的擔憂，紅丸答得輕鬆。他的語氣一點也不擔心，可見紅丸打心底信賴蒼影。
「再說了，他們似乎也想參戰。」
他朝某處指去，是紫苑和蘭加。
為了避開暴風大妖渦的「魔力妨礙」，他們爬升至遠遠的天邊，再從那降下。在暴風大妖渦背上順利降落。
不過，這樣一看還真是不得了的巨軀。
它的全長已超越五十公尺，光那長度就夠危險了。這股重量要是從空中墜落城鎮，實在無法想像會造成多少損害。

《答。根據規模推測，若高度——》

不用了。不用對我說明具體數字，我要「大賢者」閉嘴。
聽那種說明只會徒增憂鬱。既然要講，我還比較希望告訴我該用什麼方法才能輕鬆打倒暴風大妖渦。

《——》

這次大賢者沉默了。

每到重要關頭就當啞巴，這是「大賢者」的壞習慣。不，或許它只是在鬧彆扭呢。

先不管大賢者。

在我視線前方，蒼影、紫苑、蘭加開始攻擊暴風大妖渦。

至今都進展順利，搞不好暴風大妖渦也能這樣——我是這麼想啦，但這想法似乎太天真了。光巨大的身形就足以構成威脅。接下來的情況正好證明這點。

蒼影、紫苑、蘭加接連打過一輪，卻傷不了暴風大妖渦。

面對五十公尺的巨軀，他們的攻擊就好像在切表皮，無法觸及重要的魔力神經網。

說起來，暴風大妖渦不是生物。這種魔物的生態很扭曲，不具內臟器官等物，而是運用低階龍族的屍肉，形同纏著肉體鎧甲。

怪不得傷不到它，要突破這樣東西，半吊子攻擊肯定不管用。

「——果然沒錯。我的魔法也一樣，從方圓三百公尺外發動一點效果都沒有……但像那樣近距離出手還是傷不了它，實在束手無策。這就代表，除了魔法，就連物理攻擊都沒用……」

德蕾妮小姐苦惱地喃喃自語。

都這種時候了，就只有蜜莉姆還顧著鬧脾氣，嘴裡應道「所以剛剛才說包在我身上嘛。」……

但現在沒空管蜜莉姆。

這是因為，在德蕾妮小姐會的魔法裡，最強等級元素魔法「大氣截裂」都被迫降至十分之一的威力，無法給暴風大妖渦致命一擊。

雖給予一定程度的傷害，那些傷卻在眨眼間修復。

此外，痛楚傳回腦部的速度似乎較慢，她稍微攻擊一陣子，對方這時才突如其來地發飆。

「它突然加速，打算用身體撞我。包覆全身的鱗皮就像一片片獨立刀刃，朝我劈砍過來。眼睛還會放出具破壞性的光線，能讓魔素潰散，對於像我們這樣用魔素構築肉體的魔物，那攻擊很難應付——」

德蕾妮小姐邊回想當時情況邊告訴我過程。

她曾在會議室向我們說明過，但目睹實體更容易了解它有多驚心動魄。要打倒這種怪物，半吊子攻擊確實起不了作用……

「——糟了！」

德蕾妮小姐突然放聲大叫。

「剛才那一瞬間，怪物的單眼閃著紅光。這或許是暴風大妖渦準備發動攻擊的警訊。」

代替德蕾妮小姐，紅丸插進來說明。

我也有發現喔！雖然剛剛還悠哉地想「這是什麼啊～」……

再說剛才那一刻，紫苑將妖氣提高到極限，狠狠地射出「鬼刀砲」，暴風大妖渦的注意力才被吸引過去。原因或許出在這裡，暴風大妖渦為此感到光火。

不管理由為何，剛才那個看起來很危險，我決定先用「思念網」講一下。

『有聽到嗎？它好像要發動攻擊了，你們小心點！』

『了解，利姆路大人！』

『遵命。』

『屬下領命，頭目！』

三人三種回應，我聽完點點頭。

用不著我叮嚀，他們應該不敢大意才是，但還是小心為妙。

話雖如此，跟他們講是正確的選擇。

才剛通完話，驚人的攻勢就蒼影他們襲去。

刮玻璃的刺耳聲響傳來，四周全被那些聲音掩蓋。

光聽這些聲音就讓人不快，精神好像被汙染了。

暴風大妖渦擦動全身上下的鱗片才發出這種聲音。

接著——

「怎麼會！居然連那種攻擊手段都有——」

「糟糕，這玩意——根本避不掉。」

德蕾妮小姐跟紅丸被逼得大叫出聲。

暴風大妖渦使出渾身解數釋放災厄，散播死亡和破壞。

——這時——

「哦！原來這就是讓暴風大妖渦被封為暴君的技倆——『暴風亂鱗雨』。今天第一次看到！」

說話的人是蜜莉姆。

大概太閒了，她開始當解說員。

如今的重點不是技能名稱，要是妳知道就該早點告訴我……

我差點問她「妳都知道喔，蜜莉姆？」，最後還是忍住了。

現在哪來那個閒工夫聽詳細說明啊，看也知道是什麼攻擊。

更重要的是，我目前很擔心紫苑他們。

一聽我勸保持警戒就發生這種事，蒼影、紫苑、蘭加這三人在千鈞一髮之際避開。但後來又有東西朝他們逼近，是數量駭人的暴風大妖渦鱗片刀。

那些鱗片刀成千上萬，它們化作撕裂一切的砲彈，射向四面八方。鱗片大小不一，最小的仍有數十公分。要是被那玩意兒直擊，下場肯定比刀砍還慘。

總數還超過好幾萬片，乘著電光石火的速度，如雨一般傾瀉而下。

無處可逃。

蜜莉姆說這是「暴風亂鱗雨」，它的規模可是比「黑焰獄」還要高上許多，堪稱廣範圍殲滅攻擊。

「唔，躲也躲不完。我跟蘭加有『影瞬』，不過——」

「躲？你在說什麼傻話。這點程度的攻擊休想殺死我！」

聽蒼影這麼說，紫苑不以為然地應聲。

她雙眼充血，看樣子思考迴路完全停擺了。不打算避開逼近的鱗片，反朝暴風大妖渦揮舞大太刀。

不管怎麼看，這樣下去紫苑肯定會有危險。

「——蒼影啊，你自個兒逃吧。我來替紫苑擋刀。」

蘭加到空中和紫苑會合。

接著他進行跳躍，四肢跟著蓄力。一跳脫暴風大妖渦的「魔力妨礙」範圍，蘭加就發動追加技「馭風術」，跟暴風大妖渦正面對峙。
第一波鱗彈已經找上蘭加，在他身上留下傷痕。
蘭加說得沒錯，他打算當紫苑的盾。
「笨蛋，蘭加你想死嗎？快逃啊！」
找回冷靜的紫苑高聲大吼，卻被蘭加一笑置之。
「呵呵呵。如果是利姆路大人，肯定會選擇生存機率較高的作法吧。再說──我這龐大身軀就算要『影瞬』也沒影子好潛。蒼影，你一個人走吧。」
看似萬能的「影瞬」也需要發動條件。空中沒地方好踩，蘭加一開始就無法使影瞬。
接獲蘭加的說法，蒼影只猶豫一秒。
「──生存機率嗎？那我也留下。對了，你們可別搞錯。我會在死前撤離『本體』，放心吧。」
「呵呵，真像蒼影的作風。那好，我們一起活下去！」
紫苑用豁達的表情放話。
面對令人絕望的「暴風亂鱗雨」，他們並沒有灰心喪志。
看起來有勇無謀，在我看來卻是不錯的選擇。

正當三人做好心理準備時──
「你們幾個真的很傻耶。這種時候至少該找我幫忙啊。」
像是算準時機出聲。
「「「──！」」」

他們三人大吃一驚外加僵住。

我飛到他們前方，舉起左手抵擋進逼的鱗片。

「「「利姆路大人！」」」

聲音聽起來又驚又喜，幾個人一起叫我的名字。

我沒有回答，只顧著看前面，準備把該做的事辦一辦。

亦即——

「吃光這一切吧——『暴食者』！」

像在回應我的呼喚，胃袋永遠無法滿足的暴食之王覺醒。

事情就發生在短短一瞬間。

想必沒幾個人看出發生什麼事。一大堆鱗片化作障壁自眼前來襲，卻消失得一乾二淨。

「好、好強……不愧是利姆路大人——」

還能擠出這句話的就剩蒼影一個。

事實上，我這個執行者也很吃驚。

那些是遠距離攻擊，只要吃個精光就行了，我懷著上述念頭衝過來。

——不，這些是假的。其實是「大賢者」建議我怎麼做最好。

我相信它，跑來這裡保護大家，就只是這樣。用「影瞬」衝到蒼影他們三人前方，最後勉強趕上。

接著再依「大賢者」所言，發動「暴食者」。

「暴食者」很厲害，似乎把隔在我們跟暴風大妖渦之間的鱗片全都吞噬殆盡。看樣子這技能的犯規程度超乎想像。竟然能看穿這一點還建議我用，不愧是「大賢者」。

不過，這些話沒必要坦白。

我要善用眼下狀況，拿這場面耍帥。

「剩下的交給我吧。你們可以下去休息了。」

還裝得理所當然，出聲告知那三人。

「可、可是……我們都還沒派上用──」

蒼影打算說些什麼，但我制止他。

「看，鱗片已經開始再生了。那不是只能用一次的大絕招，而是可以用好幾次的攻擊手段吧。下次它再用那招，我不一定能保你們第二次。再說，光就測試暴風大妖渦目前有哪些攻擊手段已經足夠了。在不知情的情況下交棒給天翔騎士團，不曉得會造成多少傷亡。你們該感到驕傲！」

我用這些話說服蒼影，他似乎聽進去了，不再跟我爭辯。

「祝您武運昌隆！」

「萬事小心，利姆路大人。」

「頭目，屬下隨時都能回應您的召喚。」

三人各自說出心裡話，最後蘭加帶著他們離去。

好了。

雖然剛才耍過帥，面對這龐然大物還是覺得心慌慌。不過呢，在這哭訴也沒用，就盡我所能試試吧。

就這樣，我開始跟暴風大妖渦對峙。

*

說真的啦，在天翔騎士團到來之前，幸好先看到暴風大妖渦的「暴風亂鱗雨」。
除了被我吞噬的空間，其他鱗片朝四面八方灑射，造成莫大的災害。要是被那玩意兒打個正著，別說防禦了，肯定先變絞肉收場。
我的部下似乎沒遭受直擊，但周遭森林全數受害，連地形都變樣。那些攻擊果然強得亂七八糟。
總而言之，我的目的只有善盡個人職責。
目前最重要的課題如下，那就是「暴風亂鱗雨」間隔幾秒才能再次使用？
援軍天翔騎士團的身影已在遠方露面。
他們好像看到剛才的大規模攻擊，暫時停止進軍……
趁我對付暴風大妖渦的空檔，應該會有人出面說明情況才對。所以說，我除了讓暴風大妖渦注意這邊，還要把它的攻擊手段全掀出來。
之後再保持安全距離，集體總動員來個輪流戳戳樂。依我看這工作肯定會做到讓人發昏的地步，但我也只能加油再加油。
事到如今，我好後悔當初拒絕蜜莉姆的提議。更正，老實說我現在就想跟她換，但換了就帥不起來。至少要盡我所能努力看看，到時還是不行再想辦法吧。
如此這般，暴風大妖渦攻略戰開打。

先來個搶攻，用新招魔焰彈打看看。

一著彈，猛烈的「黑焰」就開始燒暴風大妖渦。我想得沒錯，這招看似可行。

要是射普通的火，肯定傷不了具高度魔法抗性的暴風大妖渦。「黑焰」也一樣，還沒碰到本體就會因魔素潰散失效。為了避免這種事情發生，要嘛就是跟它接觸，直接進行攻擊，要嘛就像我剛才做的那樣，先用某種東西保護再直擊本體。

基於上述想法，我試著在魔力彈裡包入「黑焰」並將之擊發。結果很成功，被高溫燒灼的暴風大妖渦顯得痛苦萬分。

……不，應該只到吃痛吧？因為它太大了，實際看來不是什麼大不了的傷害。但我不能因此放棄。只要我放一大堆，傷害值應該會持續累積。我邊想邊激勵自己，埋頭發動一連串攻擊。

試著攻擊幾次後，我開始窺探暴風大妖渦的反應。

看樣子暴風大妖渦對「黑焰」、「黑雷」感到棘手。火焰讓攻擊面積更大，雷則對魔力神經網產生些許影響。

不過，除了這些有利情報外，我還得知一點都不想知道的資訊。

「——我說……這傢伙該不會有『超速再生』吧？」

這話不由得脫口而出。我在那喃喃自語對空氣講話。

《答。按身體組織的修復速度判斷，個體名：暴風大妖渦應該擁有追加技「超速再生」。》

啊，有人回了。

是說這瞬間，我不想承認的現實就擺在眼前。

總歸一句話，鱗片的再生速度也拜「超速再生」所賜。

一旦這些鱗片再生完成，它肯定會重放「暴風亂鱗雨」。若不朝四面八方散射，應該可以放得更早。也就是說，最快三分鐘。只要我在它身上打出大傷，它就沒辦法用那個部位射鱗片刀。

得知這項情報後，我透過「思念網」傳達給大家。接著，當情報累積到某種程度，天翔騎士團便計劃參戰。

＊

在那之後——我們持續戰鬥十小時以上。

沒能參戰的蜜莉姆似乎窮極無聊，人已經睡死了，但我們很拚命。

傷害程度未超越暴風大妖渦治癒速度，一切都會白費工夫。大夥兒投身令人絕望的戰役，毫不保留地猛喝回復藥，一直和敵人作戰。

這次總動員應該打掉三成鱗皮吧？

能飛的人自然不用多說，可「影瞬」的蘭加跟蒼影也加入戰局，紅丸跟德蕾妮姊妹們從遠方施放魔法攻擊，掩護、回復和應急措施等後方支援由朱菜及其他手下包辦。

戰場上怪光、鱗刀齊飛，更有魔法和技能加進來應對，現場狀況慘不忍睹。

大夥兒通力合作的努力成果是三成創傷。

我軍全保持安全距離攻擊，沒人中場淘汰。好像有一個啦，應該是我多心了。不過，繼續維持這個步調作戰，對高手來說也很辛苦吧。
不容許一絲一毫失誤。一旦喪失集中力，遭殃的不會只有自己，整個作戰計畫將出現破綻。
眼下情況極度悲觀。
儘管如此，還是沒有人放棄。
因此我也想設法擺脫這個困境，腦子才運轉到一半──
『唔。唔咕，咕呃、呃。可、可惡的、蜜──』
嗯？好像有什麼聲音……
『可惡……蜜、蜜莉……蜜莉姆！』
嗯嗯？蜜莉姆？聽起來好像在叫蜜莉姆？
我趕緊要「大賢者」進行「解析鑑定」。

《答。被暴風大妖渦附身的基底確認到若干生命反應。似乎未與魔核徹底同化，推測因創傷產生扭曲。還有──》

它對我詳細解說。
據大賢者所述，暴風大妖渦在製造用來寄生的肉體時，好像用了活生生的魔人。原本他會失去自我，跟暴風大妖渦同化，但成了基底的魔人擁有強烈怒意及憎惡情感，最後才無法徹底同化。
矛頭指的還不是我，而是蜜莉姆……
嗯，等等？那原因是什麼？因為那個魔人很恨蜜莉姆，才朝我們的城鎮直逼而來？

啊不就跟我們無關了！

我還以為體內有維爾德拉在，它感應到某種波動之類的，結果是我想太多。

咦？這麼說來，都交給蜜莉姆就好啦？

直到這時，我才發現令人震驚的事實真相。

我火速叫醒蜜莉姆，順便用「思念網」聯繫她。

『蜜莉姆，這傢伙好像有事找妳耶——』

『嗯。我聽到了。它好像用先前來過的「黑豹牙」法比歐當基底。』

喔，之前那個。原來如此，我不禁恍然大悟。

就算隔一大段距離，蜜莉姆還是捕獲從暴風大妖渦身上流出的念頭。不僅如此，還透過「龍眼」看穿一切，確實掌握該念頭的主人是誰。

比我家「大賢者」更強的「解析鑑定」能力著實讓人吃驚，但持有人是蜜莉姆就沒什麼好意外了。

『好像是吧。還以為這位客人是來找我的，才不想麻煩妳——』

『難道說，我可以對付它了？』

不等我解釋完畢，蜜莉姆直接用期待的語氣問我。

蜜莉姆如我所料上鉤，太好了。講是這樣講，我一開始就知道她意願很高啦。

是說虧她能忍到現在。

『可以，我們交換吧。這客人明明是來找妳的，我們卻出來礙事，抱歉喔。』

我不忘強調它是蜜莉姆的客人。這樣一來，應該可以把難搞到不行的暴風大妖渦塞給蜜莉姆。

這樣就對了。

『——啊，還有一件事。話說這個魔人法比歐，他不是魔王卡利翁的部下嗎？妳有辦法保住基底，只打爆其他部分？可以的話，我想把他活著救出來——』

我拜託蜜莉姆幫忙處理這件要事。

對手是暴風大妖渦這種怪物，我也知道這要求非常強人所難……但我認為，蜜莉姆應該有辦法搞定。

再說，要是把魔王卡利翁的部下宰掉，似乎會引發別的問題。

其實我還有另一個目的，但這個要求太奢侈了，有才順便沒關係……

總而言之，若情況允許，我想救出法比歐。

『哇哈哈哈，包在我身上！這點程度只是小兒科啦。最近我也學會控制力道。時機來得正好，就在這展現學習成果吧！』

有機會大肆表現似乎讓蜜莉姆很開心，她爽快應允。

話又說回來，她剛才自稱已經學會控制力道……怎麼有臉說這種話？

這話聽起來令人不安。我嚥下這股不安，決定把接下來的事全交到蜜莉姆手上。

事情一講定，之後就快了。

「好了各位，快點離開這裡！」

「您說這什麼話，利姆路先生。我們還沒放棄呢！」

「拜託了，乖乖照我的話做。就先相信我，大家快從這離開！」

我大聲喊出這句話，率領天翔騎士團的團長德魯夫一臉不甘願，下令要大夥兒撤退。

不管怎麼說，大家確實筋疲力竭。這樣下去只會把體力耗光，所以他認為等其他騎士團團員來也不失為一種戰術吧。

「再麻煩你們殿後！祝武運昌隆。」

留下這句話，他率領騎士團撤退。

我的夥伴都沒意見。因為大家已經透過「思念網」得知某種程度的資訊了。

就這樣，我在那確認大家是否留下我離去。

『好，蜜莉姆，我們這邊準備好了！』

我朝蜜莉姆打暗號。

「嗯！交給我吧。」

暗號都還沒收到，她就飛出去了。拍著背上的龍翅，嘴角掛著開心的笑容。不知不覺間，蜜莉姆已經飄在我身邊了。

『唔。唔咕咕——！蜜莉、蜜莉姆——！』

大概發現蜜莉姆了，暴風大妖渦扭動巨大的身軀，從正面瞪視我們。

——不過，一切都太遲了。

「就讓你見識見識！這就是我控制力道的結果！龍星擴散爆！」

藍白色的夢幻光芒向外擴散，自蜜莉姆雙手間解放。

那是能消滅一切的破壞之光。

《——！無法解析。情報收集……失敗。》

我體內的「大賢者」似乎很吃驚，應該是我多心吧。

雖不清楚蜜莉姆的攻擊具體而言如何運作，結果卻一目了然。在我眼前有大片光景上演，不免讓人重新思考「控制力道」所代表的意思。

藍白色光芒收縮成好幾條，貫穿暴風大妖渦。那些光逐漸侵蝕，不給暴風大妖渦「超速再生」的機會。此外，五十公尺的巨軀不堪一擊，眨眼間消失殆盡。

幸好這裡是空中。要是來到地上，肯定會讓地形大翻盤。這強大到不行的攻擊就是那麼殺。

我們花時間慢慢磨只磨出三成傷害，蜜莉姆卻打一發就讓暴風大妖渦死透，破壞得一乾二淨。

超乎想像的強——這句話簡直是為蜜莉姆而生。

暴風大妖渦的巨大軀體消失無蹤，剩小碎片墜往地面。不，那不是碎片，而是被附身的魔人——法比歐。蜜莉姆遵守約定，確實沒把法比歐殺掉。這哪是控制力道，根本神技。

我趕緊朝法比歐飛去，在他衝撞地面前出手救下。

法比歐還活著。

雖然救得岌岌可危，但這樣一來，我的目的就算達成。

我盡量不想讓大家看到這段過程，立刻加快腳步處置。

對法比歐的狀態「解析鑑定」後，已經有九成處於融合狀態。這樣下去暴風大妖渦很可能再度復活。

為了阻止它復活，這項工作不能少。

「你打算做什麼？」

「妳看就知道了。按目前狀況無法解放法比歐吧？所以說，我要來個徹底處置。」

我隨口對蜜莉姆應個幾句，開始著手進行。

這項作業在於讓法比歐跟暴風大妖渦完全分離。

我的獨有技「異變者」具「整合」、「分離」能力。這次要活用「分離」能力。將暴風大妖渦從法比歐身上「分離」出來，不過，直接實施會讓精神生命體暴風大妖渦逃走吧。

這裡就要請出獨有技「暴食者」。

「大賢者」再怎麼強，還是無法整合獨有技。但在「大賢者」的控制下，我可以同時啟動兩個獨有技。真正做起來跟手術一樣精密，但可行性不等於零。一旦失敗就得連同法比歐一起收拾掉，還會跟魔王卡利翁產生嫌隙。因此，這項工作無論如何都要成功。

我集中精神，傾盡全力作業。

慢慢「分離」過去，從剝離的部分逐步「捕食」。「大賢者」負責控制技能，這工作必須由我自食其力完成。

跟暴風大妖渦一戰總覺得有種事不關己的感覺。理由我心知肚明。因為有蜜莉姆在。

她的魔素量高出我十倍以上，是力量強大的魔王。多虧魔王蜜莉姆在場，我才能用平常心面對暴風大妖渦。

明知它很危險，卻覺得有難求蜜莉姆就行了，腦海某個角落仍存有這種天真想法。才會害我喪失危機意識吧。

眼下情況則不一樣。

這工作無法推給別人。要是我搞砸，或許會成為新的導火線也說不定。所以說，為了把責任全都攬到自己身上，總不能讓大家一起來這當觀眾。

話是這麼說啦，旁邊還有一個蜜莉姆興致勃勃地盯著看……

後來——

《宣告。從個體名：法比歐身上「分離」個體名：暴風大妖渦的魔核……成功。第二階段，「捕食」個體名：暴風大妖渦的魔核……成功。魔核「解析鑑定」……部分失敗……先「隔離」再續行「解析鑑定」。獲得下列技能——》

成功了。

作業時間漫長得近乎永無止境，不過，趕在為蜜莉姆發動攻擊而前往避難的人馬回歸前，工作順利結束。

大把情報流入我的腦海裡。部分失敗讓我很介意，但大家正趕來這邊，我決定延後處理。雖然只是猜測，反正都「隔離」了應該沒危險才對。

接下來只剩一件事，趁我還記得，快讓衰弱的法比歐喝回復藥。

喝下我調配的特製完全回復藥，法比歐的情況總算安定下來。

再來就等他轉醒。

如此這般，朝我們逼近的威脅——暴風大妖渦徹底遭到討伐。

*

「可以請您說明一下嗎？」

天翔騎士團團長德魯夫劈頭第一句話就是這個。

啊，嗯。對喔。他需要一個解釋。

「沒啦，就那個……好吧。其實這名少女是魔王蜜莉姆……啦？」

我試著做出解釋。

「哈哈哈，看樣子利姆路先生很喜歡開玩笑呢。既然你們有那種高輸出魔法兵器，希望您一開始就坦白告知！關於這件事，嗣後再請您正式說明。」

他的眼神完全沒有笑意。

德魯夫繃著臉厲聲道。

他會這樣情有可原，我也不打算辯解。

「話雖如此，能打倒對人類來說亦為災禍的暴風大妖渦算我們運氣好。我也要回去跟王稟報才行，這次先就此失陪。」

說完，他用略為柔和的表情向我一鞠躬。

「這次你們貢獻良多。至於蓋札王那邊，我也會跟他說明的。」

我也跟著回禮。

面對魔王級的怪物，他們毫不膽怯地挑戰。少了他們的幫忙，我肯定不會發現法比歐被當成基底。

若情況糟到不行，我們應該會拜託蜜莉姆處理，到時她會火力全開滅掉一切。我八成不會阻止她，法比歐一定會死。

多虧天翔騎士團爭取時間，我才會察覺法比歐跟暴風大妖渦之間存在些許偏差。

「要謝就謝蓋札王吧。還有——這些是我自言自語——」

德魯夫先行提點一下，接著就壓低音量對我輕聲細語：

「若您要向吾王報告，可否親自來德瓦崗一趟？上次以令人遺憾的形式收場，吾王也很掛懷。他已經撤回流放外國、不可停留國境的處置——」

德魯夫支吾其詞，開口招待我們去矮人王國。

這不是德魯夫的個人意思，他是在替蓋札王的心情著想吧。

「知道了。那我就去一趟順便報告這次的事，希望你們發出正式的邀請，再麻煩你替我跟蓋札王說一聲。」

「噢噢！吾王肯定會很高興。對了，凱金跟葛洛姆等人的流放令也解除了。既然如此，您要帶他們同行也成。」

聽我答應過去跑一趟，他喜出望外地告知這些。凱金他們八成也很想回故鄉看看，帶他們去或許不錯。

這才是德魯夫真正的目的，從他現在的表現可以看出。看起來為人認真，私底下其實很善解人意。

後來，他們還答應替我們準備正式的國賓級待遇邀請函。

簡潔扼要地商討完畢，德魯夫等人慌忙踏上歸國之路。

他們無人傷亡真是太好了，我打心底這麼認為。

＊

危機已過，我變回史萊姆。

正當我們也打算回家時——

「唔，這裡是……哪？我……我究竟……」

一道混亂的呢喃聲傳入耳裡。

法比歐醒了。

紅丸跟紫苑正保持警戒，但法比歐現在已經沒力氣戰鬥了。身上的傷雖痊癒，魔力卻見底。此外，暴風大妖渦已完全去除，如今的法比歐只是高階魔人。至少不是我的對手。

「嗨，你醒啦？還記得自己做了什麼事嗎？」

我慢條斯理地搭話。

法比歐的意識原本還朦朦朧朧，卻因我的話逐漸甦醒。再來，他似乎想起自己幹過什麼好事，突然飛奔到我跟蜜莉姆面前，對我們下跪。

「抱、抱歉！不，對不起！我對蜜莉姆大人做了天大的壞事……還給你們添麻煩——」

他臉色鐵青，劈頭就對我們道歉。

看樣子，法比歐這個魔人比想像中還要真性情。按個性推斷，他引發這麼大的騷動還滿奇怪的……

我才正要問他為何要幹這種好事，德蕾妮小姐就一針見血地問了：

「為什麼……你會知道暴風大妖渦封在哪裡？可別說是偶然發現的！」

這話問得有道理。

這傢伙似乎是自尊心很強的魔人，就算要找蜜莉姆報仇好了，他這類型人肯定會靠自己的力量搞定。

但他為了報仇，不惜讓遭受封印的暴風大妖渦附在自己身上，想來很不自然。

我從剛才開始就一直對這件事很在意。

「喔，這是因為——」

法比歐不打算隱瞞，將事情原委一五一實道出。

他遇到自稱中庸小丑幫、戴著面具的可疑二人組，這兩人還說要幫法比歐。

「戴面具的可疑二人組——？勇者將封印之地託付給我們，那祕密地點在哪裡只有我們知道。居然能找到那個地方，他們似乎不是泛泛之輩……對了，還有戴面具啊。裡頭該不會有人戴了左右不對稱的面具，樣式看起來很嘲弄？」

德蕾妮小姐狀似苦惱地沉思。

接著，她好像有眉目了，拿那句話問法比歐。

「沒、沒有。出現在我面前的是淚眼面具少女，另外就只有戴了生氣面具的胖男人。我記得他們說自己叫蒂亞和福特曼啦。」

「蒂亞和福特曼……不是那個奇怪的男人……」

看樣子德蕾妮小姐認錯人了。

話說回來，戴了謎樣面具的魔人嗎……

咦，等等——？

「這麼說來，紅丸他們好像說聚落毀滅時有看到那種人——」

「對喔。我也想起來了。一個胖魔人戴著表情很憤怒的面具。肯定沒錯，操縱半獸人王的事他也有份。」

該面具魔人還害我跟紅丸一行人打起來，聽起來確實是他沒錯。

「沒錯。豬頭將軍率領先鋒部隊跟我分頭行動，喀爾謬德僱了高階魔人當保鑣陪同。那個魔人就叫『福特曼』。」

紅丸一發話，蓋德就給出肯定答案。

此外——

「聽你們這麼一說，過來幫我的拉普拉斯先生也替喀爾謬德工作……我記得他還自稱『萬事屋中庸小丑幫副會長』。另外……他戴了德蕾妮小姐提的『左右不對稱嘲弄面具』。」

這時戈畢爾丟出爆炸性發言。

剎那間，發生於各地的事件——這些點串成一條線。

「——原來如此。那個人叫拉普拉斯是吧。」

「——原來，福特曼啊。這名字我記住了。」

德蕾妮小姐的目光頓時凌厲起來，紅丸則扯出一抹危險的笑容。

沒想到德蕾妮小姐也跟那個什麼中庸小丑幫有過交集，但她神出鬼沒，大概是不小心在哪遇上吧。

看在紅丸等人眼裡，福特曼本身並未出手，不過，他依然是故鄉毀滅的原因之一。

我不確定福特曼是否完全站在跟我們敵對的立場，可以確定的是他跟這件事有某種關聯。

謎樣的萬事屋，中庸小丑幫。

好像很難對付。

我順便問問蜜莉姆，看她那邊有沒有什麼線索。

「嗯嗯？我沒聽過什麼中庸小丑幫。利用那種集團製造種族對立，當初說明時完全沒講到啊？要是有這麼好玩的傢伙在，我還真想見見他們。」

看樣子蜜莉姆什麼都沒聽說。基本上，她不清楚作戰計畫的細節。

聽起來一手包辦半獸人王計畫、擬定計畫的都是喀爾謬德……

喀爾謬德向她說明粗略的計畫概要，卻沒說他有僱用萬事屋中庸小丑幫。

「或許喀爾謬德並非主使者，是克雷曼那傢伙私底下計劃。如果是他，有這種幫手一點都不奇怪。」

蜜莉姆若無其事地道出這句話。

「克雷曼？他是誰？」

「嗯？就其中一個魔王嘍？他最喜歡玩這種計謀了。」

喂喂喂，妳若無其事來個隨興大爆料，所以咧？不能光懷疑就把人當犯人看吧……

據蜜莉姆所說，魔王克雷曼嫌疑很大。

理由並非喀爾謬德不中用，他搞不好想瞞著其他魔王，讓事情進展有利於己。

半獸人王計畫由三名魔王策劃，為求公平起見，他們交由喀爾謬德全權處理作戰的事……要說誰會偷跑非克雷曼莫屬，蜜莉姆如此斷言。

我對這件事不予置評，決定先將它記在腦袋的某個角落。

還以為話題談到這宣告結束，沒想到還有後續。

「有件事讓我在意……那個叫拉普拉斯的人，他說自己不是魔族。」

聽蜜莉姆說完，德蕾妮小姐立刻向我報告這檔事。

印象中，這個世界的魔族是人類大敵的總稱。他說自己不是魔族，等同昭告自己不是人類的敵人。

前提是他沒說謊。

但光就未敵視人類的點來看，有跟我想法類似的魔人也不奇怪，這方面應該沒什麼好在意……

不，先等一下？

「他說自己不是魔族嗎？」

我突然對這件事很在意，馬上跟德蕾妮小姐確認一下。

「是的，利姆路大人。或許人類社會那邊另有人幫他也說不定。」

果然沒錯，這下麻煩了。

那樣問題就大了……話雖如此，我們無從查證。

既然沒證據，在這討論也生不出個所以然。我們決定今後對那夥怪客多加留意，接著就結束對法比歐的質詢大會。

*

我們已經掌握某種程度的情報。

根據上述情報綜觀這次的事件，某結論出爐。

這群中庸小丑幫會假裝協助特定對象，藉此靠近他們。借刀殺人，間接達到他們的目的。

回顧半獸人王事件，目的在於挑起種族紛爭。

這次則派暴風大妖渦來找我們——又或者是派它跟蜜莉姆對戰。

感覺起來，法比歐只是被那些傢伙姿意擺布罷了。也就是說，真正的幕後黑手另有其人。

「你好像被利用了。下次要更小心，別被人給騙了！」

也不是說法比歐完全沒罪啦，但真正的犯人另有其人，抓他來處置是滿奇怪的。再說，我不想平添更多的爭端。

若他發誓今後不會找我們麻煩，把他放走也沒差。

「……什麼？不，我罪不可赦吧。不過，這次的事完全由我一人所為。魔王卡利翁大人與此事無關。所以，希望你們只取我一人的命，別深入追究——」

法比歐繼續跪著不起來，鐵了心昭告。他明明跪著卻給人很帥氣的感覺，真不可思議。

「不，就說用不著償命了。對吧，蜜莉姆？」

「嗯，當然嘍！本來想輕輕打一下啦，但我已經是大人了。現在完全沒有生氣的感覺，就原諒你吧！」

原來妳想打他……都說那種話還號稱長大，完全沒說服力可言……

算了沒關係。

「哎呀，蜜莉姆都說要原諒你了，你就別放在心上。」

「——可是，我都氣到付諸行動了……」

「重點就在這裡。我想，大概是那個怒臉男幹的？那傢伙利用你的情感操縱你。」

法比歐聽我這麼一說才恍然大悟。

「這麼說來……他說過『被憤怒和憎恨的情感吸引過來』……」

看樣子法比歐心裡有數了，他神情愕然。我隨便找話說服他，卻不小心說到重點。

「你看？就別介意了。」

「對啊。卡利翁也比較喜歡這樣吧？」

嗯，卡利翁？

像在替我解惑，有個男人從樹叢後現身。

有品味的服裝穿得隨性，看起來野性十足。短短的金髮倒豎，讓那銳利的目光更加英氣逼人。

「哼，原來妳發現啦，蜜莉姆。」

「當然。」

我想也是——那個男人簡短回應。

跟蜜莉姆應對輕鬆自在，再加上他還叫卡利翁。

看看這名高大男子，寧靜的氣質下有一股力量暗潮洶湧。論大小比不上暴風大妖渦，猛烈的壓迫感卻讓人覺得他比暴風大妖渦更具殺傷力。

原來如此——這傢伙就是「魔王」卡利翁嗎？

暴風大妖渦確實有魔王等級，不過，真正的魔王果然不一樣。

「嗨，本大爺是魔王卡利翁。你不僅沒殺那傢伙還救了他，本大爺要跟你說聲謝謝。」

魔王卡利翁目不轉睛地直視我，嘴裡道出這句話。

現場一度緊張。

面對讓人喘不過氣的壓迫感，我是半點聲也吭不出來。他讓我明白魔王不是當好看的。

但我身為大家的主子，可不能任對方嚇唬。

「真沒想到你會親自前來。我的名字叫利姆路．坦派斯特。是本森林魔物共組的『魔國聯邦』盟主。」

我鼓起勇氣，堂堂發表宣言。

「哼！區區一個魔人竟敢創立國家？若是以前就算了，現在像你這樣簡直不要命。本大爺接獲報告，說謎之魔人敗在半獸人王手裡死了，看樣子那情報並不正確。你就是殺了喀爾謬德的面具魔人吧？」

看到我是史萊姆才往那方面聯想嗎？也罷，我想不到其他原因了……

畢竟蜜莉姆也在，要是他看到我跟暴風大妖渦對戰的經過，會發現是很正常的事。

「嗯，沒錯。」

我邊說邊變成人型。

「所以呢，因為我把喀爾謬德殺了，你來替他報仇嗎？」

他應該不是為這個來的，但我姑且問問看。

被我這麼一問，卡利翁痞痞地笑了。

「呼哈哈哈哈！真有趣，怪不得蜜莉姆喜歡你。」

這笑聲吹散現場的緊張氣氛。

他持續大笑一陣子，接著就換上嚴肅的表情。再來又採取出乎大家意料的行動。

居然承認自己有錯。

「抱歉。本大爺的部下好像失控了。都怪本大爺監督不周，希望你原諒。」

雖不至於低頭賠不是，卡利翁還是用他的方式道歉了。

此外——

「這次的事算本大爺欠你。往後遇到麻煩儘管來找本大爺。」

甚至連這種話都說了，展現最大限度的誠意。

魔王卡利翁比我厲害許多，卻對我這種小角色展露誠意。這表示卡利翁的胸懷深不可測。

欠我一次嗎？既然他這麼認為，我倒有件事想拜託他。

「那麼，若你願意跟我們締結互不侵犯協議，我會很開心。」

「——只要這點小事？沒問題。以『魔王』——不，以獸王國猶拉瑟尼亞『獅子王』卡利翁的名義發誓，絕不對你們刀劍相向。不過，前提是你們沒有發兵進攻。」

卡利翁爽快承諾。

這方面的表現也不遑多讓，他的器量之大令人佩服。

當前的決定只是草案，我們之後會派使者過去詳談。

不知道這份協議的可信度有多少。但他可是那個真性情法比歐的主子，卡利翁這號人物應該也很正直吧？最起碼，今後暫時不會遭他們干涉才對。

往後再看看情況，要是能跟獸王國猶拉瑟尼亞一併締結邦交就太好了。

事情就這麼說定。

法比歐還被卡利翁打，再度因重傷瀕死，想必是愛之深責之切。

教訓完畢，卡利翁把法比歐扛到肩膀上，用傳送魔法走人。

那我們也回去吧。

發生了大大小小的事，不過，一連串狀況總算告一段落。

ROUGH SKETCH

終章

新計畫

Regarding Reincarnated to Slime

暴風大妖渦的騷動落幕後時隔數日。

魔國聯邦總算恢復平靜。

真的是風風雨雨，但我們的國家似乎獲得認可，讓我欣喜萬分。

承認我們的有武裝大國德瓦崗，還有布爾蒙王國。

看樣子應該可以跟這兩個國家交好。

再過不久我們就可以跟武裝大國德瓦崗以路相通，正式邀請函也到手了。說是說順便報告這次事件，但對方預計用國賓級待遇禮遇我們。

布爾蒙王國那邊則有費茲大力幫忙。說他把這次騷動的來龍去脈看在眼裡，與其跟我們敵對還不如保持友好關係，用這說詞說服以國王為首的各大貴族。

布爾蒙王國不是大國，貴族似乎不多。所以難搞的人相對較少，感覺我們沒必要擔心。

「沒什麼大不了的。我已經掌握那些貴族的把柄，看要怎麼恩威並施都行。」

臨走的時候，費茲留下這句話。

他當時一臉邪惡樣，所以我認為交由他全權處理肯定沒問題。

卡巴爾三人組看起來很想留在這裡。可是他們還有工作在身，就是護送費茲。

「我們以後還可以來嗎？」

「沒了朱菜小姐的拿手好菜，我八成活不下去……」

「就算你們拒絕，俺還是要來！」

三人在那說些有的沒的，依依不捨地跟著費茲離去。

我並沒有拒絕的意思，要是他們還想來，我會很歡迎。就這樣，想說讓他們隨時可以再來，我就先幫他們準備過夜用的住宿場所。

還有一個國家千萬不能遺漏。

那就是獸王國猶拉瑟尼亞。

要是到時會談順利，應該可以跟該國締結邦交。雖然被折騰個半死，但我們獲得莫大的好處。

是說要看接下來談得怎樣啦，不過，能跟其中一位魔王交好才是重點。無論如何，我都想讓這次交涉成功。

至於既得利益嘛，我個人其實也受益良多……

先是從暴風大妖渦那學得固有能力「魔力妨礙」和「重力飛行」。其他還有堪稱魔法死穴的「魔法抗性」。大賢者使出渾身解數對這些進行「解析鑑定」，我看再過不久就能跟其他技能整合。

之所以會拜託蜜莉姆留法比歐活口，其實這也是目的之一。沒啦，其實我主要是想隔離暴風大妖渦，順便弄些技能用用也不錯。

畢竟我吃了那麼多苦頭，這些東西就拿來當個人獎勵吧。

再來看看其他的，話說我們目前正在……

咚嘶、嘶唰、碰、乓！

隨著這些聲響奏起，有人被海扁一頓。

就是我、紅丸、蒼影、紫苑這四人。

「哇哈哈哈哈！沒用的！」

有人高聲大笑，不用講也知道這人就是魔王蜜莉姆。

難得強得誇張的蜜莉姆在場，我才要她陪大夥兒修練，結果……

我們四個一起上，卻不成氣候。有蜜莉姆的「龍眼」加持，包含小手段在內，所有攻擊都被她看破。

不愧是蜜莉姆，我發自內心有了深切的體認。

蜜莉姆的拳頭套著「龍指虎」。

我遵守跟她的約定，造這樣武器送給她當禮物。

這武器原本的作用在於赤手空拳打人也不受傷，一方面增強威力，但這樣東西不同。作用正好相反。只要戴上這個，毆打威力就可壓至十分之一左右。

蕊心部分的魔鋼施有「刻印魔法」，藉此封入「減速」和「抑力」效果，是絕世好物。

我一交出龍指虎，一直興致勃勃觀望該物的蜜莉姆便喜孜孜地接下。

自從那樣東西到手後，她就片刻不離身戴著。

連吃飯時間都戴，我不得不提醒她，要她拔下龍指虎。這一拔甚至讓她生悶氣。蜜莉姆能喜歡真是萬幸，但我還是希望她考量時間跟地點再戴。

不過呢，多虧有那個龍指虎，給了我們莫大方便。

後來，我們每天早上都會跟蜜莉姆來場模擬訓練，這成了我們的每日例行公事。

不按理出牌的力量。看得讓人眼花撩亂的肢體動作。無止境的持久力。

還好她不是我們的敵人。

能跟蜜莉姆正經比劃的就只有白老。

力量跟技能並非唯一的依靠，我再次體認技量的重要性。不過，一旦蜜莉姆拿出真本事，就算白老有那身技量也不是她的對手吧。

技量固然重要，但空有技巧還是不行。

話雖如此，我最欠缺的莫過於戰鬥經驗。

像這樣每天跟蜜莉姆對打，希望可以彌補經驗的不足。

問我為何要做這種事，理由很簡單。

跟所謂生前或原本的世界相比，這邊有很多事情都靠戰鬥解決。

例如半獸人王。

暴風大妖渦。

魔王卡利翁那邊運氣好朝友好方向發展，其他魔王卻不見得如此。

最重要的是，我跟魔王雷昂還有帳要算。

實際碰到蜜莉姆和卡利翁這些正牌魔王，我才發現現在的自己根本不夠格對付魔王。

因為這樣，我才藉上述方式腳踏實地努力。

幾個星期以來都跟蜜莉姆一起特訓，但我不忘——

上午特訓。

下午去各部門巡視。

生活作息一直很規律。

適度運動後，我們會吃頓營養豐富的美味午餐。

有炸雞、漢堡、牛排跟可樂餅，還有炸蝦。

這種生物很像蝦子，名字正好叫「蝦樂」。好有趣的巧合。

烹調時不需擔心微生物之類的問題。朱菜的殺菌處理相當完善，還有「解析鑑定」幫忙，食安問題嚴格把關。

話說，魔物需不需要擔心食物中毒還是個未知數……

看到這些餐點，蜜莉姆超感動，感動到不行。

「哇哈哈哈！明明都是烤肉，為什麼味道差這麼多？」

這是她嗑完牛排的感想。

每次都吃得龍心大悅。

吃到炸蝦時，她更是不發一語，專心品嚐。畢竟這些都是複製小孩子愛吃的菜嘛。朱菜的高超手藝似乎也更上一層樓。

幸好蜜莉姆喜歡。

一方面也想用這些菜感謝蜜莉姆陪我們練功，她能喜歡真是太好了。

每天的過法差不多就這樣，大夥兒也變得比以前更強。

白老的技術早已登峰造極，沒什麼成長空間，其他人則脫胎換骨。換作現在的紅丸跟蒼影，那可是和神出鬼沒的德蕾妮小姐有得拚。

我也有所成長。

「你已經變得有模有樣了！若現在的利姆路想當魔王，我肯定不會反對！」

成長到蜜莉姆都開心得說出這種話。

都說我不想當魔王了，說好幾遍了……

再說，今天我們四個一起上還是慘敗收場。這種狀態下自稱魔王，肯定搞不出什麼花樣。

「對了，蜜莉姆妳為什麼要當魔王啊？」

為了轉移話題，我丟出這個問題。

「唔——這個嘛……為什麼呢？是不是遇到討厭的事，一時火大才當的？」

「呃，這問題不該問我……」

「對喔，我想不起來。已經好久以前的事了，全忘光啦！」

蜜莉姆回話時語氣開朗，不過，或許真的遇到什麼煩心事也說不定。繼續問下去未免太不識相。

「這樣啊。既然妳都忘了，就別硬想嘍。」

這個話題到此結束。

蜜莉姆外表看起來像小孩子，內在可是如假包換的魔王。

還是傳說中的遠古魔王之一。

朝這個方向看，她活過的歲月肯定長到我無法想像。

搞不好朋友都不在了。過長的壽命會讓親朋好友離自己遠去……

「我說妳，都沒有家人或掛念的人嗎？妳一直待在這裡，都不用跟其他人講一下？」

我開口問出一直耿耿於懷的事。

「嗯。有人照料我的生活起居，但那些人不擔心我。我是最強的，他們就連替我擔心也只會覺得失禮。所以我的朋友只有你一個。」

這話來得突然，我一時間辭窮。

蜜莉姆口中的朋友（死黨），裡頭蘊含的心意或許超乎想像。既然這樣，我也要誠心以待才行。

「這樣啊。今後也請多多指教，蜜莉姆。」

語畢，我摸摸蜜莉姆的頭。她的外表太孩子氣了，一不小心就把她當親戚的小孩對待。

但蜜莉姆還是笑得很開心，嘴裡回道：「這還用說！」

＊

後來又過幾天。

「我現在要出去工作！」

蜜莉姆放話。

「什麼？好突然。現在就要去嗎？」

「嗯？這個嘛……反正又不是接下來都沒機會見面，我直接去吧！」

話一說完，她瞬間換穿最初相遇時穿的服裝。

這是名叫「魔法換裝」的便利魔法。我已經學了，以後可以用。

該魔法很適合裝備琳瑯滿目的人用，但要先學用來放替換裝備的「空間魔法」，難度意外高。

換裝完畢，蜜莉姆朝我綻放微笑。

「我要去找其他魔王，警告他們別對這塊土地出手，這樣利姆路你就可以放心了！」

「了、了解。這麼說來，妳要去見其他魔王？」

「嗯。這是我的工作嘛！」

蜜莉姆說完就自信滿滿地挺起胸膛。

看樣子，她要去跟先前來過的卡利翁等魔王來場會談。

感覺很有魔王樣，工作就是幹壞事，聽起來好恐怖。半獸人王的事就是其一，追根究柢來自蜜莉姆等人的密談，並非與我完全無關。

也罷，要是其他魔王不來進犯，我是很樂意啦。

順便補充一下，魔王雷昂沒有加入蜜莉姆所屬的團體。雷昂是新起爐灶的魔王，蜜莉姆似乎也不是很清楚雷昂的事。

卡利翁看起來並沒有那麼壞，不曉得其他魔王怎樣？雖然有點擔心，但蜜莉姆應該不會有事。她好歹有狡猾的一面，在魔王眾裡還是特別強的那個。

小心別被騙了，我只對她做出這句忠告。

「利姆路就愛操心。我很聰明，不會被騙！」

蜜莉姆笑著斷言。就是那股自信讓人擔心啊。

「那我走嘍！」

話聲剛落，蜜莉姆就飛了起來。

跟來時一樣，飛得很唐突。

就這樣，她不留半點聲響、衝擊，開超音速閃人。

要去的地方似乎很遠，但對超高速飛行的蜜莉姆來說肯定連屁都不如。

「咦？蜜莉姆大人要去別的地方嗎？」

這時紫苑出聲問話。

因為她們兩個經過一陣子的相處已經很要好了。

「嗯。說有工作在身。」

「工作嗎？」

「好像約好跟其他魔王會面。」

「其他魔王……希望她不要被騙了……」

對吧，會這樣想吧。

紫苑似乎抱持跟我相同的隱憂。

「沒關係，她說事情辦完就會回這裡，在這擔心也沒用。」

「畢竟去擔心那個比我們強上好幾倍的大人物，實在很沒禮貌。」

「說得對……」

「我要變得更強，讓她回來看了大吃一驚！」

「想變得更強，那得更努力修行才是。」

對蜜莉姆抱持惆悵感有點怪怪的，不過，她不在這裡頓時讓人感到一陣寂寞。

回過頭想想，我們已經很習慣她的存在了。說真的，其他人會被她吸引，這魔王好奇妙。

話雖如此，現在還是先照紅丸等人所說，想想該怎麼變強吧。然後，我要讓回國的蜜莉姆嚇一跳。

我們轉換心情，在惡鬼白老的指導下重新踏上修練之路。

地點換到豪華的大房間。

有人優雅從容地喝著酒，是魔王克雷曼。

另一人坐在他對面，用憂鬱的目光眺望窗外風景，是稱號「天空女王」的魔王芙蕾。

「所以呢，目前狀況如何？」

「看樣子進展順利，芙蕾。卡利翁的部下被蜜莉姆激怒，順利用他的怒火當餌喚醒暴風大妖渦。根據監視者來報，暴風大妖渦似乎死在蜜莉姆手裡。這樣一來，妳也不用再擔心了吧？」

克雷曼發出愉悅的笑聲，對芙蕾如是說道。

沒錯，一切都按克雷曼的計畫進行。

戰鬥結果也如他所料。

蜜莉姆絕對會獲勝，兩名魔王對此不疑有他。

「可是，這樣不就把卡利翁惹毛了？」

「反正又沒證據顯示我跟此事有關。如此一來，卡利翁八成會生蜜莉姆或謎之魔物的氣。也可能對欺騙法比歐的『萬事屋』惱怒，不過，只要我在背後指使的事沒露餡就不會出事。」

說著說著，克雷曼微微嗤笑。他真正的夥伴「萬事屋」——中庸小丑幫本身就是個謎團。和克雷曼的關係不可能曝光，要找出這群人的所在地，不曉得如何聯絡他們的卡利翁根本無計可施。

（不過，話雖如此——）

突然間，克雷曼想起繆蘭回傳的最後一個影像。

蜜莉姆只用一招就打碎強大的暴風大妖渦。

那股力量太過龐大，就連克雷曼都摸不著底細。

此外還有一人。

「話說打倒喀爾謬德的魔人，居然單槍匹馬對付暴風大妖渦。怪不得蜜莉姆那麼執著於他，這魔人力量強大。搞不好成長後會跟我們這些『魔王』並駕齊驅。」

「呵呵呵，沒想到你會說出這麼有趣的話，克雷曼。」

芙蕾興致缺缺地應聲。接著像在轉移話題，直接切入正題。

「對了，有關這次事件的報酬，我該回你什麼才好？」

說著，芙蕾看向克雷曼。

這話題才是今日兩人碰面的目的。

「用不著這麼小心翼翼。這次的事，我只希望妳答應一個請求。我都幫妳的忙了，一物換一物。」

「也是……只要我辦得到，隨你開口。」

「多謝。我就知道妳會這麼說。」

彼此約定後，克雷曼露出滿意的笑容。

達成上述約定，這才是克雷曼真正的企圖。

（呵呵呵呵。這樣一來，下次魔王會談，事情肯定會朝我有利的方向發展。不僅如此，別的目的也能——不，等等？運用得當，或許還能掌控那個蜜莉姆。對了，只要用「那個人」賜的特殊寶具——）

想到這兒，克雷曼沉浸在近乎顫慄的情感裡，身體為之一震。

如今已獲得芙蕾這顆棋子，腦中閃過頗具可行性的計謀。

芙蕾見事情辦完正想回去，這時克雷曼朝她搭話。

「不過，這下子妳的眼中釘就變成蜜莉姆一人了。在空中占有絕對優勢——那種東西對她來說毫無意義。欸，芙蕾。妳可以找我討論，只要我能幫的都可以談談。隨時想提就提。」

親切的表情暗藏玄機，底下是張好的謀略之網。

芙蕾沒有發現，該說就算發現也要佯裝不知情，她開口道別：「好，到時我可能還會來找你。那麼，就此別過。」說完就離開克雷曼的根據地。

獨自一人留在屋內，克雷曼開始轉動心思。

（要是能弄到蜜莉姆的力量，我就不需要煽動這群魔王了。此事需慎重評估。敬請期待啊，蜜莉姆——）

他從懷裡取出面具，再往臉上一戴。

心緒隨之平靜下來。

對克雷曼來說，戴面具的他才是真實自我。

（——話又說回來……那個謎之魔人，確實無法忽視。拉普拉斯跟蒂亞說得有道理，我要稍微提高警覺。得給個機會挽回名譽才行，就派繆蘭去當間諜吧——）

繆蘭給的情報比想像中還要有用。所以克雷曼要徹底利用她，將她壓榨個夠本。

再說，要替這次的間諜任務找合適人選，非繆蘭莫屬。

若她順利混進去就算成功。假如失敗被殺，克雷曼也能用這個當藉口出手干涉。

到時候，他們就會取代繆蘭成為新的棋子。

是該對謎之魔人保持警覺，但那不過是大局裡的一小點。

保險起見，為了不讓他們妨礙接下來要醞釀的計畫，他要持續收集情報，等待利用他們的時機成熟。

雖然只對利姆路等人有這點程度的認識，但魔王克雷曼已經被他們挑起興致了。

心懷微暗的愉悅，克雷曼帶著冷笑、樂得打點計謀……

PRESENT STATUS

暴風大妖渦
Charybdis

種族 Race	精神生命體	加護 Protection	暴風紋章
稱號 Title	維爾德拉之子		
魔法 Magic	無	必殺技 Special	暴風亂鱗雨
追加技 Extra Skill	重力操作 魔力感知 魔力妨礙 超速再生		
抗性 Tolerance	痛覺無效 物理攻擊抗性 麻痺抗性		

出自維爾德拉，巨大的獨眼龍。從維爾德拉的魔素塊誕生。跟利姆路一樣，此魔物堪稱維爾德拉的眷屬。無明確的自我意識，循破壞衝動行動。

PRESENT STATUS

蜜莉姆·拿渥

Milim Nava

種族 Race	龍魔人（Dragonoid）
加護 Protection	Unknown
稱號 Title	破壞的暴君（Destroy） 真主魔王 遠古魔王
魔法 Magic	Unknown
技能 Skill	Unknown
特技？ Normal	拳……連岩石都能劈碎！ 踢……讓那些囂張的傢伙閉嘴。 蜜莉姆之眼……「龍眼」能夠看穿任何事！ ※超高性能。同時具備「解析鑑定」、「魔力測定」等機能。 蜜莉姆之耳……「龍耳」任何壞話都不會聽漏！
必殺技 Special	龍星擴散爆……蜜莉姆學會控制力道，壓低威力、提昇準確度的攻擊手法。據說還有威力更強的特技。
抗性 Tolerance	Unknown

遠古魔王之一。在眾多魔王裡別具一格，傲視群雄的強者。

後記

各位好久不見，我是伏瀨。

首先感謝你們買這本書，謝謝。

第一集後記好像也寫過這句，但人們不買來看就沒戲唱，多寫幾次應該沒關係！

就是這樣，《關於我轉生變成史萊姆這檔事》終於出到第三集了。

多虧大家支持。

真的很感激。今後也請大家多多指教。

那麼，問候詞先到這邊，我想稍微談談這次的內容。裡頭包含些許劇透，先看完本文再看後記會比較好。

特別是未看網路版的人！

＊

先跟各位提醒一下，這就來進入正題。

這次的主題正是「魔王蜜莉姆」！

從封面到內容全是她。

最終決定要塞滿滿的魔王蜜莉姆。

這方面包含各種大人的巧思。

往回追溯導火線，全因責任編輯給我看的「有點色色的插圖」。

原來如此，這個行得通喔！

因為這樣，主軸就決定是蜜莉姆的「色色的可愛」。

網路版把她寫成哥德蘿莉，書籍版則大幅變更。我想，大家只要看封面就一目了然。

看到第一版的插圖時——

「這個應該可以再畫得更暴露點？」

「好像可以——我去跟みっつばー老師商量一下。」

事實上我們有過這樣的對話。

不過，完成的封面草圖並非只露一點點。

「……這個嘛，內褲細得像繩子一樣——可以嗎？」

「沒問題！」

有了責任編輯打包票，我心想那就好，也沒意見。

如此這般，蜜莉姆的外表定案。

我寫得簡單，其實過程繁複。魔王們我全都沒要求——特別是芙蕾——外表三兩下定案，蜜莉姆這邊真的下了很多工夫討論。

這些全都出自我跟責任編輯、みっつばー老師的熱情。

賣肉絕對不是我們的原動力，希望大家別誤會。

關於內容，大家看就明白了。

跟封面和插畫相去甚遠，非常認真——唔～算認真嗎？我有點不確定……總之不色就對了。

覺得可惜嗎？我也有點遺憾。

除了網路連載版外，我還加了大量的未公開內容——該說四分之三都是新寫的——網路上沒有的全新章節——〈魔王來襲篇〉完成。

將三個章節的內容拆成兩半，這是跟責任編輯討論的結果。話是這麼說，感覺大部分都出自我的任性。

那些部分在網路版輕輕帶過的插曲，我個人則想更加深入地描寫。經歷數次討論後，這集決定主打蜜莉姆，我的任性也因此得逞。

本集從建造城鎮一路寫到跟矮人王國交涉，還加入其他國家的心思，登場人物一口氣暴增。

要是大家能看出、體會各登場人物的心思和行動，這集就算編寫成功。

此外，為了讓沒看網路版的人也能順暢閱讀，也有魔人登場機會就這麼沒了。我打算讓這些角色在接下來幾集接續登場，但目前還無法掛保證。

主軸會照網路版走，細節則陸續做變更！

用意在於讓第一次看的人、看完網路版的人都能樂在其中，今後我會繼續努力，著手進行更多補充。

＊

接下來，有個消息告訴各位。

或許有些人已經知道了，看封面附的書腰就很清楚，那就是《關於我轉生變成史萊姆這檔事》漫畫化了！（註：此指日版書腰）

要在講談社的《月刊少年シリウス》上連載，預計從二〇一五年春天開始。

漫畫由川上泰樹老師操刀。

老師的畫又美又可愛，會畫出跟書籍版插圖不同風格的利姆路等人。

我個人也非常期待，利姆路等人即將在小說以外的媒體上大放異彩，今後發展讓人期待得不得了。

——話雖這麼說，其實我已經看過漫畫的分鏡了！

哎呀，這對作者來說是至高無上的福利。

為什麼會天外飛來這種好事，應該有人疑惑吧。我也是，一直到現在都想不透。

凡事講求緣分，或許是這麼一回事吧？

我想今後還會有機會跟大家說說話，這次就先寫到這兒。

今後還要請大家多多關照《關於我轉生變成史萊姆這檔事》。

Kadokawa Light Novels

無職轉生～到了異世界就拿出真本事～ 1~3 待續

Kadokawa Fantastic Novels

作者：理不尽な孫の手　插畫：シロタカ

被魔力災害轟散了一切，
魯迪烏斯要如何面對接踵而來的試鍊!?

魯迪烏斯由於被捲入原因不明的魔力災害，因此和家人失散。經過災害後，他被轉移到一個陌生的地方。和魯迪烏斯在一起的人是艾莉絲，同時也是他負責擔任家庭教師的對象。內心愈來愈不安的魯迪烏斯身邊出現奇怪的人影……!?

台灣角川

各 **NT$250~270/HK$75~80**

Kadokawa Light Novels

我被召喚到魔界成為家庭教師!? 1 待續

Kadokawa Fantastic Novels

作者：鷲宮だいじん　插畫：Nardack

美女學生竟是妖怪（蜘蛛女etc.）!?
史上最衰的家庭教師登場！

身為普通人類的我突然被召喚到魔界後，才發現被那個混帳勇者出賣了，我居然得擔任魔王之女的家庭教師!?首要任務是兩週後於人界舉辦的舞會中，讓嬌縱任性的三公主蜘蛛女莎菲爾順利完成初次亮相。若有差錯，魔界與人界就會引發大戰！

NT$220/HK$68

台灣角川

Kadokawa Light Novels

我就是要玩TRPG！異端法庭閃邊去 上

Kadokawa Fantastic Novels

作者：おかゆまさき　插畫：ななしな

桌上角色扮演遊戲

TRPG玩得好，人生就是彩色的！
桌上型RPG「跑團」小說登場！

吸血鬼獵人刀儀野祇園為了要解決魔王級吸血鬼琉德蜜娜，而造訪聖羅耀拉學院。在他潛入學生會室揮刀打算滅殺琉德蜜娜時，卻飛到了熱愛TRPG的琉德蜜娜，以特殊能力創造的「由TRPG規則支配的冒險世界」──來，陪吾等體驗這段奇蹟般的冒險之旅吧！

台灣角川

NT$200/HK$60

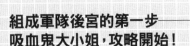

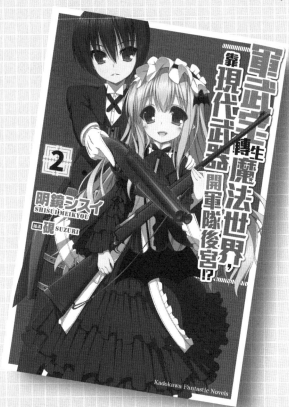

Kadokawa Light Novels

我家有個地下城

Kadokawa Fantastic Novels

作者：天羽伊吹清　插畫：うらび

這是個會有地下城出現在世上的時代——
但也不至於就在新家樓下吧！

當日暮坂兄妹剛搬入新家，就意外發現底下竟有座巨大的地下城！當情況從不小心被捲入到騎虎難下，他們只好展現驚人的意志力及羞恥力(!?)來拯救家園！個性令人遺憾的型男哥哥慧慈，便帶著吐槽哥哥不遺餘力的妹妹得藻一同展開顛覆世界觀的兄妹冒險！

國家圖書館出版品預行編目資料

關於我轉生變成史萊姆這檔事 / 伏瀨作；楊惠琪譯
. -- 初版. -- 臺北市：臺灣角川, 2016.05-
冊；　公分
譯自：転生したらスライムだった件
ISBN 978-986-473-104-6(第3冊：平裝)

861.57　　　105004989

Kadokawa
Fantastic
Novels

關於我轉生變成史萊姆這檔事 3

（原著名：転生したらスライムだった件 3）

2016年5月26日 初版第1刷發行
2023年8月10日 初版第11刷發行

作　者：伏瀨
插　畫：みっつばー
譯　者：楊惠琪

發 行 人：岩崎剛人
總 編 輯：蔡佩芬
編　輯：黃怡珮
美術設計：宋芳茹
印　務：李明修（主任）、張加恩（主任）、張凱棋

發 行 所：台灣角川股份有限公司
地　址：104台北市中山區松江路223號3樓
電　話：（02）2515-3000
傳　真：（02）2515-0033
網　址：www.kadokawa.com.tw
劃撥帳戶：台灣角川股份有限公司
劃撥帳號：19487412
法律顧問：有澤法律事務所
製　版：尚騰印刷事業有限公司
ISBN：978-986-473-104-6